魅丽文化　花火工作室

他的第2面

一砾沙｜著

贵州出版集团
Guizhou Publishing Group

图书在版编目（CIP）数据

他的第2面 / 一砾沙著. —— 贵阳 ：贵州人民出版社,
2019. 11
　ISBN 978-7-221-15705-8

　Ⅰ．①他… Ⅱ．①一… Ⅲ．①长篇小说－中国－当代
Ⅳ．①I247.5

中国版本图书馆CIP数据核字 (2019) 第243440号

他的第2面

一砾沙　著

选题策划	丐小亥
责任编辑	潘　媛
特约编辑	白　鱼
封面设计	黄　梅
出版发行	贵州人民出版社
	（贵阳市观山湖区中天会展城 SOHO 办公区 A 座贵州出版集团　　邮编 550081）
印　　刷	湖南凌宇纸品有限公司
开　　本	32 开（880mm×1230mm）
字　　数	254 千
印　　张	9.5
版　　次	2019 年 11 月第 1 版　2019 年 11 月第 1 次印刷
书　　号	ISBN 978-7-221-15705-8
定　　价	38. 00 元

CONTENTS 目 录

CONTENTS 目　录

第一章

♥

男主角先生

01

莫晓妍失业了。

七月的 G 市，阳光肆意地撕裂云层，把街上的一切生物都晒成了行走的烤串。时髦的姑娘们穿着吊带和热裤招摇过市，莫晓妍却裹在闷热的长袖套装里，垂头丧气地坐在 CBD 一座大厦前的广场上。

她擦了擦头上的汗，解开衬衣最上面一颗扣子透气，余光瞥到因为被虫蛀了个小洞而卷起掩饰的袖口，心头忍不住一阵发酸。

这套职业装是她大学毕业时咬牙买下的"战衣"，曾经陪她征战过各大招聘会，后来的公司不需要穿正装上班，于是就被压到了箱底，没想到只过了一年，她就不得不重新穿上它再度为了生计奔波。

午休时间，大楼里不断走出穿着光鲜的 OL 女郎，她们正眉飞色舞地用夹杂的中英文讨论今天的工作和去哪家餐馆吃饭。那是她们的世界，离她遥远而模糊。

莫晓妍咬了口手里的包子，就着矿泉水咽了下去，她抬起头看着眼前的大厦，阳光在玻璃幕墙上折射出一道道炫目的光线，刺得她几乎睁不开眼。

不远处一座未完工的大楼上，穿着背心的民工还在挥汗如雨地工作。莫晓妍突然有种想哭的冲动：她和他们一样不属于这座城市，无论多么努力，最终总会被毫不留情地甩在身后。

她在 G 市做的第一份工作是在一家只有十几个人的小公司，说是行政岗，其实就是打杂，做一块部门间随意搬用的小板砖。

但她一直小心翼翼的，珍惜着这份工作，从不迟到早退，认真地跟着前辈们学习，无论多少工作都任劳任怨地完成。可就在她刚刚觉得能站稳脚跟时，公司突然宣布因为经营不善，必须裁减员工以节省开支，于是他们这一批进来的新人全被理所当然地辞退了，没有理由，也没有补偿。

她还没将这个坏消息完全消化，合租的室友又告诉她要结婚了，马上会搬去男友的房子住，而在找到下一个合租者之前，莫晓妍必须自己承担房租。

生活现实而残酷，对她这样毫无背景的外来者而言，失业就意味着没饭吃，甚至很可能会露宿街头。所以她连气都不敢喘一下，就马不停蹄地四处跑招聘会、投简历面试。

这是她今天面试的第二份工作，冷气逼人的办公室里，她大气也不敢出地等了两个多小时，才等到部门经理出来见她。可当人事专员露出毫无温度的笑容告诉她回去等通知时，她就知道这次又没戏了。

吃完了包子，手里的矿泉水都已经被晒得发热，想到下午还有一场招聘会要参加，莫晓妍长叹一口气，用手卖力地扇着风让自己振作起来。

包里的手机就在这时欢快地唱了起来，她连忙掏出按了接听键，那边立刻传来一个低落的男声："晓晓……我失恋了……"

莫晓妍忍不住在心里翻了个白眼，电话那头的人是肖阳，她的同乡发小，也是她在 G 市唯一的朋友。肖阳警校毕业后当了一名人民警察，为人仗义直爽，也可以说是没心没肺，就是感情史丰富了点，失恋这种事每年总有那么几次，当然多数都是对方甩的他。

莫晓妍果断决定抢在他开始自怨自艾前开口："我失业了！"

"什么？"电话那头果然传来惊呼，"你失业了？什么时候的事！"

于是莫晓妍把这两天的倒霉事好好倾诉了一遍，她刚说完，那边又叫了起来："你两天前就失业了，怎么没告诉我，还把不把我当朋友！"

他顿了下，又换了个口气说道："失业就失业呗，你莫晓妍是谁啊！打不死的小强，一分钱可以当成两分钱用的葛朗台啊！就凭你毕业一年就能还清大学贷款的干劲，区区一份工作算什么。实在不行，就好好利用你的天赋，做个专职'神棍'，我看好你哦！"肖阳说得兴起，一时也忘了自己正在失恋中，语气越来越激昂，颇有些成功学讲师的潜质。

"滚！"莫晓妍一点也没被他不着四六的鸡汤安慰到，反而因为其中的某句话，触动了一直被刻意掩埋的回忆。

那种能力，算是天分吗？还是……一种诅咒？！

她忍不住摸了摸被袖口遮得严严实实的手腕，八年了，自那件事以后，即使是再热的夏天，她也没有穿过短袖。她不怕四周异样的眼光，她怕的是，有人会发现她和他们不同。

十五岁的莫晓妍就已经知道，人类对待和自己不同的人，会残忍到什么地步。

肖阳听到她沉默，也意识到自己的失言，气氛顿时有些尴尬。这时，莫晓妍轻声开口："对了，这个月我可能没法给我妈寄钱了，要不然……"

"没事，我帮你先垫着，也省得让她老人家担心，到时候问起来，我可不知道怎么说。"

莫晓妍松了口气，她这发小虽然感情上乱七八糟，但关键时刻还是挺靠得住的。

电话那边变得嘈杂起来，肖阳压低了声音说："来了个案子，晓晓你等着，办完了我去找你。放心吧，只要我肖阳还在 G 市，绝不会让你流落街头。"

莫晓妍觉得眼眶有些发热，感谢的话堵在喉咙里，来不及说出口。

她挂了电话，心情终于有了些缓和，肖阳说得对，她莫晓妍是谁啊，那么艰难的日子都熬过来了，现在不就是失业了吗，天也没塌，世界也没到末日，有手有脚还怕没饭吃吗？

想到这里，她顿时觉得干劲十足，仰头把手里的矿泉水一饮而尽，肚子填饱了，连腰杆都变直了。她看了看时间，想着下午跑完招聘会，得早点去"秘境"开门。

"秘境"是莫晓妍在 G 市最繁华的商业街地下一层开的一家小店，也就是肖阳口中那份所谓"神棍"的工作——每天下班后，她在这里给人用塔罗牌算命。整个地下商城做的基本是学生生意，租金不低，人流量还算大，一个月下来的盈余总算能贴补她那微薄的工资。

此时"秘境"的四周都用黑布遮着，灯光调得昏昏暗暗，再放上一个水晶球，点上熏香，莫晓妍换上一身民族风的衣服坐在桌子前，手腕上挂满了异域风情的手镯，看起来神秘又足够吸引人。

现在是六点半，还没到高峰期，整个地下一层冷冷清清。莫晓妍无所事事地盯着手中的塔罗牌神游太虚。

她其实根本不懂塔罗牌，但她能依靠触摸对方"看见"他们的某段记忆，然后再添油加醋地忽悠一番，对方自然深信不疑。

但她并不常用这种能力——如果算得太准，传扬出去，难保不被人发现她的秘密。所以"秘境"的生意谈不上火爆，大多顾客是熟客介绍而来的。本来莫晓妍还想着还清了贷款就关掉这家店，重新去打份工，谁知道又出了失业这档子事，现在这家小店倒成了她最后的救命稻草。

02

时间一点点过去，店门前还是门可罗雀，莫晓妍打了个哈欠，正想着出去走走松松筋骨，突然大门"嘎吱"一声被推开了。

莫晓妍连忙坐直身体，摆出一个"神婆"该有的气质，朝来人微笑。

进来的人长着白白净净的一张脸，十五六岁的模样，单薄的身体罩在宽松的校服里，背着大大的书包，可能是附近刚放学的高中生。

见那男孩怯生生地在她面前坐下，莫晓妍尽量摆出一副和蔼可亲的表情，问："小弟弟，想要算什么？"

那男孩好像很害羞，不敢看她，低着头玩弄着校服的一角，小声说："我想知道，我今天的运势……"

莫晓妍觉得奇怪，一般人都会问今年的运势，要不就是本月，哪有问今天的，今天不是都要过去了吗？她于是又问道："是……今天吗？"

那男孩重重地点了点头，说："我今天有件重要的事要做，想知道能不能成功。"他抬头看了看挂在墙上的价目表，从口袋里拿出一张百元钞票放在桌上，说道："算运势是五十块吧，单项再加五十……我，就算运势加吉凶吧。"

莫晓妍看见那张红票子眼睛都亮了，也不管合不合理了，依照程序让他洗了遍塔罗牌，又抽出几张递给自己，然后就是最关键的一步，她要握着对方的手教他按什么方式摆放，一共六张塔罗牌，她有足够的时间去"看"她想要看到的东西。

现在每个客人对她来说都很重要，到了不得不用能力的时候了。

第一张放下了……她看见了一间布置温馨的房子，有个穿着围裙的女人正在做饭，然后有人叫了一声"妈"，是这个男孩的声音，那女人回过头来，大概四十岁的模样。

第二张放下了……血！好多血，整间房里都是血，伴着锅里烧开的汤的声音，咕噜噜，咕噜噜。

莫晓妍身子猛地一抖，吓得睁开眼盯着眼前的男孩。

那男孩好像什么都不知道，只是瞪着一双清澈的眸子，歪头看着她说："姐姐，还没放完呢。"

莫晓妍稳了稳心神，强烈的好奇心驱使她继续看下去。

第三张放下了……她看到了那个男孩，校服脱在一边，正背对着她举起一把厨房的砍刀，一刀刀地砍着什么东西，"咚——咚——咚——"血肉飞溅起来，有什么东西挂在他的手臂上，被他扯下来又丢了进去……

莫晓妍的脸已经全白了，本能地想缩回手。那男孩却突然反手握住她的手，眯起眼笑着说："姐姐，还差三张呢。"

刚才看起来还天真无邪的男孩，此刻却让莫晓妍感到一种强烈的压迫和恐惧，她只好装作没事，勉强握着他的手继续往下放。

第四张……那男孩终于砍完了面前的东西，拿出一卷保鲜袋，十分耐心地把一地的尸块分成了七份，一块块放了进去，又井然有序地放进了冰箱。

第五张……他在喝汤，就是刚才那个女人煮在炉子上的汤，汤已经全凉了，他却拿着汤勺一勺勺舀进嘴里，表情平静得好像只是个刚放学回来喝汤的男孩。

第六张……他抬起头，笑了……他说："妈妈，真好喝。"

莫晓妍缩回手，忍了很久才忍住没吐。她看了眼男孩身上背着的大书包，不敢确定里面到底放了什么。

现在外面开门的商户还是寥寥无几，就这么出去找人帮忙也不一定有人会信。

莫晓妍一边在脑子里快速盘算着，一边逼自己保持镇定，对着塔罗牌诌了一通，希望尽快把这变态打发出去再报警，其实她的心跳快得要命，自己也不知道自己说了什么。

果然，那男孩的表情变得越来越失望，莫晓妍松了口气，在心里祈祷他不要因为自己是骗子砍了自己，还好那男孩只是摇摇头，背起书包开门走了出去。

莫晓妍盯着他踏出门口，顿时有逃过一劫的感觉。她连忙从柜子里拿出包包，掏出电话慌乱地拨通肖阳的号码，压着嗓音说："喂，你快点过来，这里……"

她话还没说完，脖子上传来一阵刺痛，那男孩不知何时又回到了她身后，手上的尖刀几乎要陷进她的肉里。他脸上还是带着那貌似天真的笑容，用嘴形一个字一个字地说着："姐姐，你忘了锁门了！"

莫晓妍想哭又哭不出来，内心万念俱灰：她到底做错了什么，老天这是要把她往死里整啊！

电话那头的肖阳还在追问："怎么了？你那边怎么了？"

"没事，我就是想说我这边没客人，好无聊，你能不能过来陪我？"

肖阳觉得莫名其妙："你没事吧，怎么说话怪怪的？我不是说了这边有个案子，办完了去请你吃夜宵？"

"没事，那等你忙完了再说。"莫晓妍努力维持着镇定的声音，绝望地挂断电话，转过头，对着那男孩哀求着，"小弟弟，我什么都不知道，你别杀我。"

那男孩叹了口气，说："我也不相信姐姐会骗我，但是你的表情出卖了你。"他眯了眯眼,挥舞着尖刀指向门口:"真可惜,姐姐今天做不成生意了呢。"

莫晓妍明白了他的意思,只得认命地去锁门,可就在那扇门快要关上时,有一只手拉住了门框!

十指修长,骨节分明,莫晓妍并不是手控,但现在看到眼前这只手,还是忍不住心动。她再顺着那只手往上看,站在门口的男人二十多岁,剪裁合体的衬衣,笔直的西裤,腕上的机械表,都表明这男人的身份不俗,和这市民味儿十足的地下商城格格不入。

但莫晓妍心里只有一个念头:可惜了,太瘦了点。

她更希望来的是个五大三粗的壮汉,不过现在也没的挑剔了,她连忙摆出平生最为谄媚的笑容,热情地拼命眨着眼招呼着:"先生,要算命吗!"

男人狐疑地看着眼前打扮奇怪的女人,她正满脸渴望地冲他挤眉弄眼,他不由自主地脑补出另外一句话:大爷,要来玩玩吗?

他皱起了眉头,自己一定是脑抽了,才会相信周悦伟的那个小表妹说的话——"秘境"的老板娘可神了,算过去的事一说一个准。

于是他果断地收回门上的手转身就要走,莫晓妍眼疾手快地一把抓住他的手腕。虽然很快被甩开,但足够她读取到一个片段。她依旧笑得一脸谄媚:"先生是怕门口那位络腮胡的胖大叔等急了吧,没事,算命很快的。"

果然,男人听她准确地说出司机的特征,转过头很认真地看了她一眼,然后终于下了决心,径直往房里走。

莫晓妍激动得眼泪都快掉下来了,同时也有点小愧疚:我可不是故意不告诉你里面有危险,反正你一个大男人,加我一起,没理由打不过一个拿刀的男孩。

可她才高兴了不到十秒,就看到一个黑影从窗帘后疾扑出来,甚至来不及开口警示,一把尖刀就已经逼上那男人的背心。

莫晓妍捂住嘴惊呼出声，然后令她更加震惊的事发生了：那男人好像身后长了眼睛一样，整个人往旁边一闪，刀尖只划破了他的袖子。然后他快速转身，利落地打下了男孩手上的刀，再借力一带，把他甩到了桌子旁边。

莫晓妍看得忘了眨眼，这一躲一打实在太帅气，简直比看大片还过瘾，再加上这男人英俊的五官，笔挺的身形，活脱脱一个007男主角啊。

那男人看了一眼衣服上被划破的口子，眼中射出凛冽的寒光，然后解开衬衣的领扣，一步步朝那男孩逼近。

男孩有一瞬间的狼狈，但很快恢复过来。他打开手里的书包，摸出一根铜管，一边用手绕住上面的拉环，一边阴沉地吼着："别过来，不然我马上引爆它。"

莫晓妍被男人高大的身子挡着，看不清男孩手上拿的什么，但是明显感觉男人的背脊一僵，刚放下去的心又提了起来，有了落荒而逃的冲动。

那男孩慢慢站起来，擦了擦嘴上的血，邪笑着说："我自制的雷管，还没试过威力怎么样，你们想不想试试？"

这是什么神转折！莫晓妍觉得整个人都不好了，这一出出高能都不带预警的，她的小心脏实在是经受不起了。

于是，当再一次被威逼着锁上大门，她内心是绝望的，这次再没有从天而降的救星了，连那个自带光环的男主角也被她一起坑了。

男孩坐在桌子上，把玩着雷管上的拉环，目光扫过蹲在地上的两个人，享受着主宰别人生死的快感。然后，他的眼神定在男人身上：这人武力值有点可怕，虽然暂时受了他的胁迫，可总还是有些不放心。

于是他朝莫晓妍努了努嘴巴，指着桌上的装饰搭布，说："去，把他绑起来。"

莫晓妍哪敢不从，低着头卷了搭布走到那男人身边。谁知男人却嫌恶地往旁边一偏身子，一副誓死不从的样子。

男孩眼里闪过一丝狠戾，扬起雷管对着男人说："你敢玩花样，我就马上引爆它。"

莫晓妍连忙冲男人拼命使眼色：这人是个变态，什么事都做得出，现在可不能惹急了他。

男人狠狠地瞪了她一眼，又瞥了一眼她手上那张已经分不出本来颜色的搭布，把头一扭，甩出一句："太脏！"

莫晓妍顿时有被噎到的感觉。这搭布是很久没洗了，好吧，好像还沾了点昨天吃麻辣烫溅上去的油。但是大哥，都到这境地了，凑合点得了，还讲究那么多干吗啊。

那男孩看了一眼搭布，十分理解地点了点头，嘀咕了一句："确实是脏了点。"他眼珠又一转，指着男人身上说："这样吧，把他的皮带解下来绑着。"

莫晓妍傻眼了，眼睛不由自主地往男人裤裆那里瞅，脸有点发红，让她去解一个大男人的皮带，这怎么下得去手啊。

那男人脸上更是不好看，绷着脸瞪着她不放，一副"你敢动手我跟你没完"的态度。

莫晓妍撇了撇嘴，你以为谁愿意解你的皮带啊，还不都怪你自己先挑三拣四。

僵持了一阵，那男人终于往后退了一步，咬牙切齿地说："我自己来！"

莫晓妍接过他解下的皮带，脸还是有点红，一边往他手上绑，一边碎碎念着"我也不想，绑太紧了别介意"之类的话，然后趁男孩没注意，偷偷把皮带的一头交到男人手里。

眼看那男人被绑严实了，男孩非常满意，双腿晃荡着，笑嘻嘻地说："大家今天能死在一起，也算是有缘，不如互相介绍一下吧，我叫周遥，今年十五岁，高一。"

另外两人可没他这么好的心情，在他再三的催促下，只闷闷地报出两个名字。

"莫晓妍。"

"韩逸。"

莫晓妍觉得"韩逸"这个名字有点耳熟，但她一向记性不好，也就放任那个念头一闪而过了。

周遥跳下桌子，把玩着雷管上的拉环，走到离韩逸一米远的地方，把他上下打量了一遍，然后扯了扯嘴角说："叔叔看起来也是个有身份的人，不过你放心，待会儿爆炸的时候会有不少人给我们陪葬，怎么算你也是赚了。"

他如此说着，眼前好像出现了许多人在爆炸中丧生的场面，忍不住舔了舔嘴唇，脸上露出渴望的表情。

莫晓妍听得腿都软了，抱着最后一丝期望哀求着："小弟弟，冤有头债有主，我又不认识你，为什么非得挑我这里啊？"想死你可以去别处死啊！

周遥无辜地眨了眨眼睛，说："其实我也是刚才临时决定的，嗯，谁叫你倒霉呢。"

没错，谁叫她倒霉呢！莫晓妍愤愤地想，自己上辈子一定是个杀人无数的大魔头，所以这辈子老天才会让她磨难不断，连死都不让她留个全尸。

韩逸却平静地看着周遥说："你怎么会做雷管的？"

周遥笑得很得意："这有什么难的，我化学考试可总是满分，叔叔看来是识货的人，一眼就认出来这是真货，也省了我不少麻烦。"

他转头看了一眼墙上的挂钟，好像并不急着动手，表情轻松地说："反正时间还早，我们来聊聊天吧。你们知道要把一个人的尸体分成七十块，需要多长时间吗？"说完，他别有深意地停了停，好像在给他们理解消化的时间，然后才继续说："我算了下，一共是两个小时十八分。哎……分尸可比做雷管难多了，害我现在手腕还疼得要命。"他稚嫩的脸上一张小嘴噘起来，像在抱怨今天的作业特别难。

他说完这些，眼珠开始滴溜溜地转着，目光在两人身上流连，想找到自己想要的恐惧表情。但莫晓妍正一副生无可恋的表情双眼直勾勾地盯着地面，好像什么事都和她无关；韩逸更是连眼皮都没眨一下，只是淡淡地问了一句："你杀了谁？"

周遥有点失望地说："我杀了我妈妈。"他又舔了舔嘴唇："其实我还真有点舍不得，毕竟……她做的汤还是挺好喝的。"

莫晓妍终于从生无可恋状恢复过来，低头轻轻骂了一句："变态！"

不过周遥根本没空理她，他越来越兴奋："我把她的尸体放在冰箱里，还留了一张字条，上面写了我所有要做的事，明天阿姨来打扫卫生的时候就能发现了。然后，G市所有的报纸都会登上我的大名，不知道待会儿能死多少人，够让我的名字被谈论多久！"他眼睛里闪动着亮光，好像在谈论一件了不得的壮举，接着又惋惜地说："可惜，你们两个是看不到了。"

韩逸一直盯着他说完这段话，然后轻声笑了起来。周遥被他笑得有些恼火，吼起来："你笑什么？"

韩逸摇了摇头，说道："我笑你到底只是个孩子，你以为警方会把这样的恶性事件连细节都公之于众？你策划这件事多久了，一个月？一年？真是太可惜了，没人会记得你，你的名字只会被登在遇难者名单上一个最不起眼的角落里。而唯一会因为这个名字而在意的人……"他看着周遥越来越扭曲的表情，慢慢吐出最后几个字："已经被你杀了。"

周遥气得双目发红，但右手一直没离开雷管拉环，气急败坏道："胡说，出了这么大的事，警方不公布真凶，怎么向公众交代！"

"没错，他们会编一个故事，比如煤气罐爆炸之类的事故。如果承认这么恶性的事件，居然是你一个高中生策划完成的，岂不是间接承认这座城市的安保根本不堪一击？到时候只会让公众更恐慌。"

眼看周遥被他说得乱了心神，韩逸又笑了笑，说："不过我可以教你个办法。你现在放我出去，然后马上引爆，凭我的能力，自然会有办法让所有人都知道这件事是谁做的。反正你要的只是名字被记住，多死一个人或者少死一个人根本没什么区别。"

莫晓妍这下终于听懂了，这家伙也太不地道了，磨了半天嘴皮子就是想让自己脱身，其他人的死活他就不管了。政治课本说得对，资本家果然都是吃人不吐骨头的冷血动物，亏她还故意在绑他的时候做了点手脚，指望他能趁机逃脱。

等等，这个念头提醒了她，她偷偷往韩逸身后看了一眼，发现他果然在想办法解开那条皮带，而且已经快成功了。他的眼睛正死死地盯着周遥手上的那根雷管，好像一只伺机而动的猎豹。

莫晓妍突然明白过来，韩逸在故意扰乱那个孩子的心神，只等一个机会把雷管抢下来。也许是因为刚才他露的那两手，她总觉得韩逸很值得信任，于是心中又忍不住燃起了一丝希望。

可周遥在初初的慌乱之后，很快就平静了下来，而他的手一直放在雷管的拉环上，他们根本没有任何偷袭的机会。

周遥抬起头，阴阴地笑了起来："谢谢叔叔的好意，不过我这个人从来不喜欢靠别人。我才刚想起来，来这里之前，我已经在本地论坛上发了帖子，写明了我的所有计划，今天之后总有人会翻出那个帖子，到时候警察想隐瞒也隐瞒不住了。"

他说得云淡风轻，却把莫晓妍心里那点希望的火苗彻底掐灭了。这孩子虽然只有十五岁，但是办事冷血又缜密，根本不是那么容易对付的。她以前也看过几本心理学的书，这好像就是所谓的反社会人格，据说这样的人缺乏情感和愧疚感，很难被外界打动，看来，他们今天真是难逃此劫了。

一时间，屋子里静得出奇，墙上的时钟"嘀嗒嘀嗒"响得格外清晰，好像死神的脚步一步步逼近。

马上要到七点了，外面的铺子越来越热闹，女孩子们的嬉闹声和谈笑声透过墙壁传进来，莫晓妍心中突然燃起了强烈的求生渴望，她不能就这么不明不白地死了，更不能让外面那些鲜活的生命就这么不明不白地消失。

这孩子身上一定有弱点，只要有弱点就还有希望，可到底是什么呢？

她焦急地左顾右盼，突然余光瞥见桌上的六张塔罗牌不知道什么时候变成了七张，正整整齐齐地排列在桌子上。

这是谁放上去的！

03

地下商城并不通风，虽然开了中央空调，但因为挤进来的人多，那点冷气很快就变成热气吐出。门窗紧闭的"秘境"里更是闷热无比，莫晓妍觉得有点喘不过气来，汗珠从额头流到鼻尖，咸咸的味道滑进嘴里。

她无暇擦去那些汗珠，只是拼命捕捉着脑子里不断滑过的片段：

塔罗牌变成了七张，现在这间屋里的三个人，只有周遥能做到这件事，可他为什么这么做？

在周遥的记忆里，他杀了人以后又花了两个多小时去分尸，然后十分耐心地装进袋子里，再整齐地放进冰箱里的隔间。他并不在乎有人会发现这尸体，相反，他很渴望有人能发现。那他做这一切到底是为什么？外面的人已经如他所愿越来越多，他为什么还迟迟不动手引爆雷管？这样的计划，多耽误一分钟就会多一丝风险，他在等什么？

反社会人格是一种精神障碍，会有常人无法理解的偏执，周遥……他好像十分在乎某个规则，有些东西对他非常重要，他迟迟不动手，因为他在等一个重要的时刻。

也许对他来说死亡是一种仪式，这种仪式只有在某个特定时刻完成才能让他得到最大的快感。

莫晓妍闭上眼，将所有画面在眼前铺开，然后有什么东西慢慢浮现了出来。

你们知道把一个人的尸体分成七十块要多长时间吗？

他把尸块装进保鲜袋里，一、二、三、四……一共是七个保鲜袋。

六张散乱的塔罗牌，变成了七张，被整齐排列起来。

她猛地睁开眼，直直地看着墙上的时钟，现在是六点五十分，离七点钟只差最后十分钟！如果她猜得没错，一旦到了七点，周遥就会毫不犹豫地引爆雷管，到时候他们就真的没希望了。

可只有十分钟能做什么？那边韩逸还在试图说着什么，可周遥已经看穿他的心思，根本不再搭话。他只是紧紧握住手中的雷管，频繁地看着时钟，表情越来越兴奋。

"嘀嗒嘀嗒"，眼看时针离"7"字越来越近，莫晓妍一咬牙，这种时候只能豁出去了，怎么也要搏一搏！

于是她闭上眼培养了下情绪，然后气运丹田，放声大哭起来。

那两人都被这突如其来的哭声吓了一跳，然后同时用嫌恶的眼神瞪了过来。可莫晓妍一点停下的意思都没有，反而越哭越伤心，越哭越绝望，眼泪鼻涕一起流得满脸都是。

周遥被她哭得很烦躁，恶狠狠地吼："哭什么哭！想把外面的人招来是吧，你放心，就算外面有人听见了，也不会有空管这种闲事。还是省点力气吧，反正等会儿总要死的！"

莫晓妍却越哭越来劲儿，一边哭还一边号着："我哭我的，关你什么事！你说我怎么这么倒霉啊，爸爸死了，妈妈不管我，辛苦打工熬到大学毕业，好不容易找到份工作又被炒了，现在只剩下这家店讨生活，还要被我碰到这种事，真是没活路了！"她一副悲从中来的模样，突然开始撒泼，冲着周遥大叫着："你怎么还不炸啊，倒是快炸啊，炸死我下辈子投个好胎，省得再在这世上受折磨！"

室内本来就闷热难熬，再加上莫晓妍的哭声又尖厉又有穿透力，周遥觉得脑子快要被她吵炸了，看了一眼时钟，还剩最后五分钟，于是挥舞着手上的雷管大喊："急什么急！赶着投胎也不是你这个赶法，时候到了自然送你上路！"

而韩逸一直在旁边冷冷地看着这一幕，并很快捕捉到莫晓妍在哭闹之余，飞快地给他递的一个眼色。

莫晓妍眼看时间越来越少，索性把心一横，歇斯底里地喊着："你不引爆我自己来，反正老娘也不想活了！"然后飞快冲到周遥面前，作势要抢他手上的雷管。

周遥被这突如其来的变故弄蒙了，本能地往后躲，右手死死压住雷管，生怕被她拉动。他慌张地回头盯着时钟：只差最后两分钟！过了这两分钟，他和这里的一切，都能得到最完美的盛放。

韩逸死死盯着两人的动作，知道现在就是最后的机会，他趁周遥分神的时候，猛地跳到他身后，用尽所有力气将皮带缠在他脖子上死死勒住，丝毫都不敢放松。

肺里的空气猛地被抽走，周遥脖子上青筋暴突，想要反抗却提不起力气，终于他的双手软了下来，想要用最后的力气去拉爆雷管，可莫晓妍已经先他一步死死按住他的手，求生的欲望让她的力气变得大得惊人，半点也撼动不了。

几分钟后，周遥的双眼凸出来，脸涨得通红，然后终于瘫软滑倒在地上。眼看雷管被莫晓妍握在了手里，韩逸才终于松了口气，慢慢松开周遥的脖子。

莫晓妍浑身都是汗，手上被周遥的指甲抓出深深的血痕，抓住雷管的手不停地发抖，眼看周遥终于倒下来，感觉整个人都虚脱了，哑着嗓子问："他……死了吗？"

韩逸拨了拨他的眼皮，摇了摇头，然后捡起之前地上的那块搭布，把昏迷不醒的周遥五花大绑了起来。

莫晓妍这才确定自己终于跨出了鬼门关，眼泪不由自主地流了下来，然后颤抖着把雷管放下，开始转身翻找自己的手机："报警，要赶快报警！"

"不行！"韩逸跨步上前，一把抽出她手中的手机，喊道，"不能报警！"

莫晓妍又蒙了，为什么不能报警，难道这人身上也有什么见不得光的案子，那自己岂不是才出狼窝又入虎穴！

就在她开始胡思乱想的时候，韩逸却十分清醒：自己不能被牵扯进这件案子。如果现在叫警察来，肯定会叫他去做笔录，万一被记者知道了，还不知道会怎么写。

他看了一眼腕上的手表，声音中带着不容置喙的强硬："我走了你再报警，现在你先给我算命。"

算……算命？！莫晓妍脑子有点转不过来，这人没毛病吧，这种时候他还惦记着算命。她忍不住又瞥了一眼韩逸，大哥……你皮带都还没系上呢。

韩逸见她一副十分不情愿的表情，飞快地瞟了一眼墙上的价目表，掏出钱夹抽出十张钞票放在桌上，问道："一千块，够不够？"

莫晓妍的眼睛都直了，一千块！这是她开店以来收到的最大的一笔巨款！

难怪古人说祸兮福所倚，原来被绑架就是遇见土豪的代价啊！在红彤彤的钞票面前，莫晓妍觉得刚才受的什么罪都值了，她马上换了副面孔，在桌子后面坐下，摆出亲切的微笑问道："先生想要算什么？"

韩逸毫不掩饰眼中的不屑，这女人怎么看怎么像招摇撞骗的神棍。但今天已经浪费了这么多时间，不算一算他始终是不甘心，于是他也在她对面坐下，淡然说道："很简单，我想知道我十二岁那年夏天发生了什么事。"

莫晓妍愣了愣，怎么他不记得自己十二岁那年发生的事了吗？看韩逸的表情，这件事对他来说应该非常重要。她瞟了一眼旁边还昏迷着的周遥，只想快点结束这件事，懒得再玩什么塔罗牌的花样，直接伸手说："把手放上来。"

韩逸将信将疑地把手搭在她手上，莫晓妍闭上眼，开始努力搜寻着他想要的那段记忆。

鸟叫虫鸣，微风轻拂，窗外树叶沙沙作响。阳光透过落地窗照进一座十分豪华的别墅里，她跟着十二岁的韩逸走上长长的楼梯，楼梯上方，传来若有若无的歌声。歌声婉转动听，是从二楼一间房里飘出来的。走过长长的走廊，推开房门，首先映入眼帘的是一双红色的高跟鞋，再往上，紧身旗袍包裹着玲珑有致的身体，唱歌的是一个容貌绝美的女人。

然后，女人回过头，歌声骤然而止，大大的美目中写满了厌恶。

此时，莫晓妍已经完全进入这段记忆，正要接着看下去，面前却突然出现了一双眼睛，挡住了她所有的视线。

这双眼睛和韩逸的眼睛长得一模一样，但眼神完全不一样。韩逸的眼神冷漠而倨傲，可那双眼睛里充满邪气和暴虐，正满含警示地瞪着她。

莫晓妍的身子突然剧烈颤抖起来，身子仿佛不断下坠，骤然从他的回忆中跌出。

她想起来十五岁那年，有个人也是这样的眼神，贴在自己耳边，一边吐着气一边说："你以为，有人会信你吗？"那语调好像冰冷而滑腻的毒蛇，将她越缠越紧，然后勾住她的咽喉，再狠狠地吊起，好像被拖离水面的鱼。

莫晓妍迫不及待地抽回手，大口喘着粗气摸着自己的脖子，她绝不能再碰这样的人！不管那双眼睛是谁的，她绝不能让自己再回到那种境地里！

韩逸并不明白发生了什么，皱着眉追问："怎么了？你看到了什么？"

莫晓妍勉强笑了笑，忍痛将面前的钱推了回去，说："对不起，我算不出来。"

韩逸的脸色变了，莫晓妍生怕他不信，又连忙靠过去小声说："其实我根本不会算命，不过是讨个饭碗糊口，您可千万别和别人说啊……"

她话还没说完，韩逸已经站起身推门走了出去。莫晓妍长长舒出一口气，发了一会儿呆，然后才大梦初醒一般，赶快掏出手机拨通肖阳的电话……

另一边，韩逸坐上自己的车，早就等得不耐烦的司机回头看了看他的脸色，识趣地什么也没问，转头发动汽车。

韩逸看着窗外飞快掠过的景物，越想越觉得可笑，周悦伟说得对，他对那件事确实太过执著，竟然到了相信算命这种无稽之谈的地步。他的目光瞥到袖子上被刀划破的口子，皱眉想了一下，拿出电话拨通一个号码，开口道："你上次不是说韩国一家超市要签下大越街的地下商城吗？明天就把那里的小铺子都停了吧，租金按合同约定补给他们……是的，里面的租户乱七八糟，早点关了也好……"

而在他对面的方向，一辆警车呼啸着与他擦身而过。

04

红油翻滚，白雾蒸腾，肖阳拿筷子夹着块毛肚悠闲地在火锅里烫着，对面的莫晓妍已经又干掉了一盘羊肉。

烫得刚刚好的毛肚混着麻酱的香气充盈口腔，让肖阳满意地眯起眼，再抬头时，莫晓妍已经端起第四盘羊肉，他忍不住叹了口气："老这么抱着肉吃不腻啊，早知道带你去吃自助烤肉。"

莫晓妍鼻子里哼了一声，把一块块烫好的肉夹进蘸料，说道："你懂什么，这叫资源储集，这顿吃完还不知道什么时候才有肉吃，当然要一次多吃点。"

对火锅怀着浓厚热爱的肖阳很不赞成她这种牛嚼牡丹的吃法，在他心中，毛肚和鸭肠才是红油火锅的最佳拍档，吃肉什么的总归是落了下乘。不过想到对面这人一向把能吃饱视为饮食的唯一准则，他也不准备和她就"火锅涮什么才是正统"进行深入讨论，于是换了个话题："难得你被人绑架又进了趟局子，还能有这么好的胃口。不过话说回来，你到底是怎么制服那个拿自制雷管的高中生的？"

莫晓妍想到刚才满屋子的警察就觉得脑袋疼，连忙挥着筷子说："够了够了，你要是请我吃火锅是为了继续套我的口供，我马上就走。"反正肉已经吃饱了。

"别别别，我不问就是，您老人家安心吃，不然这么多肉我一个人可吃不完。"

莫晓妍满意地点了点头，一副大人不计小人过的宽容模样，然后埋头把面前的盘子全清空了，又叫服务员上了一碗蛋炒饭。她发现坐在对面的肖阳正一脸嫌弃地看着她，扔过去一个少见多怪的眼神："不吃饭能吃饱吗！"

肖阳看她用瘦弱的手臂大口扒着饭，手背上还有搏斗时留下的血痕，突然觉得有点心酸。他端起面前的啤酒猛灌下去，忍不住开口说："吃个饭这么拼干吗，真把自己当骆驼啊。以后想吃肉了我请你就是，实在没钱了，我也可以借你啊。"

莫晓妍眼睛都没抬，嘴里嚼着饭含糊地说："得了吧，你一个小干警充什么大款。能帮我垫上这个月的生活费已经是大恩大德了，再说我都这么大个人了，哪能一直靠别人帮啊。"

肖阳给自己又倒了杯啤酒，锅底的热气翻涌上来，模糊了眼前那张熟悉的脸。

他们从小在一个村子里长大，曾经是最亲密无间的好友，他也是这座城市唯一知道她秘密的人。可自从重逢以来，他们之间就一直好像隔着些什么。她从来不对他说太多自己的事，有什么难处也都自己扛，这次如果不是因为寄回去的钱出了问题，她恐怕还不会告诉他失业的事。

就像今天晚上，他在电话里听见她的声音吓得发抖，可当他带人赶到时，她已经收拾好了所有情绪，冷静地跟着他们去所里陈述案情，还故意模糊带过了所有细节，私底下更是没对他多说过一个字。

这些年到底发生了什么？为何她会为自己筑起一个那么坚硬的壳，好像谁都走不进去。他几乎快要忘了，曾经的莫晓妍是一个看见虫子都会躲在自己身后尖叫的小女孩。

"喂，你不吃了？这盘毛肚还剩一半呢。"

抬起头，撞见莫晓妍那双清澈的眸子，肖阳掩饰般地灌下手里的那杯酒，说："我吃饱了，你全吃了吧。"

谁知莫晓妍摇了摇头，说："我不吃这个，麻烦又不顶饿。胃的容量是有限的，必须用更有价值的东西来塞满它。"

肖阳有点啼笑皆非，这是什么理论，这孩子是不是从"三年困难时期"穿越过来的？

刚刚一口气灌下的酒有点上头，喉头滚了滚，肖阳终是开口："晓晓，其实，你有什么事都可以告诉我，有什么难处也可以和我说。毕竟，我们是这么多年的朋友，当年如果不是因为我……"

他话还没说完，莫晓妍已经把筷子"啪"的一声砸在了桌子上，然后抬起头，直勾勾地盯着他。

肖阳被她看得一阵心虚，不自在地耷拉下脑袋。这时，莫晓妍把手直直伸出，又朝他摊开手掌，然后歪着头笑了起来，说："你知道就好，还不把欠我的给我。"

肖阳愣愣地抬起头，等明白过来也忍不住笑了起来，他连忙从包里摸出几袋糖豆递过去。花花绿绿的劣质包装袋，还山寨了某个知名品牌的LOGO，莫晓妍却看得眉开眼笑起来。她连忙撕开一袋拿出一颗放进嘴里，一边尝着滋味一边满意地念叨着："还是这个味道最甜，一吃到就觉得什么烦恼都没了。"

肖阳失笑："这种劣质糖精做的糖豆，也只有你会当个宝。现在的人吃什么都讲究健康纯天然，这种糖连我们老家的超市都越来越难买到了，我看啊，这家厂估计靠你一个人撑着才没倒闭。"

莫晓妍把第二颗糖豆扔进嘴里，摇晃着脑袋得意地说："你懂什么？没什么是一颗糖豆解决不了的，如果有，那就吃两颗。"

火锅里的菜伴着红油欢快跳动着，两人默契地跳过了刚才那个话题，既然她无心倾诉，他也无意紧逼不放。

当莫晓妍顶着一身火锅味走回自己租房子的小区里，时间已经接近十二点了。

所谓的小区，其实也就几栋矮旧居民楼，外墙常年渗水，导致楼栋间充斥着一股霉味。没有正规的物业，一楼的婆婆喜欢把垃圾就这么堆在楼道里，于是所有人都要冲破苍蝇的围追堵截才能上楼。这里唯一的好处就是交通方便、房租便宜，因此现在住的基本是外来租客。

莫晓妍租的小单间，是房东从自己家的三室两厅里隔出来的，所以她现在必须轻手轻脚地穿过过道，生怕惊动了房东。毕竟，马上又要到交下个季度房租的时候了，想想存折里所剩无几的积蓄，她实在不敢面对房东那张刻薄难看的脸。

"你知道吗？今天可吓死我了……"

莫晓妍转身锁上房门按开灯，一边换着拖鞋一边絮絮叨叨地诉说今天碰上的倒霉事，包括她怎么看到那个孩子杀人分尸，怎么在千钧一发之际抢下雷管，还有那个被她临时拖进这件事的男主角先生。

她走到桌子旁边打开电扇，"吱吱嘎嘎"的电机声带着热风吹出来，丝毫没法减轻屋里的闷热。

莫晓妍拿了毛巾擦了把汗，继续说着："男主角先生虽然傲慢了点，但我看得出来，他是个好人。不过……他身体里还住着一个可怕的人，就和那个人一样……"

她想起那双眼睛，一瞬间又陷入那熟悉的窒息感中。

她警惕地往屋里环顾一圈，和她合租的女孩子果然已经把东西都搬走了，以前经常挤得转不开身的小房子，第一次显得有点冷清。

她连忙跳到床边，抱起枕头旁的一个娃娃——那是一个看起来很有些年头的布娃娃，褐色的毛线头发上起了许多毛球，衣服也有开线又补过的痕迹，正孤零零地坐在床头，听着莫晓妍的倾诉。

莫晓妍摸着怀里娃娃的头发，轻声问："你怕不怕？其实没什么可怕的，那个人已经死了，没法伤害我们了。"

空荡荡的屋子里，回应她的只有电扇"吱吱嘎嘎"的转动声……

当莫晓妍洗漱完毕，抱着娃娃躺回床上时，迷迷糊糊地告诉自己：没事的，一切都会好起来的。明天再去招聘会，说不定就能找到新工作了。实在不行，就好好经营"秘境"，多做几单生意，房租总会赚到的。

屋子里又闷又热，只过了一会儿，身体就好像泡在汗水中。可莫晓妍实在太累了，还是很快就睡着了。她并不知道自己在睡梦里叫了很多声"妈妈"，有什么东西倏然落下，打湿了怀中娃娃的头发。

第二章

♥

我真的不是故意想
引起您的注意啊

01

第二天，当莫晓妍再次无功而返地回到"秘境"门口，看着铁门上贴着的"停租启事"，觉得就算吃一箱糖豆也无法平息她崩溃的心情……

晚上六点半，还不到客流高峰时间，整个地下商城就已经格外热闹起来。

商户们正聚在一起谈论什么，有几个本来义愤填膺地要去物业讨说法，但是看到启事上写着的"三倍合同金额的赔款"就很快闭了嘴。毕竟这地下小店每天能有多少营业额，与其花时间闹事，还不如拿了赔款换个铺子实在。

只有莫晓妍没有参与这热闹的讨论，她抱着双膝蹲在店门口，被一种深深的挫败感淹没，几乎无力挣扎。

她隐约听见有人在小声议论："这就是昨天那家出事的店，当时来了好多警察。"

"肯定就是因为她家的事才害得大老板不满，不然怎么会这么急着把铺子都收回去？"

莫晓妍把头埋在双膝间，感到眼眶有点发热，也许他们说得对，就是她带衰了地下商户，可她明明应该是受害者才对。更令她感到惶恐的是：现在连最后的收入来源都断了，万一再找不到工作，下个月的房租该怎么办？

"老板，你关门了吗？"吵嚷声中，突然传来一个熟悉的声音。莫晓妍惊讶地抬起头，看见自己店里的熟客苏玲玲穿着一件碎花连衣裙，正一脸疑惑地看着她。

苏玲玲是在附近写字楼上班的一个小白领，偶尔来了一次她店里，被说准了过去的经历，从此就把她当半仙膜拜，还经常会介绍一些她身边的朋友过来，一来二去，两人也就有了几分交情。

莫晓妍抬头朝她抱歉地笑了笑，想解释什么，但是周围实在太吵，不方便说话，只好站起来领着苏玲玲往外走。

　　一走出地下商场，头顶就是毒辣的大太阳，苏玲玲听说她家的店被收回了，十分同情地表示要请她喝咖啡以示安慰。莫晓妍推辞不了，便跟着她进了一家连锁咖啡店。

　　谁知道就是因为这杯咖啡，带着莫晓妍走上了一条她也无法预料的道路……

　　当听说她要找工作时，苏玲玲就告诉她自己所在的项目组正急着招一名助理，可以推荐她去试试看。

　　这消息对莫晓妍来说，无异于在绝境中透入一丝光亮，她激动得眼泪都快落下来了。可当苏玲玲报出他们公司的名号时，又把她的喜悦瞬间浇熄了一半。

　　越星置业，G 市赫赫有名的商业地产公司，上市企业，自己租的那家地下商城和整条商业街都是它旗下的产业。其母公司盛世集团，业务横跨地产、金融、娱乐等各个领域。

　　而关于越星最出名的八卦消息，就是越星的 CEO 正是盛世集团董事长的独生子。据说这位太子爷从沃顿商学院毕业回国，接手越星才两年就拿下几个大型的地产项目，并一手将越星带上市，风头一时无两。更重要的是，他不仅没有固定女友，这些年几乎从未传出过绯闻，只出现在经济类杂志上，简直是纨绔丛生的富二代群体中的一股清流。

　　这种极品黄金单身汉自然逃不过众多少女的花痴倾慕，莫晓妍曾经的同事就是他的超级迷妹，经常在办公间进行各种洗脑式宣传，所以连她记性这么不好的人，也能很快想起关于他的一串资料，只是……这位富二代中的"战斗机"，到底叫什么来着……

　　莫晓妍甩甩脑袋，决定甩开这无关紧要的事。

　　无论如何，因为这层理由，越星从来不缺高学历的漂亮小姑娘，如果能撞大运得到老板的青眼，就是名副其实的飞上枝头变凤凰。就算没这个命，越星也是业内出了名的待遇高、福利好，只是门槛特别高，像她这样非 211 学校的本科毕业生，根本连门边都摸不到。

这么想着她又泄了气，这些日子屡被拒绝的挫折经历已经让她的自信降到冰点，她哪还敢妄想去被众人追捧的越星。

苏玲玲看出她的顾虑，连忙和她解释公司现在正在争取政府的一个新区整体开发项目，因为这个项目特别关键，她所在的策划部A组已经没日没夜地忙了快一个月了，以前的那个助理大病一场后觉得还是保命重要，于是留下一封辞职信就打死不回来了，现在项目组正是着急找人顶上的时候，所以只要莫晓妍愿意试试，机会还是非常大的。

看着苏玲玲认真朝她介绍的模样，莫晓妍突然有点感动，这些年来她习惯性地防备所有人，却对每一份来自陌生人的善意都格外珍惜。于是她默默对自己说，一定要抓住这个机会，为了不至于流落街头，也为了不辜负苏玲玲的这番美意。

果然只过了一天，莫晓妍就接到了苏玲玲的电话，说已经约好了时间，让她好好准备，第二天直接去找部门经理面试。

来自越星的面试机会！

莫晓妍握着电话兴奋地倒在床上，不敢相信地掐了掐自己的脸。但想到准备时间只有一天一夜，她的神经又立即紧绷起来：要努力，要全力以赴，为了不露宿街头，必须拿下这个职位！

可再多的雄心壮志，在她真的走入越星那栋气派的写字楼里时就立刻溃散，莫晓妍握紧满是细汗的手心，用力压下心底的怯懦。

面试她的部门经理叫作张欣，四十岁上下，妆容精致优雅，高级套装上连一道褶皱也没有，目光凌厉得好像一眼就能把人看穿。

此时，她正从手中的简历上抬起头来，把莫晓妍从头到脚审视了一遍，然后抛出第一个问题："先介绍下自己吧，你觉得，自己有什么优势来应聘这个职位？"

莫晓妍咽了口口水，告诉自己千万不能退缩，然后将准备了许多遍的说辞流利地答了一遍。

张欣的目光依旧咄咄逼人，又连着问了几个常规问题，然后似乎在心里评估了一下，说："越星招人的标准相信你也是知道的，本来以你的学历和资历，我们是肯定不会考虑的。但是现在项目组急着要人，又有员工推荐，所以才临时放宽了要求。策划助理虽然只是个小职位，但也是要对整个项目负责的，不能随便塞个人进来充数，你明白吗？"

这话说得有些刺耳，张欣调整了下坐姿，眼睛却一直在莫晓妍身上，似乎在等她怎么回应。

"早知道没这么简单能过关！"莫晓妍在心里默默吐槽了一句，然后保持微笑，从包里拿出一沓 A4 打印纸递了过去，说，"张经理的意思我明白，我觉得这样东西，应该能证明我可以胜任这个职位。"

张欣疑惑地接过那沓纸，翻看一遍以后忍不住露出惊讶的表情，音量高了起来："你是怎么弄到这些的？"

在她手上的，竟然是一份潼安新区周边居民的调查报告，按年龄分类，写满职业、家庭、消费习惯等各类信息，虽然做得还有些粗糙，样本数也不够多，但已经是对项目非常有用的资料。

莫晓妍内心被张欣的反应所鼓舞，她连忙回答："我听说贵公司正在争取潼安新区的整体改建项目，因为我以前的公司也是做营销的，想着你们应该会需要客户调查数据，刚好我有一个叔叔在管委会工作，就找他拿了这份资料。"

张欣又仔细翻看了一遍手里的资料，一直紧绷的脸上终于露出些笑意：项目组马上要向政府提交二次方案，如果能添加这部分关于周边客户的数据，无疑会更具有说服力。他们也曾经找人去周边做过问卷调查，但是一些年纪大的居民对官方问卷非常排斥，所以取得的数据并不详尽。

张欣抬头又仔细审视了下面前的这个女孩：反应快，脑子灵活，最重要的是有执行力，作为助理应该算是很让人满意的，再加上如果她真有政府的关系，以后说不定也能用上。

所以她很快做出了决定，站起身拉平裙摆，对莫晓妍说："跟我来，去见一下周总监，如果他那边没问题，你明天就可以去人事部办理入职手续。"

毫无温度的平板语调，听在莫晓妍耳中却如天籁之音般悦耳，她努力压抑着内心那只几乎要飞跃而出的雀鸟，跟着张欣走进电梯。

电梯门缓缓关上，她偷偷看着镜子里自己的脸，很辛苦才忍住不让嘴角翘起。

电梯直达二十八层，这里是越星高层办公的地方，只有几间大的办公室和秘书室。张欣领着莫晓妍一路走到挂着项目总监牌子的办公室门口，敲了敲门，听见里面的回应才推门走进去。

周悦伟，越星的项目总监，一双桃花眼，模样如奶油小生般俊俏，更难得的是笑容亲切，说话幽默有趣，这是进办公室五分钟后莫晓妍在心里给出的评价。在这样的气氛下，她那颗本来高高悬起的心也终于渐渐放下。

策划组招个小助理并不值得总监过问太多，所以周悦伟只是随便问了几个问题，就准备交由策划组自己决定。

莫晓妍几乎要在心里欢呼出声：要成功了吗？她真的可以进越星了吗？

就在这时，她听见皮鞋踏进门的声音，有人大步走进来，莫晓妍只来得及看清一双修长的腿和笔挺的西裤，身边的张欣就立刻站起来恭敬地叫了一声："韩总！"

莫晓妍内心一阵激动，莫非这就是那位传说中的越星大老板，万千迷妹心中的老公？

她来不及细想，连忙低着头跟着叫了一声"韩总"。周悦伟笑了下，朝来人介绍道："这是项目组新招的助理，莫晓妍。"

莫晓妍能感觉到一道目光落在自己身上，压迫感随之而来，想着再这么低着头总归不合适，于是只好硬着头皮抬头迎上去，结果当她看清这位大老板的脸时，笑容就这么僵在了脸上。

为什么这么眼熟，他们是不是在哪里见过？天哪，韩总？韩逸！男主角先生！

顿时……周围的空气好像都凝固了。

完了，完了，全完了！莫晓妍的内心快崩溃了，她不仅阴差阳错地偶遇了越星的总裁，还害他被困被绑差点被炸死。

对了……她还扒了他的皮带！

她实在是想得太出神，表情也变化得太过精彩，终于成功引起了屋里三个人的注意。可内心已经彻底处于混乱状态的莫晓妍，并没发现自己的眼睛正无意识地跟着记忆乱转，而且正好停在了韩逸的下半身。

周悦伟憋了半天，终于忍不住爆发出大笑，他一边用揶揄的眼神瞥着韩逸一边说："这几年我也见过不少别有用心来越星的小姑娘，但是像莫小姐这样上来就直奔主题的，可真是第一次见到。"

莫晓妍呆呆地抬头，一时间反应不过来这是什么意思，现在她满脑子都被一件事塞满：我扒了越星总裁的皮带！我扒了越星总裁的皮带！

韩逸这时也终于认出来，眼前这个裹着职业套装，看起来再平凡不过的求职者，竟然就是两天前那个害他狼狈不堪的装神弄鬼的神棍！

他的脸立刻黑了。旁边的张欣马上看出不对，连忙让莫晓妍先出去等着，说有些事要和韩总商量。

莫晓妍头脑昏乱地走出办公室，在关门的一瞬间，看见韩逸正面色铁青地和张欣说着什么。

刚才的雀跃、欣喜顿时都变成了无可名状的失落，空荡荡的走廊里，安静得令人发慌，偶尔传来秘书尖尖的高跟鞋的声音——嗒嗒嗒，嗒嗒嗒，戳得她心口发痛。冷气从空调口嘶嘶窜出，迅速钻进她身体的每个毛孔，莫晓妍抱住自己的胳膊，却没法让自己暖和起来。

这时面前的那扇门终于开了，张经理走到她面前，犹豫了一下，好像不知道如何开口。

莫晓妍已经从她的表情里看出结果，却还是努力维持着脸上的微笑，然后，她听见张欣用依旧平板的语调说："韩总说……他觉得你这份资料并不可信，公司不会录用不诚信的员工……所以……抱歉。"

她在心里叹了口气，要在短时间内招个合适的助理并不容易，不知道眼前的小姑娘到底怎么得罪了大老板，为什么让他那么厌恶。

莫晓妍知道自己现在笑得一定很难看，可她还是装作无所谓地点了点头，然后接过张欣递回来的资料落荒而逃。

熙熙攘攘的大街上，太阳光依然刺眼而热辣，却终于让她找回些寻常的温度。

莫晓妍垂着头走到公交车站，现在还是上班时间，公交车上挤的都是刚赶完早市的大爷大妈。

车身摇晃着开动，莫晓妍失魂落魄地拉着拉环，身子不由自主地随着车身颠簸而晃荡。旁边的大爷大妈们正热烈讨论着今天的菜价，还有谁家孩子考上了名校，谁家孩子有出息了寄了好多钱回家……她听着听着，突然鼻子一酸，哭了出来。

她压抑了许久的情绪一发不可收拾，无论多么不合时宜，眼泪还是止不住地往下掉。她尴尬地低头遮住了脸，可周围还是有人听见了她的啜泣声，开始好奇地朝这边张望。

莫晓妍既尴尬又难堪，连忙从包里摸出手机，佯装拨了一个号码，然后一边抽着鼻子一边大声说着昨天看的那部韩剧，女主最后病死在男主的怀里，现在想起来还是伤心得不行。

身边的人纷纷露出了然的表情，转回头继续讨论自己的事。莫晓妍这时无比感激自己多年练出来的胡诌功力，她根本没看过什么韩剧，不过是根据印象胡编了一个情节，幸好已经足以让人信服。

二十几岁的女孩，为了韩剧的剧情而哭，比因为生活的艰难而落泪更让人觉得理所当然。

至少，可以显得不算那么失败。

直到逃回那间闷热的小屋，莫晓妍抱着她的娃娃倾诉了许久，然后摸了摸饿得咕咕叫的肚子，从冰箱里拿出一罐牛肉酱，就着白馒头吃了。

　　填饱了肚子，莫晓妍满足地咂咂嘴，打开电脑上网发了个帖子：你吃过最省钱又好吃的食物是什么？然后她在主帖打上一行字：嘻嘻，我觉得应该没有什么能和牛肉酱搭配白馒头匹敌的吧！

　　然后她顺手开始浏览八卦新闻，看了些乱七八糟的爆料帖。莫晓妍被里面的拼音缩写弄得晕头转向，再打开自己的帖子，底下果然多了许多人热烈讨论，许多泡面党和老干妈党纷纷表示了不服，然后这两派又开始了激烈争论。这时有一层楼回：最穷的时候只吃得起十六头鲍了，只要酱汁调得好，还是勉强能入口的。然后这个 ID 被强势围观了，有人扒出他曾经的回帖揶揄：所以你是挤在出租屋里吃十六头鲍吗？

　　莫晓妍看着回帖笑了半天，心情终于变好了些。再怎么艰难的生活也要继续，被打倒了就拍拍身上的灰爬起来，她没有消沉的权利。

　　只是她到底有些不甘心，明明只差那一步……

　　夜色渐浓，一弯新月爬上树梢，透过窗户洒下一地光华，不知疲倦的知了在楼栋外欢快叫唤。黑暗中，电风扇正"吱吱嘎嘎"吹着热风，莫晓妍突然浑身大汗地从床上坐起，一把捞起床头的那个娃娃，双目炯炯发亮！

　　一定不能活得这么失败，我要进越星！用尽一切方法也要进！

　　02

　　第二天，当韩逸独自走向停车场，一个人影突然跳出，挡住了他的脚步……

　　经过了整晚的自我激励和心理建设，莫晓妍终于下定决心，在停车场堵到了只身一人的韩逸。

　　可她涨红着脸还没说出一个字，韩逸就好像根本没看见她一样，长腿一迈，直接绕过她走到自己车边。莫晓妍几乎能看见一股冷风吹着孤零零的小叶子在她身边凄凉地打转。

　　但她好不容易才找到这个机会，绝对不能轻易放弃。于是她横下心来，以毕生难见的矫健身手，三步并作两步冲过去挡在韩逸和车门中间，然后，朝他摆出一个自认为和善迷人的笑容。

可是……他的脸色好难看……他好像生气了……他不会打我吧……

莫晓妍紧张得手足无措，低着头嗫嚅着开口："韩先生，对不起，我想我们之间有点误会……"

"如果你是来道歉的，我接受。没有别的事，就赶快让开。"韩逸单手支在车身上，冷着脸打断了她的话。

莫晓妍准备了一晚上的说辞，被他这一吼全噎在嗓子眼儿里，她努力维持着脸上的笑容，继续说："韩先生，我诚心为上次的事道歉，但是，既然张经理和周总监都觉得我适合那个职位，为什么……"

"因为我们公司不需要骗子！"

毫不留情面的回答，让莫晓妍感到一阵难堪，可她扬起头努力解释着："不是，上次的事是误会。韩先生，我不是骗子，而且我真的很需要这份工作。"

"所以呢？"韩逸忍不住嗤笑一声，眸中微露讥讽，"你很惨，你需要吃饭，因为这样我就必须要给你工作吗？"

莫晓妍被他语气里的鄙夷刺痛，一时间竟不知怎么回应。

韩逸见她丝毫没有离开的意思，心中颇有些烦躁，突然上前一步朝她靠近过来，吓得正不知所措的莫晓妍一个哆嗦，差点以为他要把自己扔出去。

可韩逸只用一只手转过她的身体，指着远处忙碌的几个清洁工，语气冷漠却字字戳心："你觉得这栋楼里的每个人，谁身上挖不出几件惨事，他们努力工作的时候，可没把惨字挂在嘴上博同情。莫小姐，这世界并不是永远有捷径可走的。"

他这话里的讽刺意味很明显：别人在努力工作，她却在招摇撞骗。而现在她必须为这段过去付出代价。

韩逸看到眼前那瘦弱的肩膀开始轻轻发抖，而她的眼眶已经全红了。

韩逸心想终于能摆脱这人的纠缠了，于是一边把她的身子推开一边继续说："我再说最后一次，越星绝不会要品性不好的员工，无论什么职位都一样。"

"我没有走捷径！"

难堪、委屈、心痛一股脑地冲了上来，莫晓妍拼命咬唇忍住即将决堤的泪水，倔强地伸手一把按住车门。

韩逸的怒火终于蹿了起来，他从没见过这种被他戳穿本来面目还能厚着脸皮不依不饶的女人，挑起眉正准备叫保安过来。莫晓妍却丝毫不退让地望着他，声音里已经带了颤音："为了准备这次面试，我彻夜不眠地查到越星竞标的项目。那份资料是我白天跑遍了潼安周边的小区，厚着脸皮拽着每个人攀谈，又花了一晚上时间整理出来的，也许不是很专业，但是绝对真实可靠。我从没有想过要走捷径得到什么职位，韩先生，如果你只是因为那次的印象就觉得我是骗子，这对我不公平。"

"是吗？凭你一个人就能拿到策划组都问不出来的资料，你是怎么做到的？别告诉我是靠算命算出来的！"

莫晓妍又气又急，一时间竟有些语塞。她没法告诉他，自己是利用了那些人的迷信心理，打着免费算命的招牌一个个"看"到的。可她并没有骗人，那份资料是她顶着近四十摄氏度的高温很辛苦才收集到的，又在那间闷热的出租屋里熬了一晚分类整理出来，她无法忍受自己努力的成果就这么轻易地被他污蔑为欺骗。

"是读心术。"

莫晓妍脑子一乱，不知怎么着就脱口而出了这个词，抬头对上韩逸满含嘲弄的眼神，她索性硬着头皮继续瞎掰："我学过读心术，就是通过微表情和言谈去判断一个人的经历和心理，然后在交谈中用一些引导方法，很容易能得到他们的真实资料，就像我以前算命时一样。"

这次韩逸终于没有打断她，而是抿起唇把她的话好好想了一遍：也许这样就能解释周悦伟的表妹为什么会断定她料事如神。

莫晓妍见他表情松动，心里又燃起一丝希望的火苗，急切地说："韩先生你不信的话我可以证明。那天那位面试我的张经理是不是正被公司要求调动职位，而她还在犹豫是否该调去别的部门，并不想接受调令。我昨天是第一次见到她，这种事情也不会有人告诉我，不信你可以去查。"

韩逸将信将疑地盯着她，周悦伟确实想把张欣调去经营部，张欣为此也向他们表示过不满。但这件事对项目组的普通员工是绝对保密的，这女人到底是如何知道的？

他开始在心中做着权衡：这次的新区改造项目在政府那边进行得不太顺利，现任的那帮官员很难对付，如果这女人真的善读人心，也许能帮上忙。

莫晓妍见他一直不说话，以为他仍是不信她，内心一阵绝望，泪水终于潸然而下："韩先生，我之前确实是被生活所迫，而且我也没有想过去骗人，去'秘境'算命的人只是觉得好玩，或者是希望有人聊聊求得安慰，我从来没有故意恐吓别人去骗他们买什么东西。而且我本来有份正经工作，是想稳定了以后就关掉'秘境'的，但是刚好又遭遇失业……"

她越说越乱，越说越没信心，觉得自己现在看起来一定很蠢，早知道就不要过来丢这个人，不过反正这人对她的印象早已经糟糕透顶，现在最多再加一条：比较蠢的骗子。

韩逸眯起眼盯着她的脸，眼神慢慢转为嫌弃，然后突然拉开车门，冷声说："进去……"

莫晓妍本来哭得正起劲，乍然听到这句话，顶着一脸眼泪鼻涕愣愣地抬头看他，完全不明白究竟发生了什么事。

韩逸不耐烦地重复了一遍："坐进去。"

莫晓妍内心有点凌乱，这是要干吗，直接把她扭送到警局吗？

但迎着韩逸强硬不容拒绝的目光，莫晓妍只得一脸蒙地坐进车里。她还没来得及开口，韩逸已经指着驾驶室旁的一盒纸巾说："把你脸上的鼻涕擦干净了再和我说话。"

莫晓妍的脸顿时涨得通红，她忍不住在心里吐槽：什么时候都不忘穷讲究！

但在他人"车檐"下，她只得忍气吞声地抽出两张纸乖乖把脸擦干净。第一次坐进豪车让她觉得浑身不自在，于是她又飞快下了车。此时韩逸已经坐进了驾驶室，"砰"的一声关上了车门。

莫晓妍嘴角一撇，内心一阵苦涩：果然还是不行啊。

谁知这时韩逸又摇下车窗丢出一句话："还不至于饿死的话，明天来报到的时候换套能看的衣服。"

莫晓妍耷拉着脑袋蹭到垃圾桶旁，将手里揉成团的纸巾抛了进去，在心里酸酸地想着：大少爷就是大少爷，随口一句话就让人家换衣服，可是你知道一套职业装有多贵吗！

莫晓妍正为存折里所剩不多的余额心疼，突然脑子一炸，想明白了这句话的意思，本来黯淡的瞳仁里倏地填满光彩，她开心地跺着脚，不断拍打着兴奋到发烫的脸颊，几乎不敢相信这是真的：她可以进越星了！她真的可以进越星了！

"莫晓妍，你真是太棒了！"

03

得到这个消息，另一个激动不已的人是苏玲玲。当然，她的激动里还多了些"项目组终于有助理了，一大堆琐碎事能有人分担了"的喜悦。

于是莫晓妍第一天报到后，她好像一只快乐的云雀领着莫晓妍在项目组四处跟人介绍。负责潼安新区改造的项目组一共有几十人，各种新名字和职位让莫晓妍觉得有些头晕眼花，可她还是认真地一个个记下，并且告诉自己一定要快些把人都认熟。

职场新人，首先要识得人，然后得让别人认识你，时时刻刻提着口气，半点不得松懈。

终于两人在认了一圈人以后，转回到莫晓妍工作的策划A组，在这里，莫晓妍竟意外地见到了一个熟面孔。

孟子珊，一个睫毛卷翘，红唇丰满，栗色卷发披肩，无论在哪儿都能轻松吸引异性目光的美人儿。

莫晓妍模糊地记得自己好像曾经见过这张脸，直到被苏玲玲提醒，才想起来她曾经被苏玲玲带去过"秘境"。不过那时的情形好像并不令人愉快，她记得这位大美女在她店里一直叫嚷着"算得不准"，还拉着苏玲玲让她别再来这种招摇撞骗的小店，弄得场面很是尴尬。

此刻，孟子珊正坐在格子间后面，她慵懒地抬头，斜睨着一双大眼，淡淡瞥她，连莫晓妍这么迟钝的人，都能感受到这目光中蕴含的敌意。

她有些尴尬地缩了缩悬在空中半晌得不到回应的手，却仍是朝她友好地笑着说："这么巧啊，我是新来的助理，以后请多多关照。"

孟子珊翻了翻眼皮，随意点了下头表示知道了。

这下连苏玲玲都有点愠怒，拉了拉莫晓妍的衣袖准备带她离开。谁知这时孟子珊突然举起一个文件夹说："新来的助理是吧，那就把去年到今年的市场资料整理一下，明天早上给我。"

"喂，她刚入职，本来就要处理很多前期积压的工作，你还让她去整理市场资料，这是要累死她啊！"苏玲玲十分不满地挥着手，小声对孟子珊抗议着。

孟子珊扯了扯嘴角，冷冷地说："刚入职当然要先熟悉市场，听说她是你介绍进来的，你也不希望自己的人像废物一样做不了事吧。"

"你！"苏玲玲气急败坏，又碍于公众场合不好发作。莫晓妍见状，连忙接过文件夹，笑着说："没错没错，我刚来本来就得多熟悉情况，放心吧，交给我，明天一定搞定。"

苏玲玲心中仍是不平，但见她确实是一副无所谓的表情，只好叹了口气悻悻然坐回自己的座位。孟子珊却从鼻子里轻哼一声，再也没抬头看莫晓妍一眼，仿佛她是一个从未出现的无关人士。

莫晓妍抱着文件夹坐回自己桌前，开始整理手里的资料，这时，兜里的手机开始振动，她借着显示屏的掩护，偷偷打开微信。

苏玲玲发来的一长串牢骚充满了屏幕："晓妍你别难过，这个孟子珊啊，仗着自己有个财务部高层男友，平时就不拿正眼看人。我听说她本来想推荐自己的表妹来当助理，但她那个表妹除了会打扮什么都不懂，张经理当然不要她了。这次看到你来顶了这个缺口，她才会故意为难你，所以别和她一般见识！小人就是小人，咱们少惹她就是！"

莫晓妍看着眼前这一长串文字，面前好像出现了苏玲玲噘着嘴为她愤愤不平的样子。她抿嘴笑了起来，快速回了几个字："没事，放心。"再加一个笑脸符号发送出去，然后赶紧准备工作。

谁知道手机很快又振动了起来，莫晓妍抬头看向苏玲玲，见她正用手势示意她看手机，她只得又偷偷掏出手机，发现上面又是一大串文字："本来你手上的事就够多了，再加上她给的那些，还规定明天上午给她，我看你只怕要做到很晚，撑不撑得住啊？"

莫晓妍偷瞄了一下四周，飞快地回了一句："刚好，办公室有空调，比家里舒服。（偷笑）"然后她把手机放回桌上，给苏玲玲做了个"OK"的手势。

时钟"嘀嗒嘀嗒"走得飞快，当莫晓妍终于从成堆的资料中抬起头来，发现已经到了晚上八点，整个办公室的人已经全走光了，此时肚子也终于抗议般地叫了起来。她连忙走到茶水间，从冰箱里拿出食盒，里面躺着她最爱吃的鲜肉大包子。

今天的午饭她是和苏玲玲一起吃的，为了感谢苏玲玲，她硬是挤出为数不多的存款付了账，这样，本来带来当午餐的包子，正好能充当晚餐。

"叮——"微波炉的响声惊醒了正靠在门板上犯晕的莫晓妍，她揉了揉被冷气吹得僵硬的脖子，把食盒中的包子拿出准备趁热吃，突然听见不远处的办公区传来奇怪的吱吱声，然后又看到那边的顶灯突然暗下又亮起，就这么反复闪动着。

莫晓妍把包子叼在嘴里，好奇地朝办公区走去。

此刻，写字楼外华灯璀璨，这座城市的夜生活才刚开始。而一窗之隔的办公间里却静得出奇，用来照明的顶灯不断闪烁，黑暗像鬼祟的小偷时而肆意侵袭时而被惊退，莫晓妍听见自己的脚步"咚咚"踏响在地板上，伴随着头顶电流的吱吱声，光线将她的影子孤独地笼罩在其中。

空调不知道被谁调到了二十二度，低温让四周更多了些阴冷的味道，莫晓妍忍不住抱起手臂打了个寒战。她怀疑是电闸出了问题，准备到一层去找值夜保安上来看看，谁知刚走到电梯旁，突然感觉背脊一凉，有什么东西从她身后跑了过去……

她立即警觉地转头，听见不远处堆放杂物的楼梯间里传来轻微的"喀喀喀，喀喀喀"的声音，好像是什么动物在用爪子抓挠木板。

"写字楼里怎么会有动物？"久违的警觉感涌上心头，莫晓妍随手捞起身边的灭火器，朝楼梯间走去……

楼梯间的门半掩着，隐隐透出昏黄的灯光，莫晓妍深吸一口气，猛地推开门，只见一个黑影从半空中跃下，她正要举起灭火器去打，却惊讶地发现，面前竟站着一只通体黝黑的小猫，正龇着牙、弓着背竖起毛发凶狠地瞪着她。

莫晓妍见状，终于松了口气，放下灭火器。她蹲下身，友好地冲那黑猫笑笑，见它仍是十分警觉，就从兜里掏出糖豆，扔了一颗到它面前。

墨绿色的瞳孔亮了亮，黑猫迟疑地伸出小粉舌轻轻舔了舔，似乎觉得味道不错，下一刻就放心地将糖豆卷进了嘴巴。

莫晓妍觉得有些奇怪，写字楼里应该是不能养猫的，是谁把这只猫放在了这里？

也许是因为身处这无聊又孤寂的夜晚，让她对这黑乎乎的小东西有了同病相怜的感觉，她咬着包子蹲在黑猫身旁，一边喂它吃着糖豆，一边自言自语地念叨着："你的主人干吗把你独自丢在这里，你也没有家了吗……"

黑猫咀嚼着嘴里的食物，斜斜地朝她翻了个白眼，似乎在嫌弃她太过聒噪。

莫晓妍对自己试图和一只猫交谈的行为感到有些好笑，她沉默下来把包子吃完，站起来对着那只黑猫说："谢谢你陪我吃饭，明天你还在的话，我再来喂你吃糖。"她又挤了挤眼，凑近它说："这种糖可只有我有，吃一颗烦恼跑光光哦。"

黑猫双眼一眯，从喉咙里发出慵懒的咕噜声，莫晓妍便当它是回应，于是愉快地推开楼梯间的门，这才发现办公室的顶灯竟然已经正常了。

楼梯间的门在她身后"嘎吱"一声关上了。

这时，一个黑影慢慢从暗处走出，黑猫"喵呜"一声跳进那人怀中，戴着手套的五指轻轻拂过它黝黑的颈毛，一双阴郁的眼睛贴上气窗，长久地注视着办公室里的一切。

而莫晓妍已经再度埋头在繁杂的工作中，并不知晓在楼梯间发生的一切。当她终于做完所有的工作，时钟已经指向夜里一点。

她已经很久没有在电脑前待上十几个小时了，密闭的办公间里，强劲的冷气吹得她头脑昏沉，双腿像灌了铅，根本提不起半点气力。

她打了个大大的哈欠，拖着疲惫的身子走到电梯里，迷迷糊糊走了几步，几乎分不清东南西北，头"砰"的一声撞在玻璃上，疼得她"嘶"地叫出声来。莫晓妍长叹一口气，揉着额头在心中哀叹：莫晓妍啊莫晓妍，你可是要靠努力在越星升职加薪走上人生巅峰的人，这才第一天就受不了了，怎么行！

她开始用所剩无几的脑细胞快速搜索恢复元气的方式，突然想起来她曾经为了减压，和小区里的大妈们一起跳过几个月的广场舞，这招好像挺有用的。

于是她对着角落深提一口气，回想着大妈们那热情似火的动作，大声哼唱着曾经烂熟于耳的神曲，从凤凰传奇的唱到筷子兄弟的，时不时以手部动作相配合。

　　要说这广场舞真乃提神妙招，她不过自嗨了几分钟，顿时觉得头也不晕了，腰也不痛了，浑身的干劲好像又回来了。此时她才突然发现一件事情：她好像还在电梯里，可电梯为什么这么久还没到一层……

　　莫晓妍猛地转过头来，就看见电梯门大开，而韩逸站在门口，正抱着胸好整以暇地看着她。

　　她顿时一个激灵：这是什么情况！

　　天哪！原来她头脑昏昏沉沉忘了按楼层键，所以电梯就一路升上了二十八层！可这位老板大人，现在都深夜一点了，你还在这儿干吗啊！

　　"韩……韩总好……"莫晓妍吓得舌头都捋不直了，半天才想起来问好。

　　"跳完了？"

　　莫晓妍羞得想要落荒而逃，可电梯现在还在二十八楼，根本无路可逃，只能挤出一个比哭还难看的笑脸，弱弱地回道："跳……跳完了。"

　　"那我可以进来了？"

　　莫晓妍这才发现自己跳得太嗨，正好挡在电梯门口，她连忙缩着脖子挪到角落，恨不得让自己钻进电梯钢板里。

　　幸好韩逸全程再没看她一眼，电梯安静地运行到一层，莫晓妍听见电梯的开门声，顿时感到绝处逢生的喜悦，这时一直沉默的韩逸却突然又抛出一句话："还不错。"

　　"哈？"莫晓妍呆呆地抬起头，大脑持续停摆中。

　　韩逸一边迈出电梯，一边抛下最后一句话："你专程跑上来表演给我看，我出于礼貌也该表示下赞许。"

　　莫晓妍咧开嘴，不知道该笑还是该哭，她双手捂住脸，明知道他是故意讽刺她，只觉得羞愤难当：我真的不是故意想引起您的注意啊，就算是，也不会用这么中二的方式好吧。

　　当她垂头丧气地走到写字楼外，忍不住在心中悲愤地想着：快来道雷劈死我吧，劈失忆了也好，把这丢脸的一切全忘了最好。

老天爷好像听见了她的召唤，闷热了几天的空中突然开始电闪雷鸣，豆大的雨点随即落下，把她浇了个透心凉。莫晓妍抱着胳膊呆呆地站在雨中：好吧……其实……我并不是这个意思……

04

"什么！她又要你整理月报！"越星四楼的餐厅里，苏玲玲气愤地一拍桌子。

"我的职位是助理，她当然能让我做事。"莫晓妍无奈地扒拉着面前的那份石锅拌饭，在心中叹息着里面居然没放肉。

今天中午，苏玲玲说要回请昨天那顿饭，她推辞不了，便跟着来到了设在写字楼四楼的这家餐厅。这里只对越星内部员工开放，中西式餐品种类丰富，据说里面的厨师都是从本市有名的餐厅里重金挖来的，菜品价格却相对便宜，这曾经也是越星吸引求职者的一大亮点。

"我就是看不惯她那副小人得志的样子，你不知道她当时是怎么处心积虑勾搭上财务部总监的，那时人家还有正牌女友呢……"苏玲玲鼓着腮帮子，愤愤地咬着嘴里的食物，开始揭露孟子珊怎么小三上位，又怎么借着那位男友的庇护在部门里好吃懒做作威作福的"罪行"。

办公室里的八卦消息一传起来就收不住，半个小时以后，莫晓妍连他们一周约会几次，在哪里同居都知道了。

她见苏玲玲说得口干舌燥，一副见不得小人得志的痛心模样，连忙给她递过去一杯饮料顺气，又笑着说："算了算了，哪个公司里没几桩这种龌龊事，她有她的手段，咱们学不了。要我说，老老实实做事可比花心思去搞定什么总监简单多了。所以也没什么好气的，你看你，再气下去，这么美的妆可都要花了。"

"真的？"刚才还激动不已的苏玲玲，一听这话连忙正襟危坐，掏出镜子开始琢磨着是不是哪里出油了，要不要补点粉。莫晓妍则埋头往嘴里塞饭，心里盘算着今天还不知道要加班到几点，既然没肉吃，就得多吃点饭补充体力才行。

正在这时，本来喧闹的餐厅突然一阵安静，莫晓妍好奇地抬起头，发现所有人都望着一个方向窃窃私语，顺着那个方向望去，她吓得赶紧又低下头，装作认真扒饭。

餐厅进门处，韩逸和周悦伟并肩走进餐厅，两人正一边商量着什么事，一边寻找着空位。

完了完了，他们好像正往这边走……

莫晓妍的头越垂越低，几乎要埋进饭里。她好不容易强迫自己忘掉昨天的蠢事，想不到吃个午饭居然也能撞见韩逸，这么想起来，自己好像每次见他都很丢人，上帝保佑，千万别让他看见自己才好。

正当她做贼心虚，心乱如麻的时候，只听"啪"的一声，对面的苏玲玲迅速放下小镜子，又低头理了理额发，开始优雅地小口咽着食物，好像面前摆着的不是一份简单的拌饭，而是昂贵的法式大餐。

莫晓妍惊讶地张大了嘴，从她的角度能看见，一向大大咧咧的苏玲玲竟然两颊飞红，如同害羞的小媳妇般，偷偷用眼神瞥着两人走过来的方向，难道……

不过她转念一想，这也没什么奇怪的，进越星的小姑娘有不少是冲着韩逸来的，可莫晓妍心中多少有些为苏玲玲感觉不值。

她一直羡慕苏玲玲这样的女孩：家境殷实、名校毕业、容貌姣好、性格热情，好像永远站在阳光下，看不到半点阴影。她们是完全不一样的人，那样的女孩值得所有美好而对等的感情，而不是像现在这样去暗恋一个高高在上的大众偶像。

更何况那人明明性格刻薄又傲慢，除了家世好一点，容貌好一点，身材好一点……咳咳，对了，还是个精分！

莫晓妍这时已经完全忘了自己的糗事，开始苦恼要不要找机会告诉苏玲玲她的暗恋对象是精分这件事。可又该怎么和她开口呢？这时，她突然听见一声无比夸张的喊声："是你啊！"她抬起头，就看见那双笑得十分灿烂的桃花眼正在自己的上方。

周悦伟对这位应聘当日就敢用目光调戏总裁的女中豪杰记忆犹新，更让他感到好奇的是，以韩逸这样的性子，怎么会开口去决定一个助理的去留。可不管他问多少次，韩逸都讳莫如深，实在被问烦了，就拿眼睛斜斜地瞪他，让他觉得十分莫名。

不过他天生就是看热闹不嫌事大的性格，既然今天正好撞上了，一定不能浪费这个机会，要好好把两位当事人凑在一起，弄个明白才是。

他这一嗓子，让所有人的目光齐刷刷地聚了过来，莫晓妍很想把头栽到碗里把自己闷死，可那家伙不依不饶，又一屁股坐在她旁边，还热情招呼着韩逸："来来来，这里有空位，一起吃嘛。"

韩逸嫌恶地盯着满桌的残羹冷炙，任他怎么拽也绝不屈服。

就在这僵持的局面中，苏玲玲突然满脸通红，腾地站起来，低头压着嗓音说："韩总、周总，我吃饱了！先走了！"

莫晓妍正在心里盘算着怎么找她帮忙解围，听见这话，顿时惊讶地抬起头，这才发现苏玲玲已经紧张得不堪重负，手脚都不知道该怎么摆，索性拎起包一溜烟就逃走了。

莫晓妍连忙也把筷子一扔，讪笑着说："我也吃完了，韩总、周总，你们坐吧。"

刚才还坐了两个人的桌子，转眼就空了。周悦伟摸了摸下巴，疑惑地冲着韩逸说："我们长得有那么可怕吗？"

韩逸耸了耸肩，径直迈开脚步说："这是你对自己的认识，不包括我。"

回到办公室，莫晓妍还没来得及探探苏玲玲的口风，就被如山的工作掩埋了。项目组马上要对政府做二次提报，所有的数据收集工作全落在了她身上，她忙得脚不沾地，根本无暇再顾及什么八卦消息。这期间，她还得应付来自孟子珊的各种刁难，她也不知道自己到底是怎么得罪了这位大小姐。总之，莫晓妍昏天黑地地熬过了半个月，见惯了凌晨时分的 G 市，就算是铁打的身子也终于撑不住，陷入了一场十分严重的感冒之中。

这天下午，安静的办公室里，回荡着冷气嗡嗡的运行声和单调的键盘敲击声。莫晓妍揉了揉钝痛的太阳穴，感觉中午吃下的感冒药的药效开始发作，只想就此昏睡过去。

她一直强忍着，不断掐着胳膊上的肉让自己打起精神，可眼皮还是像被谁拉扯着一直往下掉。电脑里的字开始有了重影，身子不断下坠，有几次失去意识，头差点撞上屏幕才让她惊醒。

"呵……"来自上方的一声轻哼，吓得莫晓妍猛然一个激灵，她抬起头，就见孟子珊新做的大红色指甲正贴在隔板上。那双写满了厌恶情绪的美目，正居高临下地斜斜看着她，涂着阿玛尼 502 的红唇一张一合，"才刚来半个月就学会偷懒了，大白天的打瞌睡，幸好是我发现了，如果被其他部门的人看到，咱们 A 组的形象可都要被你丢光了。"

她的声音非常大，几乎整个办公室都能听见，顿时许多道目光射过来，原本安静的室内响起一阵窃窃私语声。

莫晓妍被她无端刁难了这么久，就算是泥人也要生出几分火气，她本就病得难受，索性腾地站起身，几乎按捺不住想要和她理论。这时，她的余光忽然扫到藏在格子间后的那些好奇又兴奋的目光，冲动的话便哽在喉中，再也发不出来。

她毕竟只是个尚在试用期的新人，就这么和前辈在办公室硬碰硬吵起来，爽倒是爽了，却会把场面闹得不可收拾，如果惊动了部门老大，最后问起责来，倒霉的也只能是她。毕竟没人会为了一个可有可无的小助理，冒险去得罪财务部。

现在的莫晓妍，还没做出成绩也没有后台，除了忍耐别无他法。于是她低头咬唇，冷冷地说："请让一让，我要去洗手间！"

孟子珊嗤笑一声，抱胸侧身，却在她身后用不大不小的声音说："熬不住就滚蛋，越星可不是让你混日子的地方。"

莫晓妍鼻子一酸，死死掐住自己的手背，告诫自己不能这么没出息，忍着一路跑到卫生间。她望着镜子里那张苍白的脸、无神的双目下浓重的黑影，摇摇头甩去那一瞬间想逃离的欲望，低下头不断用水浇脸。她想让自己清醒一些，可太阳穴还是像被劈开一样疼，眼前开始模糊，双腿也渐渐没了力气，终于身子一软，顺着洗手台往下滑去……

意料之中的疼痛没有来临，有一双手及时扶住了她，莫晓妍睁开眼，发现面前站着负责他们这层楼卫生的清洁工张妈。张妈大约四十多岁，个性开朗，做事认真，有时候还会带些自己做的点心同大家分享，办公室里的人都挺喜欢她，亲切地叫她张妈。

"怎么了？不舒服吗？"张妈关切地望着她，用手背去触碰她的额头。

莫晓妍觉得眼前有些恍惚，小时候每次生病发烧，妈妈也是这样用手背触摸着自己的额头，关切地问她哪里不舒服。她感觉心头好像被什么戳了一下，泪水就这么猝不及防地落了下来。张妈吓了一跳，连忙给她递上纸巾，又轻轻拍着她的背安慰着。莫晓妍狼狈地擦着眼泪，摇着头说她没事，只是得了重感冒。

张妈慈爱地看着她笑，显得脸上因操劳而生的皱纹越发明显，问道："小姑娘是刚上班不久吧？"她指了指卫生间的门，小声说："生病了就要休息，去那里面坐着打个盹，没人会知道的，待会儿我来叫醒你。"

莫晓妍感激地看着张妈，除了苏玲玲，这是越星第二个让她感觉温暖的人。她虚弱地道了声谢，觉得头实在晕得厉害，便走进隔间，坐到了马桶上，很快就昏睡过去。

梦里有一双手轻轻摸着莫晓妍的额头，那是妈妈的手，她在自己耳边温柔轻语，诉说着对她的思念，有几滴泪掉在她额头上，打湿了她的脸。莫晓妍不知不觉也落了泪，不断轻声唤着妈妈……

她不知道自己睡了多久，直到她觉得头发越来越湿……

不对……好像真的有水正不断从她的额头滴进头发里。

莫晓妍猛地睁开眼，这才发现脸上和头发上全是黏稠的液体，还夹杂着十分难闻的气味。

　　她倏地站起身推开门冲到镜子前，发现满眼都是混浊的、带着腐烂气息的红色物质，腥臭的血水如同蠕动的红色线虫，正蜿蜒着从她脸颊和发梢爬下……

第三章

❤

原来，你真的能看到
别人的过去

01

所有事情都是从看见那个满头是血的女人开始的。

很多年后，当越星的保安队长海大兴回忆起那场风波时，他总会感叹地说上这么一句，然后，用脸上堆积的肥肉硬挤出一个"鬼知道我经历了什么"的沧桑表情。

海大兴是退伍军官出身，因为一次机缘巧合救了盛世集团的董事长韩慕东，于是被安排到越星来做保安队长。这几年来，他在越星严密的安保体系下过惯了安稳日子，加上伙食太好，曾经引以为傲的六块腹肌渐渐集结在一起，终于变成一大坨肥肉挂在肚子上随他招摇过市。

可海大兴到底是个有追求的人，身为一个科幻迷，他把工作间隙的时间全部投入到对科幻电影和书籍的钻研之中。这一天，他正在办公室偷偷用手机看《三体》，正看到精彩处，突然听见警铃大作，吓得他差点从椅子上跌下来，以为写字楼遇上了降维打击。

可当他急急忙忙带着两名小保安冲入十四楼女厕，便看到了自他上任以来最为惊悚的一幕。

几乎整层楼的人都聚在一起，个个面露惊恐，叽叽喳喳地交头接耳。人群中间，站着一个满脸满头都是血的女人，正接过清洁工张妈递给她的毛巾擦脸。相对于围观人群的激动和震惊，她反而显得十分平静，没有尖叫，更没有痛哭。血水从她指缝中流下，很快将洗手池染红，然后在下水处鼓着血红色的小泡旋转着流下去。

海大兴到底是当过兵的人，眼前这幕虽然令他有些发怵，但他仍是握紧手上的警棒，分开人群走到莫晓妍面前，问道："你是哪个部门的？刚才发生了什么事？"

莫晓妍将毛巾从自己脸上挪开，露出一双布满血丝的疲惫眼眸。她朝海大兴亮了亮工作牌，又朝自己刚才待过的厕所隔间指去，声音虚弱而暗哑："我不知道，是从那里面流下来的。"

海大兴的喉结滚了滚，眼神警向女厕那扇薄薄的木门，心里嘀咕着：

该不会这么倒霉，摊上了什么命案吧？

可外面还有几十双眼睛看着他呢，心里再怎么嘀咕，他也得硬着头皮往里闯。

一打开隔间门，浓重的腐臭味就扑鼻而来，那两个小保安心理素质还没到及格线，捂着鼻子就要往外退。海大兴狠狠地瞪了他们一眼，用大肚子往门口一挡，硬声命令着："公司养你们是吃干饭的吗！好好找找，那血到底是从哪里来的！"

两个小保安撇着嘴，一副视死如归的模样又冲了进去，往四下看了会儿，其中一个立即有了发现，大叫起来："老大，好像是从那个上面滴下来的！"

他手指的地方正是空调换气管道，海大兴仰头观察了会儿，果然见那处的血迹最多，他挥舞着警棍吩咐："爬上去看看。"

两个小保安推搡了一会儿，最终资历较浅的那个认命地搬来扶梯站上去，小心地挪开盖板举起电筒往里一照，突然恐惧地大喊一声，脚下一滑就摔了下来，正好砸在旁边紧张张望的海大兴身上。

"哽！真给我丢人！到底什么事！"

海大兴骂骂咧咧地把小保安推搡开，幸好他底盘稳，才不至于被砸个跟头。

那小保安好像被吓得够呛，一边按着胸口一边语无伦次地说："尸体……有尸体……"

这话一出，如同在油锅中溅了水，有胆子小的已经控制不住尖叫起来，不少人掏出手机准备报警。莫晓妍这时终于擦干净自己脸上和头上的血，把毛巾轻轻放在洗手台上，用不大不小的声音说："不可能，那里面藏不了尸体。"

海大兴有些讶异于她的冷静，这小姑娘看起来不过二十三四岁，遇上这种事不说痛哭流涕，至少也会吓得无法正常思考吧。不过讶异归讶异，这个判断他倒是完全同意：通气管道里根本藏不下一具尸体。

眼看围观现场人心惶惶，场面就要失控，海大兴觉得这时候再不挺身而出，实在对不起这些年领的工资，于是他清了清喉咙，大声喊道："大家别急，我上去看看再说。"

于是，迎着众人或期待或紧张的目光，海大兴也爬上梯子，举着手电筒朝里面照去。许多年不见天日的通道被陡然照亮，狭窄的四壁上挂着蛛丝，血迹和碎肉四处都是，有什么东西被撕碎了丢在那里，灰色的毛发混着鲜红的内脏，不断散发着令人作呕的气息。

海大兴握紧了手电筒，好像这样能让自己感到安全些，等终于看清所有一切，他努力让自己镇定下来，脸色发白地走了下来。他朝那吓得六神无主的小保安狠狠地瞪上一眼，又朝周围笑着说："没事没事，都怪他见识少胆子又小，哪来的什么尸体，不知道是谁搞的恶作剧，把一只死老鼠放这里吓人。"

他又用胖乎乎的手轻轻地拍了拍莫晓妍的肩以示安抚，说："可能是哪个小孩子溜进来捣乱，待会儿我去看看监控，很快就能把那个家伙找出来。"言下之意，就是该她倒霉，正好撞上了。

人群里顿时发出如释重负的声音，男男女女们一边想着幸好不是我倒霉，一边对她投去意味不明的同情眼神。

莫晓妍没有说话，只是抬眸静静地看着他。海大兴被她看得笑容越来越僵硬，渐渐失去了底气。

且不论写字楼怎么会跑进来小孩子，他心里其实再清楚不过，这么小的通气孔，任是什么人也不可能钻进去的。

可如果不是"人"能做到的，那又会是什么？

无论如何，这件事最终都以监控摄像头丢失，以后加强安保，再放当事人一天带薪假作为补偿草草了结。毕竟越星正在争取和政府合作，这时候出任何负面新闻都会影响公司的形象，既然没有死人，出事的又不过是个还在试用期的小助理，当然是大事化小，小事化无最好。

又过了几天，网上突然出现一条帖子，称越星置业发生了灵异事件，当事人姓莫，是刚进项目组的新人，背景神秘。然后这帖子迅速盖了两页，就消失在茫茫帖海之中。

"你的意思是，这件事是有人故意针对她，想赶她走？"

"没错。"周悦伟将手上的烟在烟灰缸边轻轻弹了弹，望着青灰色烟雾中韩逸的脸，嘴角微微翘起。

"她一个小助理，无权、无势、无背景，谁会对付她？"韩逸终于合上手上那本书，取下鼻梁上的眼镜，朝这边望过来。

周悦伟脸上的笑纹愈深，这个举动至少说明，他对这件事感兴趣，也不枉他花心思去四处打探。

"你一个小助理，谁没事会对付你！"

同一时间，熙熙攘攘的大排档里，肖阳挥舞着手里的筷子，不可置信地问道。

莫晓妍无精打采地摇了摇头，像一只刚被揍过的猫。

她的病还没好全，此刻面对着满桌的好菜竟然没有半点食欲，这让她心中的沮丧又多了一分。

"我只知道，那件事并不是巧合，是专门针对我的。"她随手摆弄着桌上的几个杯子说道，"要完成这件事并不简单，首先要选在一个合适的时候。下午三点是大家精神最差的时候，也是项目组工作最多的时候，这时很少会有人四处走动。然后是那个丢失的监控探头，时间控制得那么精确，正好在事发前一个小时。这两件事，都只有对公司系统十分熟悉的人才能做到。而那人要全身而退，最好的办法就是混进看热闹的人群里，所以这件事一定是公司内部的人做的。没人会费这么大劲搞一个毫无意义的恶作剧，除非他有专门的目的。还有，网上的那个帖子，公司已经放弃追查，是什么人不愿让这件事就此平息，而且还故意把关注点都引到我的身上。"

"这么说，公司有人想要你走，甚至不惜用这么极端的方式？"肖阳眸光闪动，望着落地玻璃外快速变化的车灯汇成一片流动的星海，似乎正在思索着些什么。

"没错，虽然暂时查不到是谁，但是我有预感，这件事不会这么快结束。"

"当然不会就这么轻易结束！"肖阳握拳狠狠砸向桌面，愤愤道，"晓晓你放心，我来帮你查，肯定不会放过害你的那个人。"

莫晓妍摇了摇头，强迫自己咽下一块肉，含糊地说："这个忙你帮不上，公司不报警，警方就不可能有机会介入，而且我觉得这个人应该就在十四楼，甚至我能猜到可能是谁。但是……"她露出十分困惑的表情，说："我实在不明白，她为什么要这么做，而且我也找不出证据。"

"喂！"肖阳忍不住用筷子轻轻敲了下莫晓妍的头，"你被人糊了一脸血，能不能不要这么漫不经心的！"

莫晓妍不满地揉了揉被他弄乱的头发，朝他翻了个白眼："几滴老鼠血而已，我可是差点连老鼠肉都吃过的人，有什么好怕的。至于那个人，这次没达到目的，迟早会再行动，她做得多了，难免会留下把柄，有把柄总会被我抓到的。"

肖阳突然沉默下来，他低着头狠狠咬牙，忍住那阵鼻酸，然后从口袋里甩出几包糖豆，闷声说："定期进贡，吃完了再吱声。"

莫晓妍顿时来了精神："谢小阳子，赶明儿给你重赏。"

肖阳笑着摇头，总觉得心里堵得慌，于是挥手又要了一瓶啤酒，酒过三巡，才小心地开口问道："你真的不准备回去了？"

此刻，夜色中飘满了食物的香气，大排档老板娘满头大汗地迎来送往，她养的小白猫吃饱了客人投喂的食物，正心满意足地舔着爪子；一桌刚毕业的大学生正在互诉衷肠，各个脸上写满了青春的意气和豪迈；马路上，晚归的行人步履匆匆，抬起头寻找那一抹熟悉的暖黄色灯光。

莫晓妍将目光从这市井而又热闹的画面中收回，低头拭去眼角的那点湿润，轻声说："回不去了，等我存够了钱，一定把妈妈接出来。"

就在这时，一个画面又钻进她的脑袋里，莫晓妍把筷子一扔，喃喃道：我知道了……我知道她是怎么做的了！

02

“什么？你说写字楼里有一只猫？”苏玲玲咬着勺子，惊讶地瞪大了眼。

“嗯，短毛，黑色，中等身形，很普通的田园猫。”莫晓妍努力回忆着那晚所见，说道，“不过我后来再没见过它。”

“可我怎么从来没见过啊？”苏玲玲圆睁的杏目中写满困惑，“还有，这和你那件事有什么关系呢？”

“因为我怀疑，那只猫，就是真正的凶手！”

“凶手？什么凶手……你是说那只猫成精了？”苏玲玲吓得缩起脖子，想象着一只黑猫剖开自己的皮毛化作人形，感觉浑身汗毛都竖了起来。

莫晓妍见她紧张得嘴唇都白了，终于笑出声来：“你在想什么啊，当然是害死耗子的凶手！”

苏玲玲这才长舒一口气，又噘起嘴说：“什么猫啊耗子的，人家可是很正经地在关心你。”

“我就是说正经的啊。那天那个局，普通人根本无法做到。可是你想想，如果借助一只猫，这件事就会变得很简单。只需要让那只猫先熟悉写字楼里的环境，然后把它带到通气管的另一边，再牵上一根绳子，让它叼着老鼠走到指定的位置，事成后再把它牵回来，就能做到神不知鬼不觉。我想这个人一定事先训练过很多次，让那只猫在某种指令或者环境刺激下去撕碎许多老鼠的尸体，到了适当时机，她只需要放出这个指令，猫就会照办。”

“这么说，那只猫也挺可怜的，平白无故当了它主人的工具……不对，晓妍你才最可怜，莫名其妙撞上这种倒霉事！”提起这件事，苏玲玲就满心的愧疚，那天她正好为工作出了个短途的差，回来以后整层楼已经把这件事越传越邪乎，当时的场景被描绘得无比可怖，她无法想象如果自己遇上这种事会有多恐惧，只怕会吓得直接辞职也说不定。

所以当莫晓妍用轻描淡写的语气对她说着没事，她既松了口气又不免感到有些心疼。大家都是同年纪的女孩，可她看得出莫晓妍心里藏着许多事，她把这些事全部收进一个黑洞里，再把洞口收紧，不想让任何人发现。可那个洞一直留在她心里，一不小心就会崩塌。

"并不是因为倒霉撞上的。"莫晓妍的声音很轻，目光中却充满了笃定，"那个人是专门冲我而来的，她处心积虑筹划了这么多事，只是为了逼我离开越星。"

"啊？什么人会做这种事？"苏玲玲刚问出口，脑子里就跳出一个面孔，忍不住又喃喃道，"难道是她？但是不可能啊，她为什么要花心思对付你这么一个对她毫无威胁的新人？"

莫晓妍当然知道苏玲玲说的是谁，入职以来，她一直恪尽职守、小心谨慎，真正称得上交恶的也不过孟子珊一个人。她特意问过当时在同一个办公室的同事，孟子珊在她离开后也借故出了办公间，后来现场乱哄哄的，也没人注意她什么时候回来的。

无论是时间还是动机，孟子珊都再符合不过，可她为什么要这么做？这绝不是普通的厌恶能解释的。孟子珊内心究竟藏着什么秘密，非逼走她才能安心？

莫晓妍这几天一直被这些问题缠绕，想不通，便又有些头疼，于是甩了甩头，说："是谁做的并不重要，关键是要找到证据。而现在最重要的证据就是那只猫，如果能找到那只猫，我想它总会认识自己的主人。所以我想调出这段时间十四楼所有的监控，但我只是个新人，根本没有这个资格，玲玲，你能帮我想办法吗？"

苏玲玲低头想了想，说："我来试试能不能和保安部门搭上关系，但是也不敢保证能成功。"

莫晓妍感激地笑了笑，可她明白那人既然存心对付她，又愿意花费时间和心力，设下如此精密的局，就一定不会那么轻易留下把柄，那只猫只怕也已经"消失"了吧。

过了几天，政府那边传来了好消息，潼安项目的二次方案非常顺利，项目已经进入筹备阶段，不过对于项目组来说，这不过是刚攻下一个山头，更远的征途才刚开始。在日复一日的繁重工作中，那场风波渐渐在人们心中淡去，连谈资都不再够格，可只有莫晓妍知道那件事从未平息，迟早会从暗处扑出，再度给她致命一击。

莫晓妍抱着刚从周悦伟那里拿的一堆资料，对着光可鉴人的电梯门发呆，直到二十八层的电梯到达灯亮起，她才回过神来往里走。

电梯刚要关上，一只手却在这时拦住了电梯门，莫晓妍懒懒地抬了下眼皮，心中不由得"咯噔"一声。她认识的人不多，认识的手更是屈指可数，可眼前这只手她偏偏认得，而且这只手的主人还是她打死也不想与之单独相处的人。

韩逸走进电梯，眼神从她身上快速扫过，看不出任何波澜。莫晓妍巴不得他把自己当空气，恭敬地喊了一声"韩总好"，就立即退到另一边的角落。

狭小的电梯间里，两人各站一角，各自冥想。可莫晓妍还是觉得浑身别扭，她生怕自己会想起一些让自己无比尴尬的事情，赶紧聚精会神盯着数字屏幕，祈祷着电梯快点到十四层。

二十七，二十六……二十……十八……十八……十八……

咦？莫非是她太紧张产生了幻觉？

脑子里的弯还没转过来，电梯突然猛烈摇晃起来，吓得莫晓妍连忙抓紧了栏杆，又瞥见旁边的韩逸面色十分难看，然后她就什么也看不到了……

一片漆黑中，摇晃的电梯终于安静下来，里面只能听见两个粗重的呼吸声混在一起。

空气在不断减少，湿热感堵住胸口，韩逸在心中暗骂一声，解开衬衣领扣让自己呼吸顺畅一些。这时他才听见身边有人在大口地喘气，好像一只溺水的小兽，惊恐着、挣扎着、喘息着……

他好奇地掏出手机摁亮照过去，发现莫晓妍正抱着胸蹲在角落，文件散落一地，脸白得像一张纸，眼眸中写满了惊恐，指甲透过衬衣抠进肉里，好像这样才能让她不至于昏厥过去。

陡然而现的光亮，让莫晓妍倏地抬头，她涣散的瞳仁里渐渐凝结出一丝渴望，可那道光很快又熄了，潮湿带着令人窒息的黑暗再度把她包围，寻不到任何出口。

另一边，韩逸被她那渴望的眼神唤起了一些不怎么愉快的回忆。曾经有个越星的女职员，不知道看了什么小说，非说自己有幽闭恐惧症，利用一次电梯小故障，故意做晕倒状往他身上倒，浓重的香水味把他熏得头昏脑涨，还在他新买的西服上沾了一大片口红印。

要说这招也并不是全无用处，韩逸在那一刻深深地记住了那个女职员的名字，然后第二天就通知人事部把她开除了。

"如果明天还想继续来上班，就最好不要告诉我，你有什么幽闭恐惧症。"为了避免重蹈覆辙，他决定提前开口警告。

可莫晓妍什么也听不见了，她心里的那个洞破了，面容狰狞的怪兽不断从里面涌出，把她重新拖回十五岁那年。也是在这样潮湿到令人窒息的黑暗里，紧闭的门、晃动的油灯、厌恶的眼神……她努力挣扎可是怎么也逃不出去，有许多双眼睛在门外看着她，可是没有人愿意救她！

妈妈……妈妈在哪里？我很怕，为什么不来救我？

"我的糖豆！"莫晓妍突然惊呼起来，把一旁的韩逸吓了一跳。

糖豆又是什么新招数？他还没想明白这个问题，莫晓妍已经开始不断翻着身上的口袋，终于找出一包随身携带的糖豆，撕开袋口，抓了一把又一把拼命往嘴里塞。

黑暗中响起的咀嚼声让韩逸觉得有些瘆人，他忍不住又掏出手机往那边照去，只见莫晓妍蹲在一堆纸张中，目光呆滞，浑身发抖。这场景怎么也不能用演戏来解释了,他带着满心疑惑走过去,皱眉问道:"你怎么了?"

谁知道莫晓妍却一把抓住他的领口,如溺水的人攀上绳索,大眼中充满了绝望的泪水,哑着嗓子喊着:"求求你,救我!救我!"

与此同时,保安队长海大兴正一边擦着汗,一边催促维修工人加速抢修电梯。他看了看表,已经过了二十分钟,这是这电梯发生故障时间最长的一次,好死不死,竟然刚好被大老板赶上了!

他一直记得,上次韩逸被关电梯里不过几分钟,出来的时候一身狼狈,脸比炭还黑,第二天就开除了一个女职员。这次的时间可更长……海大兴盯着那扇紧闭的电梯门,不敢猜测里面到底发生了什么,也不敢想待会儿韩逸出来以后,被开除的人会不会是自己。

旁边一个小保安见他这副模样,也紧张地咽了口口水,小心地问:"老大,应该没事吧……这韩总哪能这么倒霉,每次都遇上极品……"

海大兴背着手沉痛地摇了摇头,说:"你知道薛定谔的猫吗?"

"啊……"小保安一脸蒙。

海大兴用肉乎乎的大手指向电梯门,语气严肃地说:"简单地说,就是把一只猫和放射性物质关在一个盒子里,那些物质可能会衰变致命也可能不会,所以在盒子打开前,那只猫处于又生又死的叠加状态。就像现在,这张电梯门打开之前,谁也不知道里面发生了什么,所以我们的饭碗也处于丢与不丢的叠加状态。"

"啊……"小保安仍然一脸蒙。

就在这时,电梯灯突然亮了,维修人员大声喊着:"好了!"

海大兴激动地滚了滚喉结,刚三步并作两步冲到电梯门口,就听见大老板咬牙切齿的吼叫声从里面传来:"莫晓妍!"

海大兴的腿立即软了,就见眼前电梯门终于慢慢开启,所有人都看见韩总正一把推开一个本来贴在他身上的衣冠不整的女人,而他那从来一尘不染的衬衣上,此刻正花花绿绿挂满了……呕吐物。

海大兴和小保安惊恐地瞪大了眼，好像一起看见那只倒霉的猫，正被吊着脖子勒死在自己面前……

03

第二天，有两个消息开始在越星内部不胫而走。一个是身为工作狂人的大老板第一次临时取消会议，匆匆忙忙离开了公司直到下午才回来。第二个是，听说又有不怕死的女职员敢在电梯里骚扰大老板，而这个人目前竟然还没被开除。

但是那天究竟发生了什么，据说连身为大老板表弟的周总监去问，都只收获了无数白眼和额外的加班奖励。而亲眼看到一切的保安队长海大兴，无论对谁都是一副"不要问我，再问自杀"的决绝模样。

于是得不到满足的八卦群众开始把重点转到了——到底是谁胆敢惹怒大老板，她什么时候会被开除这个方向上。其间，各种根据蛛丝马迹推理及情景演绎的神帖在公司内部论坛不断被转载，收获粉丝无数。

莫晓妍苦着脸关掉了今天看到的第四个帖子，如果不是这件事，她还真不知道越星内部居然藏着这么多"福尔摩斯"，就像刚才那个楼主根据电梯停的楼层和时间抽丝剥茧，已经推论出那个人很可能就藏在十三或十四层的员工里，推理之严密细致，连她都忍不住想上去回帖点赞——如果真凶不是刚好是她的话。

面对沸沸扬扬的舆论压力，她的心一直没有安定过，"会不会被解雇"这把达摩克利斯之剑一直悬在她头上，不知道什么时候才会落下。

这时，手边的电话响了起来。她一接起，就听见里面传来韩逸的秘书Cindy不带任何情绪的冰冷声音："是莫晓妍吗？到二十八楼来找我一下。"

手抖了抖，几乎要拿不住话筒，莫晓妍极轻地回了一声"嗯"，明知道会有这样的结局，还是忍不住难过。

那件事之后，她想过很多方式去找韩逸道歉，可是根本找不到任何机会。像他那么讲究的一个人被她吐了一身，他居然没有当场开除她，已经算很仁慈了吧。

莫晓妍就这么怀着半是不甘半是认命的心思，挪动着麻木的双腿走进了总裁办，一眼就看到了正对着电话认真说着什么的 Cindy。

Cindy 是总裁办资历最深的秘书，能让韩逸这么挑剔的老板对她信任有加，足以说明她的能力。她只用正红色的口红，穿及膝的深色套装，一头黑发高高绾起，身上有着职场"白骨精"独有的干练气质。此刻看见莫晓妍进来，Cindy 忙一边按住话筒，一边给她做了一个"去外面坐着等"的手势。

莫晓妍于是又坐去了走廊。远远看着 Cindy 神情专注地和电话那头的人交涉，她心中又向往又羡慕，那是她立志想要成为的人，只是……再也不会有这样的机会了吧。

这念头让她的心情更黯淡下去，终于，身边响起了"噔噔噔"的高跟鞋声，她抬起头，见 Cindy 正拿着一个文件夹站在自己面前。

她忙在脸上挂上一抹尽量自然的微笑——就算被炒鱿鱼，也不能被炒得太难看。

Cindy 朝她回了一抹职业化的微笑，又从文件夹里拿出一张纸放在她面前，说道："这是韩总那天那件衣服的发票，他让我交给你。"

"哈？"莫晓妍的笑容僵在了脸上，有点掩饰不住内心的愤怒，姓韩的这是赶尽杀绝啊，都要撵她走了，还让她赔衣服！

Cindy 并不关心她的反应，继续保持公事公办的语调说道："他让我和你说一声，这钱就从你的工资里面扣。考虑到你工资并不是很高，就按照每个月五百扣除，一直到扣足这金额为止。"

"什么？工资？他没有开除我？！"莫晓妍几乎不敢相信这意外之喜，忍不住脱口问道。

"没有，他只让我告诉你这些。你的岗位如果有变化，应该由人事部通知你。"相比莫晓妍情绪的大起大落，Cindy 始终保持表情淡定，仿佛对这桩传遍越星的八卦传闻毫无兴趣，只是在完成一件十分寻常的本职工作。

她站起身拉了拉裙摆，又想起些什么，回过头说："对了，他还让我告诉你，你真的很幸运……"

当然幸运了，她不但没被开除，还能分期付款赔偿！简直需要杀鸡酬神好吗！

"韩总说，你很幸运，因为这是他最便宜的一件衣服。"

"啊……"莫晓妍有点哭笑不得，不知道该怎么回应。幸好 Cindy 并不准备和她闲聊，交代完公事后，便蹬着高跟鞋优雅离去。

莫晓妍呆呆地望着她的背影，这才终于确信，悬在她头上许久的那把剑终于平安落地，她握着那张支票开心地一路小跑，甚至想放声高歌。

她突然又停了脚步，小心地依着记忆走到走廊的另一边，果然看见总裁办公室大大的落地玻璃窗里，韩逸鼻上架着一副金丝眼镜，眉心轻轻皱起，在文件上认真地写着什么。有阳光从身后的窗缝中偷偷溜进，柔柔地落在他肩膀上，为他一向冷漠的脸庞添上一层温暖的光晕。

她按了按胸口给自己鼓足勇气，然后尝试着在办公室外不断挥手。韩逸终于抬起头来，看清楚窗外的人时，立即变了脸。

莫晓妍连忙立正站好，在玻璃窗前摆出一个无比灿烂的笑脸，微微弯起的双目中好似藏了春日繁花，又用口型朝他郑重地说了一声"谢谢"，然后趁他还没发火前，一溜烟地跑出了走廊。

韩逸愣了愣，随后轻哼一声，再度埋首工作。

算这女人上道，如果她敢在自己面前多待一会儿，一定会让他想起电梯里那生不如死的一刻。想到这里，他忍不住又抬起袖子仔细闻了闻，确认自己身上已经没有臭味了，才重又集中精神工作。

这真是一个有味道的感谢啊！

连他自己也说不清，为什么在发生了那么恶心的事情以后，还能容忍她留在自己眼皮底下。

也许是因为黑暗里，她死死拽着自己的领口，有水滴从她的手背滑落进他的胸口，带来一片刺骨的凉意。她的身子在发抖，口里却不断地叫着："妈妈，妈妈……救救我……"

"晓妍，我有好消息和你说。"

几天后，苏玲玲一脸神秘地将莫晓妍拉到茶水间，说道："你还记得上次让我帮忙查的事吗？保安部的王成是我同乡，我和他套了好久近乎，终于看到了监控，虽然只是一部分，但是我找到了你说的那只猫！"

"真的！"莫晓妍欣喜若狂，可苏玲玲下句话又给她浇下一盆冷水。

"但是监控里只能看到这只猫从楼道跑过，有时候能看到模糊的人影，可是都在黑暗里藏着，根本看不清楚脸。"

"这么说，还是找不到证据。"莫晓妍无奈地撇了撇嘴。她早该想到，那个人既然能有计划地破坏事发时的监控，说明她心思非常缜密，不可能轻易在监控面前暴露自己。

"但是至少可以证明你的推测是正确的，有人故意训练这只猫来害你，我已经拿那个监控和保安部说了这件事，让他们帮你追查这个人的线索！"

莫晓妍望着苏玲玲一脸认真的模样，内心一片暖意，可她明白保安部不可能真的因为一只猫就替她去查这些。这时，她脑中突然闪过一道光亮，问道："玲玲，你还记得那只猫都是什么时候出现的吗？"

苏玲玲想了下，说："具体日期我不记得了，反正时间都是在下班之后。"

没错，那个人如果想更好地隐蔽自己，就一定得趁夜深人静办公室没人的时候训练那只猫。而越星有着严格的工作出入制度，所以，只要去查一下打卡记录，就能知道孟子珊那几天是不是留在公司！

莫晓妍有些激动，这虽然算不上直接证据，但是至少能把线索指向最有嫌疑的那个人，如果她无法自圆其说自己那几天做了什么，就一定会受到怀疑。

苏玲玲听她说完这个想法，也觉得这是个不错的突破口，两人约定一起想办法，先去拿人事部的打卡记录，再去找孟子珊对质。

可那时的她们还不知道，一个更大的阴谋正藏在暗处，伺机而动……

又是一个看似寻常的加班夜，项目组几乎全员留在了办公室赶工。莫晓妍拖着疲惫的身体去打印室复印资料，正准备打开复印机的盖子，屋里的灯突然灭了，乍然而至的黑暗中，她听见"砰"的一声关门声，急忙冲过去却已经太晚，门怎么也推不开，好像有人从外面把门锁死了。

办公区那边传来此起彼伏的"怎么停电了"的喊叫声，她拼命拍打着门板，可外面太黑又太过混乱，根本没人发现她被关在了打印室。

熟悉的恐惧感再度把她吞噬，莫晓妍绝望地靠着门板滑坐下来，捂住脸拼命想让自己摆脱梦魇。不知过了多久，复印机突然在黑暗中亮起灯来，开始一张一张地打印着什么东西。

室内顿时充满了油墨的香味，A4 纸在反复闪动的亮光中不断被吐出、叠起，再慢慢滑落在地上。

莫晓妍连忙冲到复印机旁边，拿起一张纸凑在亮光下看着，只见雪白的纸上印着黑乎乎一团形状，再看仔细些，好像有头……四肢……和毛发……

她将纸揉成一团，用颤抖的手打开复印机的盖子，只见复印机的中央躺着一只她曾见过的黑猫，可它的身体已经从中间被剖开，变成了一具血淋淋的尸体。

而身后那扇门，在这时突然开了……

04

"那只猫真的不是我杀的！"

莫晓妍双手搁在膝盖上，神情平静地把这句话重复了一遍。

而她的对面，是海大兴那张几乎快拧到一团的愤怒的肥脸。

他是个爱科学有追求的保安队长，所以从不信鬼神命运，可短短半个月内，这个女人一次又一次地出现在他面前，而且每次出现都伴着从未发生过的怪事和倒霉事，让他安逸了许多年的保安生涯面临巨大挑战。如果他是算卦的，一定会像模像样地给自己指点，你命犯煞星，只怕难逃此劫啊。

昨天晚上，他正悠闲地看着书值班，十四层楼突然警铃大作，许多人七嘴八舌和他反映复印室发现一只死猫，死状惨不忍睹，而这个女人事发当时就在现场，据说曾经独自关在那间房里十几分钟，谁也不知道她到底干了什么。

那只猫的死状不知被谁拍照发到了内部论坛上，顿时激起了无数人的同情和愤怒，那帖子迅速回复了几十页，大家群情激昂、纷纷抗议，说大楼里藏了变态，一定要把她揪出来绳之以法！而这个重任自然落到了保安部的身上。

海大兴望着门外正忙碌地接着电话的小保安们，脸上满是悲痛。从昨晚起，保安部的电话就没断过，全是来督促这件事的进展的，他毫不怀疑自己如果处理不好，一定会被大家投诉罢免。

他叹了口气，转向面前那张始终平淡无波的素白脸蛋，怎么也不敢相信她会是一个心狠手辣的杀猫恶魔。

但是所有的人证物证全部指向她，也由不得他不信。海大兴于是狠狠一拍桌子，吼道："不是你做的？那我倒是想问问，为什么所有人都指证你是那时唯一去过打印室的人？停电的那段时间，你把自己关在里面做什么？还有，你之前让苏玲玲来查监控，非说有人故意用那只猫来害你，你敢说这不是报复，因为找不到凶手所以杀猫泄愤！"

"如果是我做的，我为什么不跑，还留在那里等人发现？"

"你当然想跑，只是你没算好来电的时间，结果被人发现，想跑也跑不了。"

莫晓妍明白如今说什么他也不信，只是疲倦地摇了摇头，紧抿双唇不再开口，目光中却仍是一片坦然。

"莫小姐，你最好想清楚，你现在认了，我们就内部处理，最多是离开公司。但你要是一直死撑，就算我能放过你，外面那些人也不会放过你，一定会报警。杀猫虽然不是杀人，也算是危害安全，给公众造成恐慌，到时候警察会怎么对你，我可不敢保证了。"

"我说过我没做，你们想报警就报警，到时候就能证明我的清白。"

"你……"海大兴这次彻底没辙了，他当然不会为了一只猫去报警，可如果不就这件事给一个交代，大楼里的爱猫人士非把他生吞活剥了不可。可他到底只是个保安，就算是警察也得讲究个文明执法，莫晓妍坚持不认，他打不得又骂不得，只能不断用眼神瞪她作为恐吓。

于是，海大兴挠着头在保安室里烦恼地乱转，抽空朝莫晓妍扔去一个杀气十足的眼神，企图出其不意把她吓得坦白从宽。就在这时，保安室的门被人从外面拉开，海大兴以为是哪个没眼色的小保安，正横眉竖眼准备骂过去，待看清楚来人，连忙换上一副谄媚的脸孔，笑着说："韩总，您怎么亲自过来了？"

韩逸瞥了一眼坐在桌子那一边的莫晓妍，她既没有委屈大哭，也没有惊慌求救，看向自己的目光坦然而坚定。

在他们有限的几次交流中，她总是谦卑的，小心翼翼的，好像路边毫不起眼的野草，却永远不放弃向上生长。他一直记得她在电梯里痛哭的模样，想不到这次遇上这么大的事，她竟然还能这么泰然处之，倒是有些令他另眼相看。

他随手捞过来一把椅子在她对面坐下，又对海大兴说："你先出去，我来问她。"

海大兴不太明白这位总裁大人葫芦里卖的是什么药，但是考虑到自己的饭碗，决定秉持"不多想不多言"的原则，立即推门走了出去。

韩逸拿出烟盒里的一支烟在桌上轻轻磕了磕，漫不经心地抬眸看着莫晓妍问："是不是你做的？"

"不是！"

"有人陷害你？"

莫晓妍有些讶异他这么快就接受了她的说辞，随即又重重地点了点头。

韩逸笑了笑，站起身把那支烟含在嘴里，说："你可以回去了，三天之内找出那个人，证明自己的清白。"

莫晓妍彻底愣住了，在门口接到指示的海大兴也愣住了。韩逸迎着两道惊讶的目光走了出去，深藏功与名。

可当莫晓妍回到办公室时，她发现真正可怕的事情才刚开始。

原本收拾整齐的桌子上一片狼藉，杯子、笔、文件全被甩在地上，电脑屏幕上贴了很多便利贴，用各种颜色的笔迹写着"变态！""凶手！""滚出去！"……

她抬起头朝四周看过去，办公室里依旧静得出奇，连敲击键盘的声音都听不见，藏在电脑屏幕后的目光或鄙夷或探究或害怕，如同一张大网将她包裹其中，再一点点收紧，企图将她绞碎。

她平静地收回目光，开始蹲下身收拾着自己的东西，耳边不断传来小声的咒骂，其中一道声音尤其刺耳："要说现在的新人脸皮真厚，做出这种恶毒的事，居然还敢装没事人死赖着不走。"

莫晓妍的手顿了顿，抬头看着正得意扬扬说话的孟子珊，突然站起身走了过去，对着她一字一句地说："是你做的对不对？"

孟子珊的眼神有一丝慌乱，随后很快勾起红唇，轻哼一声说："现在还想拖人下水，你看谁会信你。"

莫晓妍死死地盯着她，慢慢说："我不会走，迟早有一天，我会找出你最怕被我发现的那件事，会让你为所做的事付出代价！"

孟子珊被她眼神中隐含的威慑吓了一跳，随后恼羞成怒，正准备指着她再骂，莫晓妍已经转身头也不回地走了出去，她的背脊挺得笔直，好似一个迟早会得胜的王者。

莫晓妍走到卫生间水池旁，捧了些水打湿了脸想让自己保持清醒，再抬头时，却看见镜子里多了个人。

苏玲玲一把抓住她的衣袖，哭得泣不成声："晓妍，对不起，是我太软弱。我不敢告诉他们肯定不是你做的，让他们不要这么对你。我怕他们连我一起对付，甚至把我也赶走。对不起……我没资格当你的朋友，没能保护你，你骂我打我吧。"

莫晓妍一直平淡地接受这一切，直到这一刻，却突然红了眼眶。她反握住苏玲玲的手，轻声说："这不怪你，真的不怪你。我知道你还在我身边就够了……"

苏玲玲被她说得越发愧疚，哭得双手发颤。莫晓妍却在这时感觉到一些苏玲玲的记忆冲进自己的脑海，她原本无暇顾及，却突然想起来一件一直被她忽略的事。

苏玲玲曾经带孟子珊去她那里算过命，孟子珊对她的厌恶好像就是从那时开始的。

那一天发生了什么？那个被孟子珊费力隐瞒，害怕被她发现的秘密到底是什么？

莫晓妍第一次在"秘境"见到孟子珊，还是大约一年前的事。那时她才刚搭上那位助她上位的财务总监，底气还不像现在这么足，明艳却不够张扬。

据苏玲玲回忆，是孟子珊听她说认识一个算命特别准的朋友，就主动让她领着去算一算自己的运势。那时的孟子珊确实每天都显得郁郁寡欢，好像心里藏了一件悬而未决的大事，急于通过任何渠道去解惑。

苏玲玲那时只当她是为了感情的事困扰，很热心地带她去了"秘境"。谁知道孟子珊在听完莫晓妍对塔罗牌的解释后，竟然勃然大怒，她一把将桌上的塔罗牌打落在地，指着莫晓妍说她胡说八道，还让苏玲玲不要再信这种江湖骗子。

"那天你用能力了吗？你到底看了吗？"肖阳终于听完了前情始末，忍不住焦急追问。

莫晓妍一脸困惑地摇了摇头，说："我什么都没看到。我很确信那次我没有用能力，因为那时玲玲陆续带了几个朋友和同事过来，我怕每个人都算得准会让她怀疑，就故意随便编了一些话来说。其实对于塔罗牌算命这种事，大多数人是抱着好玩的态度试试看，说准了会惊喜，说不准也不过一笑了之，最多会让我退钱。可孟子珊不一样，她气得耳朵都红了，一副要砸店的架势，所以再见她时，我才有些印象。"

"所以……她发火可能并不是因为你算错了，而是你恰好说对了某件事，这件事让她很害怕，所以她才会当场失态。而当她在越星再见到你时，那种恐惧感又开始折磨她，所以她用尽一切手段，也一定要让你离开！"肖阳想到莫晓妍这段时间的遭遇，显得有些激动，"所以，你那天到底说了什么？！只有依靠这点，我们才能找到她的把柄！"

到底说了什么？莫晓妍双手交握，努力回想着，说道："我好像说了她家庭负担比较重，给了她很大的压力。不过还说最近她会遇上一个贵人，能签下一笔大合同，以后生活会有很大的改善。"她当时那么说，不过是推断像孟子珊这样的从农村到 G 市打拼的女孩子，多少都会有些家庭负累，而苏玲玲她们既然是跟项目的，肯定希望能谈成大合同，有笔不菲的提成。

按说这个说法就算不全对，也不至于会激怒孟子珊，可问题究竟出在哪里呢？

"也许是因为你提到了……合同？"肖阳低头沉思，然后说出自己的推断。

莫晓妍仔细想了想，也觉得这应该是个突破口，连忙掏出电话打给苏玲玲，让她帮忙查查那段时间策划部有没有在谈什么关键性的合同。谁知苏玲玲却答复她，那段时间孟子珊生病了，没有跟什么大项目，更没有参与什么合同的签订。

"不是工作上的，这反而更符合我的猜想。"肖阳的神色越发笃定，"孟子珊可能在私下签订了一个什么见不得光的合同，这个是绝不能让别人尤其是越星的同事知道的，恰好那次被你一语言中。她联想到苏玲玲说你算命很准，生怕你会发现什么事，才会这么害怕想要掩饰。"

"可那合同到底是什么呢？"这世上的合同何止千百种，光知道这点信息，根本没法对付孟子珊。

"没事，包在我身上，我帮你去查！"

"可是，这样会不会不好……"

莫晓妍有点迟疑，让肖阳利用职权查人家的隐私，万一被孟子珊发现反咬一口，很可能会让他也受到牵连。

"放心，这女人能在背后做这么多偷鸡摸狗的事对付你，肯定不会是什么善茬，说不定还能揪出什么大案让我立功呢。"肖阳冲她挤了挤眼，满脸的不在乎。

"谢谢你，肖阳，真的，不光是这件事，这几年幸亏有你帮忙，不然……"莫晓妍很郑重地说着感谢的话。

可她的话还没说完，头就被狠狠揉了下，肖阳道："得了你，没事给我玩什么煽情啊。总之你记得，你的事就是我的事，以后有事别再闷在心里不出声。你一个人扛不住的，明白吗？"

说最后一句话时，肖阳的表情显得无比认真。莫晓妍低下头，很快又换了张嘻嘻哈哈的脸，调侃着掩下眼底闪过的阴霾。

她当然也曾觉得累过，哭过，崩溃过，可那些刺已经种上就不可能轻易拔下来，除非是连着皮肉一起撕下。

她不敢全心相信任何人，也不会去依靠任何人，哪怕是从小和她一起长大的肖阳。

"什么？！你说孟子珊去年在市中心全款买了套房子？这怎么可能！"苏玲玲一口咖啡正含在嘴里，惊得差点喷出来。

"还不止这处，这一年多来，孟子珊至少买了三套房子和一间商铺，全部登记在她的名下。"莫晓妍慢慢搅着面前的那杯咖啡，一脸若有所思的表情。

"可是她工资和我差不多，就算几十年不吃不喝，也不可能全款买房啊。难道是那财务部的陈总监送给她的？可是也不合理啊，就算是总监，也不可能有这么多钱。"

"陈总监没有，可是财务部有！"莫晓妍抬眸，刻意压低了声音。

"你的意思是……"苏玲玲的眼睛已经没法瞪得更大了，满脸的不敢相信。

莫晓妍将手里的小勺扔进咖啡杯，听着里面发出"叮"的清脆声响，目光坚定，说："今天是第二天，我答应过韩总，三天之内会给他一个交代。我一定会让孟子珊自己告诉我，她到底做过些什么！"

到了下班时，孟子珊的手机收到了一条陌生号码发来的短信，她好奇地点开，发现里面只有一句话："我知道你做了什么。"

她手猛地一抖，金色的手机就这么摔到了地上。

她惊恐地抬起头，看见莫晓妍正微笑着把手机装进口袋，又朝她抬了抬下巴，丢过来一个挑衅的眼神。

孟子珊狠狠咬唇，却说不出任何话来。

这时，地上的手机屏幕又亮了，她连忙捡了起来，打开新短信："今天晚上九点，十四楼复印室外，我等你。"

涂着正红色口红的嘴唇快被咬出血来，孟子珊用指甲狠狠地刮着手机荧幕，瞪住远方正笑得一脸人畜无害的莫晓妍，可又怕被同事看出自己的异样，只有冷哼一声，拿起背包大步走了出去。

一走出越星的大楼，她立即走到僻静处，用手机拨了个号码，捂住嘴低吼着："怎么办！她全部知道了！"

电话那头沉默了一会儿，随后说了一句什么话，孟子珊露出惊慌的表情，又很快镇定下来，目光中写满了狠戾。

05

当天晚上，时钟指向九点，大楼外有微风拂过，华灯初上，夜色正浓，对策划部的员工来说，这是个难得不用加班的美好夜晚。

此刻，整个十四层办公区都被笼罩在无声的、厚重的纯黑之中。

这时，电梯灯亮了起来，随着"叮"的一声响，有高跟鞋的声音一步步踏响在地板上。

孟子珊一身红衣，背着大大的普拉达包，伸手摁亮了顶灯开关，四散弥漫的黑暗立即被光亮驱散。她朝四周望了望，大声说着："你不是约我见面吗？我现在来了，你人呢？"

可没人出现，回应她的只有漫无边际的寂静。突然间，灯又全黑了，孟子珊吓得退后一步，然后看见好像有什么东西从复印室里窜出。

是那只已经被掏心剖腹的黑猫！

黑暗中有什么东西在慢慢蠕动，腹部贴着地板，发出细微的"咔咔"声，再近一些，就能看清它那早已失去光泽的皮毛松垮地裹在身上，好像偷穿人皮的小鬼，显得有些滑稽和怪异。

它的两只眼睛却是亮着的，幽幽地在黑暗中闪烁，发出绿色的光亮。

传说中猫有九条命，如果能死而复生，它会不会来复仇索命！

孟子珊吓得瘫坐在地上，背包甩到一边，抱住头不断喊着："不是我杀的你，不是我杀的你！别来找我……"

可那只猫依旧不紧不慢地挪动着，终于蹭到她脚边，风干的毛发几乎要碰到她的脚背。孟子珊已经快要崩溃了，不断尖叫着，用手撑在地上朝后挪动，胸脯剧烈起伏，如同快要耗尽空气的风箱。

这时，莫晓妍终于从阴影中走出，黑衣黑裤，好像和她身后的黑暗融为一体。她一步步走到孟子珊身边，蹲下来轻声问："不是你杀的，又是谁杀的？！"

孟子珊惊恐地转身，泪水已经弄花了她精致的妆容，当她看清面前这张脸，连忙爬过去一把抱住她的腿，大喊着："是陈星。是他说你迟早会发现我的秘密，让我先下手为强，主意都是他想的，和我无关……"

莫晓妍满意地笑了起来，突然朝远处大喊一声："玲玲，可以开灯了。"她又嫌弃地望了一眼仍坐在地上瑟瑟发抖的孟子珊，塞了包纸巾到她手里，说："先擦擦吧，你这样子很丑。"

孟子珊捏紧手上的纸巾，终于发现有些不对劲，这时办公区的顶灯已经大亮起来，她瞪起眼，这才发现那只黑猫只是一张皮，软软地披在一辆遥控小车上，眼睛部位是两块磷石，一旦小车开始移动，在黑暗中看起来，就如同死而复生一般。再加上她心里有鬼，就轻易地被吓破了胆。

莫晓妍朝她挤了挤眼，掏出兜里的遥控器得意地晃了晃，表情看起来十分欠揍。

孟子珊气得将纸巾狠狠地扔在地上，胸口剧烈起伏。

莫晓妍笑眯眯地看着她说："你也不用太生气，我不过是以其人之道还治其人之身。那天你把这黑猫的尸体放在复印机里，布置好一切就故意指示我去复印资料，然后趁我进去后马上拉断电闸，算好时间再把电闸拉起来。我处在那样诡异可怕的场景里，就算不被吓跑，也洗不脱杀猫的嫌疑，你这招一石二鸟之计，实在是用得很妙，不管结果怎么样，都能让我在越星没法继续待下去。"

"但是……"她又掏出一支录音笔，目光如凛冽的冰锥，说道，"你刚才说的话我都录下来了，明天我就会交给公司高层，让他们去查证，到时候你和陈总监做的那些丑事迟早会被曝光。"

孟子珊狠狠地吐出滑进嘴里的一缕发丝，不怒反笑了起来。她慢慢捡起地上的背包，说："想不到你倒挺聪明的，可惜还是太过天真，你以为我今天来找你会完全没有准备吗？"她的目光往刚才莫晓妍喊的方向斜了斜，得意地说道："你为什么不再喊一声，看你那位好朋友还在不在电闸那边？"

莫晓妍心中一震，连忙转头往那边看去。就在这时，她感觉腰间猛地一痛，身子顿时软了下来，再抬头时，就看见孟子珊拿着一个电击器，笑得得意又狰狞。

另一个人从黑暗里走了出来，身形高大，面容清瘦，嘴角挂着冷笑，冲孟子珊喊了一声："搞定了？"

莫晓妍心里又急又悔，全怪自己疏忽，竟完全没有料想到陈星既然和孟子珊勾结，在必要的时候就会现身来善后。刚才自己那一喊暴露了苏玲玲的位置，让她也受了牵连。

她试着挪动身体，可一点力气也使不出来，嗓子又干又哑，挣扎着质问出口："你……把玲玲怎么样了？"

陈星的五官原本还算端正，现在却也扭曲得令人无比憎恶，他接过孟子珊手里的电击器，蹲下来又往她身上来了一下，然后看着地上的人如一条被拽出水面的鱼一般奄奄一息地挣扎，眼里露出残酷的快意。

"你放心，我也只是把她打晕了捆起来，至于要怎么处置你们，还得让我好好想想。"他又笑了下，说，"你让苏玲玲故意支开今天值班的保安，倒是正合了我的心意，十四楼的监控已经被切断，谁也不会知道今天晚上发生了什么。"

莫晓妍觉得全身疼得想要呕吐，眼前渐渐模糊，可她明白自己不能倒下，不然就真的一点希望都没了。她要救苏玲玲，绝不能让她为了自己受到任何伤害。

也许是强烈的欲望真能激发人的潜力，她的双目发出灼灼光亮，翻过身一把抓住陈星的手腕，随后又露出一抹诡异的笑容，说："原来你在老家有老婆，甚至还生了儿子，你装作未婚骗小姑娘帮你贪污。这次你预料到会出事，早给那些房子、铺子找好了下家转手，准备把一切都推到帮你签合同的孟子珊身上，再拿着钱跑路，是不是？"

她的声音很虚弱，却字字如锥钉在人心上。

陈星脸上露出恐惧的表情，一把甩开莫晓妍的手，大骂了一声："你是什么？怪物！怪物！"

他恼羞成怒，拿起电击器正准备再往莫晓妍身上打，孟子珊已经一把抓住他的手，声音颤抖而尖锐："她说的是不是真的？"

陈星慌张地转身解释："你别听她乱说，她是故意想挑拨我们反目。"

"是吗？"莫晓妍努力往前挪动了一点，又死死地拽住陈星的脚腕说道，"你是一九七九年生人，你们第一次见面是在越星的餐厅，你帮孟子珊捡到了不小心落下的手机，你们第一次约会是在东园阁，你和她说……"

话还没说完，心窝又被踹了一脚，莫晓妍痛得蜷起身子，然后听见一声清脆的巴掌声。她嘴角浮现出笑意，又用尽最后的力气冲孟子珊喊着："为了这么一个渣男，你值得吗！协助贪污只是经济犯罪，监禁绑架可是刑事犯罪，要坐牢的，你真的想好了吗！"

孟子珊捂住脸发出痛苦的哀号，双手再放下时，目光已经变得十分决绝，她掏出手机正准备拨号报警，腰上却被猛地一击。她瞪大了眼转过头去，就看见那个她曾经深爱过的男人的脸孔，正开始变得模糊而陌生。

陈星挥舞着电击器，神情癫狂，事情已经完全朝着他无法控制的方向发展着。现在该怎么办，他不知道，他不能杀人，杀人会坐牢！可这几个女人怎么办，已经不再信任他的孟子珊又该怎么办！

他大口喘着粗气，喉结不断上下滚动，目光死死地盯住了蜷缩在地上的莫晓妍，一个破坏他全盘计划的女人！这女人是个怪物，她能看穿自己的一切，这样的人不该活在世上，她就该被扒光丢在所有人面前，该被审判而死！

于是他捏紧手里的武器，一步步走向那个怪物。他要电得她不能说话，电得她哀号求饶，这念头让他感觉无比痛快，可就在这时，暗处突然传来了一声轻蔑的笑声。

他顿时被吓得一个激灵，楼里还有人！是谁？他看到了什么？

他连忙转过身大喊："是谁躲在那里！快出来！"

有一个身影从楼梯处走了过来，当灯光慢慢照亮他的轮廓，陈星顿时惊恐地瞪大了眼，这个身影他再熟悉不过，可他怎么可能出现在这里……

突如其来的变故，点燃了莫晓妍心中最后一丝希望，她艰难地睁开眼，看见头顶是一片炽热的白光。韩逸看着她慢慢蹲下，问道："这就是你证明自己清白的方式？"

泪水突然模糊了双眼，她张了张嘴，却没有力气发出声音。韩逸好像猜到她要问什么，继续说："你放心，她只是晕了，我叫人带她去了医院。"

知道苏玲玲已经脱险，莫晓妍这才长长舒出一口气，彻底放松下来，又恶狠狠地盯着陈星，仿佛在用眼神示威：看吧，你输了！

陈星早已吓得魂不附体，韩逸能出现在这里，就说明他已经什么都知道了。完了，一切都完了！双膝一软，他绝望地跪在了地上，头重重垂下，手里的电击器也"砰"的一声掉在了地上。

韩逸终于回头看了他一眼，他走过去捡起地上的电击器，轻轻放在了莫晓妍身边，说："警察还有一段时间才会来，还有力气的话，就自己报仇。"

莫晓妍无奈地笑了笑，玲玲没事，陈星也将为自己所做的事付出代价，这已经是最好的结果，她干吗要花费力气去做那种事？

这时，她身边的孟子珊用不知何处而来的力气飞快捡起电击器，又吃力地朝陈星爬过去，重重地打在他身上。她的感情，她的未来，她的所有梦想和希冀，都随着这绝望的一击，烟消云散。

莫晓妍慢慢闭上眼，她讨厌看到这样的画面，讨厌至极。

这时，她听见韩逸在她耳边轻轻地说了一句："原来，你真的能看到别人的过去，是不是？"

第四章

❤

你觉得，
他是个好人？

01

黑夜过后，一场风波终于落幕，有两个人无声无息地离开，有些变化悄悄发生，可越星仍像一台构造精密的仪器，丝毫不受影响地运转着。

策划部已经开始物色新人选来替代孟子珊，莫晓妍和苏玲玲在经过短暂的休息之后，也很快回到自己的岗位上，开始了按部就班的工作。

莫晓妍庆幸围绕着她的那些风言风语很快散去，曾经义愤填膺过的，幸灾乐祸过的，终归只是别人的生活，不如埋头工作争取升职加薪来得实在。她开始躲着一个人，她害怕坐电梯，害怕去二十八楼，更害怕的是那个毫不留情揭穿她秘密的人。

可惜世事总是难如人意，越怕什么偏就会来什么。这一天从总裁办传来消息，潼安项目即将签约，大老板也会参加项目组下一次的政府提报，而其中最为特别的是，韩逸特地在项目组的提报人员中加上了助理莫晓妍的名字。

如果说这个消息还不够劲爆，那当天发生的事则更透着几分诡异。据说，向来是绯闻绝缘体的白莲花总裁单独叫了那个小助理和自己同车，把秘书Cindy打发去坐了另一辆车。

这样的反常行为，让给他开车多年的老司机董叔都无法淡定，他一边开车一边竖起耳朵，既怀着兴奋的憧憬，又带了些可能听到一些不该听的声音的羞涩。自从二十年前他和老婆结婚后，这种小心脏扑通乱跳的感觉已经很久没有出现了。

可出乎意料的是，后座一直十分安静，偶尔传来轻微的衣料摩擦声。可越是安静，遐想的空间就越大，老董有点控制不住地去脑补，羞得老脸通红。

"特别助理？"这时，一个声音打破了老董的遐思。莫晓妍忐忑地接过韩逸递过来的一盒名片，看着上面的头衔，疑惑地出声。

"没错，特别……助理。"韩逸说到"特别"两个字时，语调特地扬了扬，又用修长的手指夹了张名片放在她手上，身子朝她微微倾过去。

莫晓妍本来就怕他，这下更是心跳加速，很不争气地缩起脖子红了脸。

韩逸皱眉看着她这副没出息的样子，用不大不小的声音说：“所以待会儿提案的时候，你应该知道要做些什么。”

莫晓妍愣了愣，随后明白了他的意思——这是让自己当间谍，替他窥探那些当官的心思啊，黑心！真是黑心！

她摩挲着手里的名片，内心吐槽不断。韩逸已经回身坐直，不再看她，也不再开口。小小的空间里流动着有些尴尬的沉默，一想到身边坐着一个知晓自己秘密的人，莫晓妍就觉得浑身不自在，只得扭头去看窗外不断飞驰而过的景物。

这次的提案进行得非常顺利，提案结束后，韩逸特别向所有到场官员介绍了这位“特别助理”，莫晓妍只得赔着笑一个个握手，脑中的画面飞驰而过，内心却是哀叹连连。

回到公司后，韩逸又直接把莫晓妍领进了总裁办公室，这消息迅速以各种方式传遍了大楼的每个角落，唤醒了无数颗骚动的八卦之心。内部论坛很快塞满了各种帖子，愤愤不平者有之，扼腕叹息者有之，誓要挖出真相者有之……闹得沸沸扬扬、热闹无比，也算是给枯燥的工作带来些调剂。

相比看客们的精彩表情，处于风暴中心的当事人却苦着一张脸，垂头丧气的，好像一只正待屠宰的羔羊。

韩逸松了领带，将袖扣取下，朝莫晓妍斜斜看过去：“说吧，你看到了什么？”

莫晓妍深吸一口气，开始依靠回忆说出了几个官员对提案和公司的看法，然后又添油加醋地把韩逸夸了一遍，说那几个当官的都觉得他不仅年轻有为，模样气质也好，有女儿的恨不得招他为婿，没女儿的恨不得自己上……咦？

莫晓妍赶紧拉回自己的发散思维，偷偷瞄着韩逸的表情，指望着把他夸得舒服了，他就能放过自己。

谁知韩逸一点也没有放她走的意思，只是十分耐心地听着她胡诌，一直到她再也编不下去的时候，他才不紧不慢地问："还有呢？"

"还有……还有什么？"

"他们的家人、情人、爱好，或者……见不得光的事。"

莫晓妍咬了咬唇，犹豫了一会儿，心中的话终于冲口而出："韩总，我不能说，你这是在窥探别人的隐私！"

说完了，她又有些心虚，商场如战场，他当然会利用所有能利用的东西达成合作，她这点微不足道的反抗，又能有什么作用？让她意外的是，韩逸竟然没有再强迫她，他的嘴角甚至挂上了一抹笑意，虽然这笑容让她看得背脊有些发凉。

他慢慢折起衣袖，走到落地窗前，"哗"地合上了窗页。原本亮堂的屋内陡然暗了下来，他要干什么，总不会要对自己严刑拷打吧？

莫晓妍绞紧双手，感觉韩逸正一步步走到自己身后，他弯下腰，口里呼出的热气飘向她的脖颈。好像有无数小虫爬上了背脊，咬得她浑身发麻，她紧张地咽了口口水，忍不住想要拔腿就跑。

韩逸仍是勾着嘴角，眼里却是一片凉意，嗓音低沉又隐含威压："别人的事你不肯说，可以。但你总该告诉我，那一天你究竟看到了什么？"

那一天是哪一天，当然是他们第一次见面，他找她算命那一天。

莫晓妍最不愿回想起的就是那天的事，她缩了缩脖子，笑着说："韩总说的什么，我真的没看过你的隐私，我什么都没看见。"

韩逸的脸色沉了沉，转了个方向，强迫她与他面对面，又弯腰将手撑在她身边的扶手上，把她牢牢圈在椅子里，声调越发冷硬："我从来不喜欢逼别人，但是你如果不说实话，我不会让你从这房里出去。"

莫晓妍觉得面前的空气仿佛都要被他掠夺干净，脸上不断发热，呼吸也急促起来。眼看混是没法混过去了，还不如干脆放手一搏，她鼓起勇气抬起头，直视着他的双眼说："我真的什么也没看见，是他……他不让我看见！"

　　果然，面前那如深潭般的眸子终于起了些涟漪，震惊、愤怒、不甘……从他的眼中飞快闪过……

　　原来他知道有另一个人的存在！

　　莫晓妍还没来得及消化这个推测，韩逸已经面带愠怒开口问道："他是谁？"

　　"他就是你……你身体里的另一个人。那天我从你的记忆里看到别墅、穿旗袍的女人，本来可以继续看下去……可是他突然跳出来了。他看起来很可怕，他不想让你知道真相。我很害怕，所以什么都没看到。"

　　既然已经撕破脸，索性就说个痛快，反正现在大家都知道彼此的秘密，也算是十分公平。

　　扶住椅把手的手开始颤抖，韩逸紧紧抿着唇，好像正在苦苦压抑着什么。莫晓妍偷偷抬眼看着，甚至觉得在某个瞬间，韩逸褪去了平日冷漠的外衣，露出了藏在心底的脆弱和恐惧。

　　可他很快恢复了镇定，站直身子放开了对她的禁锢。莫晓妍刚刚松一口气，就听见他的声音在上方传来："你觉得我们两个的秘密，哪个比较值钱？"

　　这是一种警告，也是一种威胁，如果有人知道了他的秘密，他也不会再帮她隐瞒。双重人格最多算是精神疾病，可她的能力一旦公之于众，则足以将她毁灭。

　　莫晓妍连忙竖起手指，表情十分诚恳："我发誓，我什么都不会说！"

　　眼看韩逸似乎满意地点了点头，她才大大地松了一口气，慌不迭地想要逃跑，谁知道她和他的距离太近，刚一起身，就差点撞上他的下巴。

　　两人的脸突然贴得极近，远远看着就像一对即将接吻的恋人。而韩逸不但没有让开，反而神情专注地低下了头……

　　莫晓妍紧张得快要叫出来，这时却听见他用她再熟悉不过的嫌弃语气说："你从来不护发吗？发质这么差，影响公司形象！"

什么嘛!

莫晓妍靠在茶水间的门上,一边等咖啡一边愤愤不平地想着:有你这么挑剔的老总,才真是影响员工心理健康呢。

她随手把发尾拨到眼前,哼,明明是最朴素自然的黑长直,哪有很差!

嗯,好像确实是枯了点、黄了点、分叉多了点……

"晓妍,你在这里啊!"

一转头,莫晓妍就看见苏玲玲笑着朝她跑过来,顿时觉得看到了救兵。她正想问苏玲玲做个头发基础护理需要多少钱,谁知却一眼看到苏玲玲脖子上的蒂芙尼铂金项链,忙道:"好漂亮,你新买的吗?"

谁知苏玲玲双颊泛起红晕,冲上去紧紧抱住她,贴在她耳边小声说:"晓妍,我恋爱了!"

"真的?!"莫晓妍又惊又喜,忍不住惊呼出声。

"嘘——"苏玲玲连忙把她拉到没人的地方,脸上又是兴奋又是羞怯,"小声点,他现在还不想曝光。"

不想曝光?难道是越星内部的人?莫晓妍马上联想到苏玲玲那天在餐厅的异常表现,忍不住瞪大了眼:"你?不会吧?难道是他?!"

苏玲玲一愣,随后紧张地看着她说:"你知道是谁吗?"

莫晓妍捂着嘴向上面指了指:"是韩总吗?"

谁知苏玲玲长舒一口气,又扔给她一个白眼,说:"你瞎说什么啊,怎么可能是韩总!"

"可是……你不是暗恋他吗?"莫晓妍踌躇了一会儿,终于小心翼翼地发问。

苏玲玲瞪大了眼,随后笑得直不起腰:"我暗恋韩总?晓妍,你怎么想的,这也太滑稽了。"

莫晓妍有点尴尬地抓了抓头,可能那次真是自己多想了。

这时,苏玲玲已经紧紧握住她的手,眼睛闪闪发亮,说道:"等我们稳定下来,一定带你去见他!他真的特别好,到现在,我都不敢相信他会和我在一起。"

一些画面从脑海中快速闪过：山顶上，巨大的落日将金芒洒在一对人影之间。满脸红晕的女人低着头，有人从背后把项链戴在她脖子上，又贴在她耳边轻轻说着情话。她转过身把头埋在他怀里，两人在夕阳下紧紧相拥。

莫晓妍开心地笑了，她没有看到那个人的脸，可她知道苏玲玲很幸福，如果能够早点见到那个"他"就更好了，不过等等也没关系。

可是，她并没有等到那一天。

02

清晨，薄雾渐渐散去，初升的晨曦给写字楼的玻璃幕墙涂上淡淡的颜色，那色彩晕染开来，好像许多跳跃的精灵，钻进越星的办公间里，舞动着小小的光斑。

清洁工张妈像往常一样开始了工作，她在休息间换好了工作服，提着大大的水桶和拖把朝办公区走去。走过电梯过道时，她突然想起来在楼下的时候就有一台电梯一直停在十四层，可是现在四下没有人，电梯为什么会停在这层不动？

于是她走过去试着按了几下按钮，可电梯门还是纹丝不动。她猜测可能是电梯又出了故障，就一边转身走远一边拨通了保安部的电话。

就在这时，她听见身后传来了开门声，可她刚转过头，门又"砰"地关上了。

电梯门开始有规律地打开又关上，张妈摇了摇头，想着果然是出了故障，正准备再度转身，突然浑身汗毛竖立，她抓紧手上的拖把，迟疑地朝电梯靠近。时钟指向六点半，她没有开灯，过道里还有些昏暗，电梯门的开合之间，她看见里面好像……坐着个人。

走得近了，终于完全看清楚电梯里的情形，她双腿一软，差点坐在了地上，手机里依旧是"嘟嘟"的忙音。她发出恐惧的尖叫声，慌不择路地冲到楼梯间，一路往下跑去……

昏暗的过道里，电梯门还在机械地一开一合，有个女人正歪着头靠着镜子而坐，细眉红唇，浓妆艳抹，头发梳成大波浪高刘海，更诡异的是她的衣服——她穿着大红色的旧式旗袍，脚上穿着鲜红的绒布高跟鞋，耳朵上还戴着一只珍珠耳环，可惜那颗光亮圆润的珍珠已经被血染红。

她的脸上和身上早已僵硬，嘴唇大大张开，眼角向上勾起，不像在恐惧呼救，倒像是在快乐吟唱。可只要多观察一会儿就能发现，她的嘴巴和眼睛上都被穿过了细细的鱼线，硬扯着她做出这样的表情，看起来诡异又恐怖。

而她右边的手掌大大张开，如葱段般的手指，每根都被折断，软软向外翻出……

"变态！真是变态！"几个警察一边摄录着现场情况，一边忍不住低声感叹。

刑警队长李云之表情沉重，接过旁边一个助手递来的资料，小声念着："死者苏玲玲，二十四岁，本地人，是在这栋大楼上班的员工……"

"等等！"站在后面的一个警察突然冲出来问，"死者叫什么？"

李云之斜斜地看了他一眼，目光中带着浓浓的询问意味。旁边立刻有人拉了拉一脸震惊的肖阳，小声说："队长在调查案情，不要插嘴。"

肖阳愣愣地挪着步子走回去，心里却是止不住的惊涛骇浪：苏玲玲，越星员工，二十四岁，全部对上了，可这怎么可能？他连忙走到背人的地方，想给莫晓妍打个电话，可就在这时，李云之看了看时间，问道："这层楼的员工都在哪里？"

"还被拦在楼下，没让他们上来。"

队长看着电梯里的情形，对旁边的人挥了挥手，说："尽快处理好。"他又对助手交代："把这层楼的员工全部带到会议室，我要一个个问，那个发现尸体的清洁工，还有当时说被打晕了的保安，都一起叫过来。"

助手答应了一声，准备下楼去安排。肖阳叹了口气，摁断了已经快要拨通的电话，反正，她很快就能自己知道了。

"听说，你和死者是朋友？"

"嗯。"

莫晓妍呆呆地坐着，只凭本能回应，有点分不清眼前到底是现实还是自己的臆想。

他说死者……苏玲玲怎么可能是死者呢，昨天她还对自己笑着闹着，还说一定要给她介绍个男朋友，这样大家就能一起幸福了……

莫晓妍茫然地绞紧双手，怎么也听不清后面的问话，直到对方不耐烦地重复了几遍，才抬起头机械地回答着昨天她们做了什么，说了什么，最后见到她是什么时候。

"那你知道她有没有什么仇家吗？有谁可能会害死她？"

"没有！"莫晓妍突然激动起来，全身止不住地颤抖，玲玲那么好的人怎么会有仇家，谁会害死她？！为什么要害死她？！

李云之狐疑地盯着她，莫晓妍算是这栋大楼里和死者最为亲近的人，可除了激动了些，在她身上暂时也看不出有什么疑点。于是他示意旁边的助手做好记录，让人叫下一个进来。

莫晓妍目光呆滞地走到门口，就看见肖阳那双充满关切的眼睛，她一把握住他的手，几乎要把指甲掐进他的肉里，急切地说道："我想见她，带我去看看她，求你！"

肖阳叹了口气，带着她走到大楼外的巷子里，那里停着一辆车，苏玲玲的尸体正放在车上等着被运走。

肖阳和守在这里的警察打了个招呼，并且一再保证只是看一眼，肯定不会破坏尸体。那警察露出为难的表情，最后还是掀开了白布。

莫晓妍盯着眼前那张被浓妆涂抹得几乎不认识的脸，有凉意从指尖不断蔓延，心仿佛一刀刀被划着，她这时才终于明白，苏玲玲是真的死了。

不过一个月以前，这个女孩曾经紧紧抱住她，在她耳边说："晓妍，我恋爱了。"

她笑得那么美，那么甜，好似春日里盛放的花儿，永远向阳而立，让人不由自主想要靠近。

可她死了，在她最美好而快乐的时候，是谁残忍地夺去了这一切？！

莫晓妍捂住脸，再也忍不住，放声痛哭起来。旁边的警察放下白布，朝肖阳使了个眼色。肖阳叹了口气，扶住莫晓妍不断颤抖的双肩，硬把她扯了出去。

莫晓妍抱膝蹲在墙角，哭得浑身颤抖，可她心里隐隐升起一股难以熄灭的怒火。

玲玲，我会帮你找到这个人，我会让他为你的死付出代价！

就在莫晓妍开始着手搜集线索的时候，有人先一步找上了她。

"您要和我说什么事？"莫晓妍看着急匆匆把自己拉到楼梯间，又一副欲言又止模样的张妈，好奇地开口问道。

因着上次的厕所事件，她对张妈总有种莫可名状的亲切感。这次苏玲玲的尸体是张妈第一个发现的，现场受到的惊吓加上警察反复的盘问让她不堪重负，终于大病了一场，现在看着眼下还有些青黑，本就不丰腴的脸颊又瘦了不少。

张妈紧张地搓着满是老茧的手，眼神十分慌乱，犹豫了许久才开口说："这件事我憋在心里很久了，连警察问我我都没说。玲玲是你的好朋友，我想来想去，还是想和你商量下。"

"到底是什么事？"莫晓妍也开始紧张起来，预感到她要说的事一定非常重要。

张妈深吸一口气，朝四周看了看，终于靠近她耳边用极小的声音说："我发现尸体的那天，急着去找保安报警的时候，看到一个人急急忙忙从监控室出来。那个人……"

"那个人是谁？"

"是……韩总。"

韩逸！莫晓妍瞪大了眼，心中如惊雷轰过。这时，她突然想起一件事，肖阳给她看过现场的照片，她那时太过悲痛不敢多看，可现在回想起来，大红色旗袍、波浪卷发，唱歌的女人，这个场景她好像在哪里见过……

那是韩逸让她看到的十二岁回忆里的一部分！

那一年到底发生了什么？和苏玲玲的案子又有什么关系？莫晓妍的心不断下沉，韩逸虽然傲慢又令人讨厌，可她怎么也不相信他会去杀人。但是事发那天的凌晨时分，他为什么会在监控室，为什么他看到被打晕的保安却没有报警？

入夜，时钟在空荡荡的办公间"嘀嗒嘀嗒"地响着，一个人影鬼鬼祟祟地出现在了二十八楼的走道上。

这个人自然是莫晓妍。苏玲玲的案子始终没有进展，张妈对她透露的事情又无时无刻不在折磨着她，她终于按捺不住，决定横下一条心去问个究竟。

但是这种事当然不能光天化日去问，必须找个时间单独去找他。她观察了韩逸今天一直留在二十八楼，就刻意在办公室里加班，一直到等时间过了八点，大楼里的人几乎走光了，才满怀忐忑坐电梯上了楼。

出乎意料的是，整个二十八楼都没有亮灯，走过冷冷清清的过道，她才发现总裁办公室的门窗紧闭，根本看不见里面的动静，难道韩逸已经走了？

莫晓妍心里一阵失落，正准备离开，突然发现总裁办公室的门并没有关严，而是露了一条细缝，透过那条细缝，可以看见满屋的黑暗里正隐隐闪动着微弱的光亮。

她实在控制不住好奇心，蹑手蹑脚地走到门边往里面张望，只见墙上正用投影播放着一张张照片。当莫晓妍看清照片的内容，忍不住倒吸一口凉气：那是苏玲玲尸体现场的照片！

韩逸的五官隐在黑暗里，随着照片的变换偶尔被照亮。

终于，他放下遥控器，走到书桌前拉开抽屉，从里面拿出一个包得很好的首饰盒，从中拿出一枚戒指戴在手上。那是一枚银质的戒指，上面凸起一个十分精致的骷髅头，他又拿出一块布在骷髅头上十分仔细地擦拭，好像正在抚摸情人的发髻。

这时，他突然抬头望向莫晓妍所在的方向，邪邪地笑了起来。

莫晓妍惊得朝后猛退一步，那个人……不是韩逸！

黑暗中，两道视线一触即分，一个人饶有兴致，另一个却仓皇逃离。

莫晓妍脑子一片空白，转身飞快地朝电梯跑过去。她太熟悉那暴戾而邪肆的目光，更惧怕那目光下掩藏的魂灵，许多年前的记忆仿佛破壳而出，如同恶魔挥动巨大的羽翼，露出锋利的爪牙。

可就在她快要冲到电梯旁时，有人一把拽住她的胳膊捂住她的嘴把她拖了回去。莫晓妍望着越来越远的电梯门，好像看见那对羽翼在眼前不断扩大，终于遮天蔽日地将她笼罩其中。

门被"砰"的一声关上，"韩逸"钳住她的胳膊用身体将她牢牢抵在门板上，看着眼前那张惊恐到苍白的脸蛋，十分愉快地笑了起来。他抬起手，用戒指轻轻摩擦过她那光洁的脸颊，轻声开口："好久不见，还记得我吗？"

他那语气温柔而魅惑，竟好像分别多年终于重见的情人一样。

莫晓妍全身紧绷，努力控制住想要颤抖的冲动，小声说："我什么都不知道，能不能放我走？"

她只听得耳边传来一声轻蔑的嘲笑，他伸手把玩着她耳旁的一缕碎发，说道："不知道吗？那我就自我介绍一下，我叫韩衍，是韩逸没能出生的双生兄弟，这么多年来，你是第一个看到我的人。呵，希望上次没吓到你。"

他手指缓缓下移，轻轻点了下她的胸口，说道："这次可要记住了，不然我可是会伤心的。"

他尾音带着些许无辜，好似在和情人撒娇。

莫晓妍却在那一刻忘记了害怕，而被另一个事实所震惊到——双生兄弟！也就是说，他不是韩逸的第二重人格，他真的是另外一个人！

据说很多双胞胎会在体内互相竞争，最惨烈的结果是，其中一个会把另外一个"吃"掉，于是双生子就会只剩下一个。可谁也没想到，那个被"吃"掉的兄弟，可能会以另外一种方式活在他的身体里，耐心潜伏，伺机而动，等待着夺回真正属于他的身体。

"小妍妍不专心了呢。"

下巴被狠狠捏了一下，然后耳边突然一疼，莫晓妍震惊地转过视线，发现韩衍戴着的那枚骷髅装饰的戒指竟然藏着尖锐的银针，此刻正慢慢划过她的耳垂，带出滚着血珠的划痕。

她痛得捂住耳垂，再度被熟悉的恐惧感包围。

韩衍这才满意地笑了起来，又轻轻拍了拍她的脸说："乖，以后听我说话要专心点。"

莫晓妍努力克制着自己不要想起曾经的那个人，双目平视他的领扣，问："你怎么会知道我的名字？"

"我住在他的身体里，能看到听到他所有的事，还有，分享他的记忆。所以我不但知道你的名字，还知道……你非常缺钱！"

他的最后一句话几乎是贴在她耳边说的。莫晓妍努力偏转脖子避开那让她全身战栗的气息，可他的呼吸越来越急促而兴奋。

"我有个好主意，既然你很缺钱，不如我们做笔交易如何？"

莫晓妍感觉手上的禁锢放松了些，内心又燃起逃脱的欲望，随口应着："什么交易？"

韩衍缓缓勾起嘴角，狠狠道："你帮我杀了韩逸，我给你你想要的所有一切！"

"什么？"她忍不住惊呼，"这怎么可能！"

"嘘！"他用两根手指压上她的唇，说道，"告诉你一个秘密，韩逸情绪不稳，痛苦难忍的时候，我就会出现。所以，只要你愿意和我合作，假装帮他找回过去的记忆，让他能完全信任你。到时候，我们就能用一些小小的手段，让他永远醒不过来。"

他说的记忆是什么？手段又是什么？还有，为什么要找她合作？

莫晓妍脑子快要炸开，太多的疑问钻了进来，搅得她不能思考。

韩衍似乎心情很好，竟然放开了她的手，又拍了拍她的脸，声音中充满了蛊惑："你看看你，成天被人使唤卖命，却只能拿着最低的工资，你真的甘心吗？就算以后能升职，想要在这座城市生存也要付出巨大而艰辛的努力。但你如果愿意和我合作，事成之后，你想要多少钱我都能给你。你不需要承担任何法律责任，还能用最快的速度得到自己想要的一切，怎么样，这笔交易很划算吧。"

"对不起，我不会做！"莫晓妍深吸一口气，抬起头毫不犹豫地拒绝了。

韩衍感到有些惊讶，挑起眉疑惑地看着她，他原本以为一个在城市底层苦苦挣扎的女孩，根本不可能拒绝这样的诱惑。

"韩先生是个好人。我不会害他。"

韩衍愣了愣：只是这个理由？然后他弯下腰，大声笑了起来，仿佛听到了世上最好笑的事。

可当他再抬头时，眼神十分冰冷："哦？你觉得，他是个好人？那你为什么不问问他，十二岁那年他到底做了什么，竟然只敢用失忆来逃避！还有……你认为今天晚上，我为什么会出现？"

莫晓妍猛地惊醒，他是说……苏玲玲！

她顾不上害怕，急忙上前一步，声音已经颤抖起来："玲玲……玲玲的死是不是和你有关？"

韩衍却转身走到窗前，望着繁华夜色，目光中充满了狡黠："你不愿意和我合作，我们就不是盟友，所以，我什么都不会告诉你。不过，我迟早会再回来找你，等那时，你发现了韩逸的真面目，再做决定也不迟。

莫晓妍紧紧握拳，脸上的痛感还没消失，内心有个声音不断提醒她：这个人是一条毒蛇，必须离他越远越好。可她不甘心，她还没问出关于玲玲的事，虽然明知那一定和他有关。

这时，韩衍抬头看了看窗外，眼神竟然变得柔和起来，转头对她笑着说："今天的月亮很美，已经很久没人陪我赏月了，你要来吗？"

莫晓妍背地里握紧了拳头，明白再不可能从他口里问出些什么，只得转身飞快逃离。一刻不停地飞奔进电梯，才让她觉得稍微安全一些，她心有余悸地摸了摸手腕，好像还能感受到那萦绕不去的恐惧与痛感。

她把头靠上墙面，胸口剧烈起伏。幸好今晚并不是一无所获，刚才那人说的话，玲玲死时的场景，一切都指向韩逸十二岁时的记忆。

而在她看到的那段记忆里，那个穿旗袍的女人，到底是谁？

03

"是韩逸的妈妈——周琳娜。"

肖阳拿出一张照片放在桌上，微微泛黄的背景里，女人淡妆素衣，漫不经心地低头浅笑，却掩不住那勾魂夺魄的美。

"周琳娜，20 世纪 80 年代影视歌三栖红星，通过一次歌唱比赛出道，因为长相美艳迅速获得了大导演的青睐，演出了几部叫好又叫座的大制作。运气加上本身的灵气，让她出道不到五年就成了红极一时的巨星，拿奖拿到手软。二十六岁那年，她认识了韩逸的爸爸——盛世集团董事长韩慕东，随后迅速息影结婚。当年那场婚礼被称为世纪婚礼。周琳娜结婚第二年就生下了韩逸，从此专心相夫教子，几乎从未在媒体前露面。可就在韩逸十二岁那年，她在自家别墅离奇死亡，致命伤在头部，这是桩悬案，到今天都没找到凶手。"

肖阳一边说着，一边又递给莫晓妍一张照片。照片里的女人穿着大红旗袍，乌黑的卷发搭在肩上，双目早就失去了神采，嘴巴却是微张着，血在她身后溅得到处都是，把耳朵上戴着的珍珠耳环全部染红了。

"这……"莫晓妍惊得说不出话来,拿着照片的手止不住地颤抖。

"没错,这和苏玲玲死时的场景一模一样!"

两张照片,同样的姿势,同样的场景,不同的只是那两张脸,一个已经染上风霜,另一个却永远停止在如花般的年纪。

屋里的气氛有些凝固,莫晓妍深吸了一口气,才颤抖着问出:"所以……这是为什么?"

"是招魂!没想到这个年代,还有人信这个!"肖阳眼神冷冽,指着照片上的几处说道,"你看这里,这里,这里,不管是发型还是服饰,都在严格复制当年周琳娜死时的打扮。最诡异的是这对耳环……周琳娜刚刚走红时,曾经找金宝阁的老师傅定做了一对独一无二的珍珠耳环,那个师傅现在已经死了,根本没法造出第二对。而苏玲玲耳朵上戴的那对耳环,和当年登记在案的那对耳环的细节、手工一模一样,那不是仿制品……"

"你是说,玲玲死时戴的耳环就是当年周琳娜死时戴的那对?"莫晓妍听得浑身发冷,不停地灌着热水。

"没错,那对耳环在登记过后,又作为遗物还给了韩家,现在却在越星的死者身上出现。这说明这个案子很可能和韩逸有关。"他叹了口气,表情变得有些愤然,"可我们找过他几次,他都说自己当时在家睡觉,什么都不知道。而且他坚称他母亲所有的遗物都和尸体一起火化了,所以根本不知道这对耳环的来历,也不知道凶手为什么要模仿作案,对于这点,他也感到很愤怒。最可恶的是,他父亲有很深厚的背景,上头怕惹麻烦,找不出实质证据,也不敢拿他怎么样。"

韩逸在说谎,如果张妈没看错的话,至少在早上六点左右,韩逸还在公司。

可她暂时还不想让警方知道这件事,在她还没弄明白那个人到底是韩逸还是韩衍之前。于是她又转了个话题,问道:"你刚才说的招魂,是什么意思?"

"是我们根据犯罪现场推测的。苏玲玲的死亡时间是九月二十八日凌晨两点到三点，和十四年前周琳娜的死亡时间非常相似。再加上现场的布置，很容易让人联想到一些法术或者仪式。后来，我们查到一种古老的招魂手法，就是在死者死后七的倍数年份，同一天同一时刻，杀一个和她生辰八字相合的人，摆成相同的姿势，就能完成整个法术。最关键的一点是，新的死者身上，必须有被招魂那个人的物件，而这刚好能和苏玲玲案件的细节对上。可我们还不知道凶手到底想通过这个案子得到些什么，但这说明当年周琳娜的死，其实是另有隐情的。"

"可如果真是韩逸做的，他为什么要在越星做这种事？这不是故意把导火索往自己身上引吗？"

"也许他是临时起意，也许他自信不会被捉到，谁知道呢。总之这种有钱的公子哥，仗着有点权势就无法无天，如果被我找到证据，一定不会放过他。"肖阳一拳砸在桌上，满脸的义愤填膺。

莫晓妍没有接话，她总觉得有些事不对劲。可能在她内心深处，并不愿相信韩逸会杀人，但如果是另外一个人呢？

肖阳没有留意到她的异样，继续说着："你是越星的员工，又是苏玲玲的朋友，我想让你帮我盯着里面的动静，如果韩逸那边有任何可疑的地方，就通知我一声，我会汇报给上面去查。"

莫晓妍低下头，有点犹豫要不要告诉肖阳关于韩衍的存在。可她答应过韩逸不把这件事告诉任何人，而且她心中隐隐有种感觉，警方奈何不了韩衍，甚至会被他利用去完成他的计划。

望着肖阳满怀期盼的目光，她话到嘴边绕了又绕，终于还是吞了回去。

"没有，如果我发现什么，一定通知你。"

可那天过后，一切都像沉入水底的泥沙，暂时没了动静。十月初秋，本应是凉风袭人、秋高气爽的好时节，越星十四层的办公间里却笼罩着挥之不去的低气压。

苏玲玲的死，如同那被上了锁的电梯，沉重地压在了所有人心里。虽然没人亲眼看到那恐怖的场景，但口耳相传的描述，足以把许多和苏玲玲同年纪的小姑娘吓得想要离职，她们都生怕下一个出事的会是自己。

莫晓妍出神地盯着那曾经熟悉的位置，空无一人的座位上，已经积满厚厚的灰尘。经过那里的人全部小心翼翼的，避之唯恐不及，生怕会沾上晦气。再不会有人坐在那里，对着她或是得意或是调皮地笑了。

玲玲，你现在还好吗？传说冤死的灵魂会不愿离开，一直困在原地寻找真相。我不会让你这样，我会帮你，你要等我！

莫晓妍低下头，使劲揉了揉发酸的眼角。她这段时间几乎没有睡着过，脑子里一时是苏玲玲死时的场景，一时是韩衍邪邪地看着她说：我会回来找你……甚至偶尔还会看到另一张面孔，那深深埋藏在她心底的恐惧，不能碰，一碰就是无穷无尽、足以灭顶的黑暗……

这时，桌上的手机嗡嗡地振动起来，她拿起来，发现是一个陌生号码发来的短信："下班后，到停车场来找我。韩逸。"

她的手抖了抖，那个因他而起的伤口又开始隐隐作痛，可她很快镇定下来。发短信的应该是真正的韩逸，因为就凭那样自大的人格不可能留下别人的名字。

于是她怀着忐忑的心情挨到了下班，在停车场鬼祟地四处张望，看到有熟面孔就赶快躲到柱子后面。她突然觉得这场景挺可笑的，好像要进行某种地下幽会。

似乎为了印证她的脑洞，一辆银色宾利缓缓停到她身边，韩逸的声音从里面传来："上车。"

莫晓妍低头往里面瞅了瞅，然后长长吐出了一口气，突然觉得韩逸那张一向傲慢冷漠的脸现在看起来无比顺眼。

于是她拉开车门坐上了副驾驶座，车辆驶出停车场，在这城市的暮色里一路飞驰。韩逸始终没有开口，但她的思绪怎么都停不下来。

他为什么会找自己？他知道自己见过韩衍了吗？该不该直接问他苏

玲玲的事，可他会和自己说实话吗？

　　无数的疑问塞满了莫晓妍的脑袋，她怎么也理不出个头绪。当她的视线再度回到现实，才发现韩逸已经把车开离了市区，此刻，车正沿着僻静的河岸飞驰。她内心顿时警觉起来，他究竟要和自己谈什么事，为什么要选在这么荒凉的地方？难道他真的和苏玲玲的死有关，准备摊牌后杀自己灭口？

　　莫晓妍紧张地咽了口口水，不断安慰自己，旁边的人是韩逸，不是那个变态。韩逸虽然是个不太好相处的刻薄老板，但绝不是个残暴的坏人。

　　终于车速渐渐慢了下来，莫晓妍从车窗朝外小心张望着，想观察清楚这里的地形。

　　这时天边的红日刚被地平线吞没，半明半暗的暮色里，显出对岸初上的华灯。面前是一片半人高的芦苇地，偶尔随风摇曳，露出水面上的粼粼波光。

　　不得不说，如果不是时机和对象都不正确，这里还真是个有情调的好地方，当然，也是个适合毁尸灭迹的好地方……

　　这时，韩逸仍是未发一言，推开门走下车，然后半坐在车子的前引擎盖上，对着阑珊的夜色，弯腰点了一支烟。火光照亮了他的侧脸，又倏地暗淡下去，青色的烟雾袅袅升起，消散在暖黄与灰黑相杂的芦苇丛中。

　　莫晓妍没有下车，她透过起了雾气的玻璃远远看着他，他的身影如同山水画中缥缈而孤寂的剪影。她已经隐隐有了些预感，他可能正在做一个十分艰难的决定。

　　一轮圆月升了起来，偶尔有萤火虫从芦苇丛中飞出，绕着烟头转了几圈，又带着错认同伴的伤感仓皇逃走。

　　韩逸终于抽完了手里的烟，他转过身，目光变得坚定。

　　莫晓妍这才开门下车，走到他身边问："韩总，你叫我出来究竟想说什么？"

　　韩逸朝她伸出手掌，低下头盯着她一字一句地说："我想让你帮我看看，到底是不是我，杀了苏玲玲！"

莫晓妍的眼睛猛地睁大，泪水不知不觉盈满了眼眶，这些日子让她求之不得的真相就在面前吗？她迫不及待地抓住他的手，尝试着进入他的记忆，可是……她又失败了！

无论她怎么努力，都只能看到一些模糊的碎片，怎么也拼凑不出完整的图像，好像有人刻意在扰乱。偶尔她还能看到那双眼睛，得意扬扬，充满挑衅意味，好像在告诉她——不和我交易，你就什么也别想知道。

她不甘心地试了很多次，直到手心和后背全是汗，终于承受不住，大口喘息着抽回手，蹲下身，只觉得头痛欲裂。

她无法抑制地痛哭起来，她什么都做不到，她帮不了玲玲，也帮不了韩逸。这能力只是一种诅咒，除了带来那个挥之不去的噩梦，只会让事情变得越来越糟。

韩逸静静地看着蹲在他面前抱膝痛哭的女孩，目光中却有着同样的无力和悲哀，他问道："你看不到，是吗？是因为他吗？"

莫晓妍猛地抬头，突然醒悟过来一件事：韩衍可以看到韩逸的所有记忆，而韩逸却不能看到韩衍的。韩逸并不知道她和韩衍见过面的事。他如果知道韩衍所说的交易，怎么可能再信任自己？

那个十二岁的男孩究竟经历了什么事，让他一碰到那段过去，就把自己牢牢禁锢在心底的角落，宁愿让另一个人接管他所有的意识？可他不知道，躲在他身体里的那个人，正谋划着将他永久埋葬，再对这具身体取而代之。

也许这种能力并不是毫无用处，至少她可以告诉他真相，让他远离这个阴谋。

于是她倏地站起身，微风吹乱她的发丝，凌乱地贴在将干未干的泪痕上。可她急得忘了去拨开，而是迫不及待地说出那天晚上她听见看见的所有事，包括韩衍提出的那个所谓交易。

韩逸看她说得上气不接下气，脸上竟难得带了一丝笑意，这女孩是真的在为自己担心呢。

可他并不为这个消息感到过于惊讶，而是淡淡地回道："是吗？他果然打的是这个主意。"

也许是为了回馈她的善意，也许是这些怀疑藏在他心里太长时间，根本不知该和谁去说，韩逸再度点燃一支香烟，轻轻吐出烟圈，望着对岸渐渐连成一片的灯火，说："你知不知道，我为什么会觉得可能是我杀了苏玲玲？或者准确说，是我这具身体杀了苏玲玲？"

莫晓妍心中一阵讶然，她虽然早就有这个猜测，但现在真的听他说出口，还是觉得有些心惊肉跳。

苏玲玲出事的那天凌晨，正好是他母亲的忌日，每当这一天，他的情绪都会变得很差。所以那天他一口气喝了很多酒，迷迷糊糊倒在家里睡着了。

等他再度清醒过来的时候，发现已经是凌晨五点多，而自己竟然换了一身衣服，还洗过了澡。他检查了自己的鞋子，发现鞋底有很多土，于是怀疑在他沉睡的时候，韩衍曾经出现过。

然后他在手机上发现了一排打好的字："早上六点，越星十四层，好戏上演。"

他心里更是惊疑不定，怀疑韩衍利用自己的身体做了些什么事情，所以马上开车去了越星。当时好像有一台电梯出了故障，一直停在楼上不动，因此他就坐了另外一台电梯上楼。可在十四层他什么也没看到，于是就又下来准备去监控室问问保安。

但他一走进监控室，就看到了昏迷不醒的保安，正准备报警的时候，却发现桌子上放着一枚袖扣。

那是他自己的袖扣。

所以他没有报警，而是迅速离开了越星。直到一个小时后他才知道，他没有按动的那台电梯就是出事的电梯，那里面就装着苏玲玲的尸体。

然后他通过朋友的帮助拿到了苏玲玲死亡现场的照片，那是再熟悉不过的场景：红旗袍、高跟鞋、珍珠耳环……如果不是韩衍，谁会故意把现场布置成这样，又刻意选择越星的员工来下手？

"你是说，他故意杀了玲玲，再全推到你身上？！"莫晓妍听到这里，忍不住插嘴问道。

这推测显得十分合理，只要韩逸被警察不断盘问直到精神崩溃，韩衍就能趁机取而代之，完成他的计划。

韩逸摁灭了手里的烟，目光在夜色中显得有些迷离。这段时间，他一直被自己究竟有没有杀人这个问题折磨着，几乎无法集中精神去做任何事，失去意识的时间好像越来越长，他能感觉自己正在不断被吞噬。

可无论他怎么努力，都想不起那天到底发生了什么。所以，他今天才会下定决心来找莫晓妍求证。

最让他恐惧的是，有些记忆好像被唤醒了，他开始不断做着噩梦：那个熟悉的房间里，妈妈的脸歪在一边，血从她后脑勺不断涌出，好像永远也不会停止。万分惊恐的男孩捂住嘴尖叫，有什么东西掉在他旁边……那到底是什么？

每当这时，他总会惊醒，浑身都被汗水湿透，从内到外冷得发抖。

也许，干脆让那个人得偿所愿，对他们两个都算是一种解脱吧。

04

夜越来越深，带着潮湿气味的凉风越吹越猛，把芦苇摇得哗哗作响。

莫晓妍陪着他沉默了许久，终于忍不住打了个喷嚏。她今天只穿了一件单衣，被风吹得久了，便觉得寒意侵入了体内，缩着脖子微微发抖。

韩逸转头看了她一眼，说："走吧，我送你回去。"他脚步顿了一下，语气里又带了些自嘲："如果你想报警就去吧，不过我不保证自己会承认。"

莫晓妍在心里叹了口气，她宁愿看到那个总是刻薄挑剔的韩逸，也不想看见他流露出这样的沮丧神情，好像他已经认定是自己这双手犯下了命案，而他并不介意承担后果，哪怕是让出自己的身体，永远沉睡下去。

不对！有什么地方不对！

莫晓妍灵光一闪，有个萦绕心头许久的疑问渐渐清晰起来，她一把抓住前面韩逸的胳膊，大声叫着："不可能！这件事不可能是韩衍做的！"

韩逸转过头，皱眉疑惑地看着她。

"我们好像都忘了一件事。韩衍最想要的是什么！"

"他想要完全控制你的身体，不想躲在暗处。可如果他用你的身体去杀人，就算能成功把你逼走，也迟早会被警察发现蛛丝马迹，甚至被紧追不放。你想想看，他怎么可能甘心冒这么大的风险，顶着杀人凶手这个定时炸弹去生活？就算他能取代你，却要用这具身体去坐牢，那他这么多年处心积虑所谋划的又有什么意义！"

韩逸皱起眉头，他这几天思维太过混乱，的确是从未想过这一点。

莫晓妍却越发笃定，语气有些激动："也许那天他去过越星，刚好撞破了凶手杀人的现场，而他马上就想到，可以利用这一点，让你怀疑是自己做的。所以他才故布疑阵，衣服、袖扣、留言……一步步引你入局，现在他快要成功了不是吗？"

韩逸的思路也开始明朗起来，那个人故意叫他去杀人现场，把袖扣放在保安室，摆明了是希望警察能查到自己身上，如果韩衍真的是凶手，一定不敢这么明目张胆。毕竟他想要的是逼走自己，而不是替自己去坐牢。

"所以，现在最关键的，就是找到杀死玲玲的真正凶手，只有在他身上，才能找到所有问题的答案。也只有这样，才能完全洗清你的嫌疑。"

莫晓妍见韩逸表情有所松动，决定继续说出自己心中的疑问："玲玲死时的场景被布置得那么诡异，说明这个凶手一定和当年的凶案有关。而韩衍想要利用的，应该也正是这点。所以，关于你母亲的死，你真的什么都不记得了吗？"

谁知韩逸本已柔和下来的脸上再度闪现出痛意，他冷冷地甩开莫晓妍的手，眼神也变得冷漠："我想你搞错了，我从没说过要和你合作！"

然后再也不理会她，径直回到了车上。

莫晓妍的手停在空中，略微有些尴尬。他的过去也让他这么害怕吗？一经触碰，就会这么强烈地想要抗拒和逃离。

她正在发呆时，风中又传来韩逸那冷冷的声音："再站在那里，冻病了上不了班我可不会给你工资。"

莫晓妍连忙一溜小跑冲上副驾驶位，反复搓着被冻得冰凉的手心，心情却难得放松下来。

至少现在她已经知道，韩逸不会是杀死玲玲的凶手，而且他为了洗脱嫌疑，一定会想办法找出真相，这样自己就多了一个目标一致的盟友。她偷偷转头瞥了一眼专心开车的韩逸，嗯，还是有着庞大关系网的二十四K金大腿盟友，看来以后想查什么都会容易得多。

这么看起来，这趟野外之旅她真是收获满满，虽然刚才他找的那破地方确实是很冷啊。

莫晓妍摸了摸鼻子，忍不住又打了个大大的喷嚏。安静的车内，这喷嚏声显得格外突兀。莫晓妍连忙吸了吸鼻子，努力压抑住想要打喷嚏的欲望，但越想控制就越控制不住，反而连着又打了几个，甚至不小心喷出一串鼻涕来……

啊，在他面前丢人真是无法摆脱的宿命啊！

莫晓妍一边万念俱灰地想着，一边伸手摸向纸巾盒，再朝驾驶室偷偷瞄过去，果然看见韩逸脸上露出熟悉的嫌弃表情。她连忙抽了张纸巾，小心地擦掉鼻涕，再把那张纸巾揉成一团，捏在手里不知道该怎么处理。

车子里的气压好像越来越低……惨了，他那么爱干净，不会把自己赶下去吧。

脑洞再一次照进现实，就在她局促地胡思乱想时，韩逸竟真的一脚踩停了车。

莫晓妍吓了一跳，连忙抬头朝外张望，发现车已经驶入市区，这才大大地松了口气。现在末班车应该还没收车，从这里坐公交车回去虽然麻烦了点，但总比被丢在野外自生自灭好。

她抬手去拉车门，谁知却收到韩逸飞过来的冷眼："别乱动，坐好等着！"

咦？不是要赶我下车吗？

莫晓妍感到一头雾水，心里正犯着嘀咕，就看见韩逸推门下车，径直走进了一家咖啡店。

这么晚还要喝咖啡吗？

莫晓妍无聊地玩着手上的纸团，心里盘算着什么时候能到家，她好像真的有点感冒了，得赶快回去吃药。毕竟她的刻薄老板刚刚发过话，如果生病了请假，公司可不会给她发工资。

这时，旁边的车窗突然被人从外面敲响，莫晓妍转头看见韩逸站在外面，连忙降下窗子，然后，一杯热腾腾的牛奶立刻递到了她手上。

这情节发展实在有些出乎意料，直到韩逸面无表情地坐回驾驶室发动车子，莫晓妍才终于被手心里的温度唤醒。她轻轻抿了一口牛奶，暖暖的，还冒着热气，这应该不是自己臆想出来的吧。

这时莫晓妍才终于激动起来，她居然喝到了总裁亲手买的牛奶，简直值得上网开帖：扒一扒那个面冷心热的傲娇总裁。说不定还能混上个爆款热帖呢！

一口气喝完了整杯牛奶，感觉有暖意渐渐传遍全身，莫晓妍摩挲着纸杯，为这小小的善意轻轻勾起了嘴角。

车终于又停了下来，莫晓妍一转头，马上看见了自家楼道口，她忍不住好奇地问："韩总，你怎么知道我住哪里？"

"我查过你的档案。"韩逸的语气太过傲慢，一点也没有查探别人隐私的歉疚。

莫晓妍在心里吐槽了一下，然后朝他点了点头道别，就迫不及待地开了车门走下去。

韩逸正准备再度发动汽车，突然听见旁边的车窗被敲响，他皱眉看着窗外正挥舞着牛奶杯的莫晓妍，不耐烦地降下了车窗。

莫晓妍见眼前的玻璃降了下来，连忙大声说着："刚才忘记了，谢谢你的牛奶。"她顿了一下，又放低了声音说："其实，我也有过不敢回想的事，我也曾经害怕得不敢睡觉，但是那些事情总会过去的，一定会过去的！韩总，你是个好人，好人一定会有好报！"

说完，她朝他露出一抹暖暖的微笑，然后摆了摆手，转身大步跑远。

韩逸呆呆地坐在座位上，过了许久才重新发动引擎，车窗上映出一张挂了嘲讽笑容的侧脸。

他到底是不是个好人？天知道。

第五章

❤

我这辈子就当过
这一次英雄，
你最好好好活着

01

又过了两天，是苏玲玲的头七，莫晓妍特地去了一次苏玲玲家，拜祭故人，顺便探望她的父母。

布置简单的客厅里，摆着黑色相框，白烛黄香，满屋都是刺鼻的烟火味，熏得人想要流泪。

莫晓妍对着相框里笑得依旧明媚的女孩鞠了个躬，又在香炉里点上三支香。

苏玲玲的父母双目无神地坐在遗像前，短短几天，就已经是满头白发，没人能真正理解他们的悲伤，那种剜心剔肉的痛，永失挚爱的绝望，好像人生被狠狠斩断，无论往前还是退后，都只剩一片深渊。

莫晓妍忍了很久才让自己没有哭出来，她不想惹得这两位绝望的老人更加悲伤。她握住苏玲玲母亲的手，说了一些宽慰的话，虽然她明白，任何安慰在此时都显得十分苍白无力。

苏母抹了抹眼泪，声音早已哭到沙哑："莫小姐，你不用说了，我们什么都明白，可我就是想玲玲，太想她，真的没法子……"然后再也说不下去，用衣袖遮住脸发出呜呜的痛哭声。

莫晓妍的眼泪也倏地掉了下来，她明白这种无望的痛苦，于是握住苏母的手说："玲玲不会离开的，她只是用另一种方式陪着我们。叔叔、阿姨，你们放心，以后你们有什么需要，只要我能做到的，我都会替玲玲去做。"

苏父拍了拍老伴的肩膀，示意她不要悲伤过度，却怎么也止不住自己眼中的泪水，颤声说："玲玲这孩子从小就乖，长这么大连个男朋友都没谈过……怎么就这么走了……就这么走了……"

这句话让正在悲伤中的莫晓妍突然清醒过来，玲玲的男朋友！他从来没来看过她吗？

玲玲下葬那天到处乱糟糟的，她心情太差根本没留意到这点，可听苏父的说法，他们好像根本不知道玲玲有个正在热恋中的男友存在。

她连忙问："玲玲走了以后，有没有什么……年轻的男人来看过她？或者显得特别悲伤的陌生男人出现？"

二老迷茫地摇了摇头，说："来的都是她的同事、朋友，有认识的，有不认识的，我们没见过面的也就那几个，全部是女孩子。"

"那玲玲从来没有和你们提过男朋友的事吗？"

"没有。不过她这段时间好像确实总是回来得很晚，我们也怀疑过，但问她她也不说。对了，她走的那天晚上，情绪特别低落，还抱着我说，如果她以后不能结婚，能不能在家待一辈子。这个傻孩子……"苏母说着，悲从中来，再度痛哭起来。

莫晓妍不敢再触动他们的伤心事，连忙转开话题，又陪他们聊了几句就告辞离开。

时间刚到中午，她只请了半天假，必须赶回公司。一路上，她迫不及待地掏出电话打给肖阳，让他去查查苏玲玲男朋友的事。她又想了想，决定回越星后先去二十八楼找韩逸，让他找人去查，这样找到线索的可能性会更大一些。

她急得忘了敲门，一把将总裁办公室大门推开，谁知却看见周悦伟坐在里面，正和韩逸商量着什么事。

莫晓妍看着面前的那张脸，突然间有些恍惚，这还是那个笑起来一脸潇洒的小白脸吗？

周悦伟整个人瘦了一圈，下巴上胡须很明显，漂亮的桃花眼整个凹陷下去，显得无比颓废。

韩逸看见她一脸疑惑地站在门口，心里隐隐猜到是和苏玲玲案子有关的事，于是和周悦伟说："你先出去吧，我要和她谈些事。"

周悦伟难得恢复了那略带狭促的笑容，故意瞥了一眼莫晓妍，又长长地"哦"了一声，说："私人会面，我懂的。"

他站起身，将搭在椅背上的西服拎起搭在肩上，准备朝外面走，莫晓妍却一眼看见他手腕上那块复古样式的机械手表。

她曾经见过这块手表，在苏玲玲的记忆里！

她顿时感到全身发冷，有许多事在脑海里重合起来：苏玲玲暗恋的对象不是韩逸，而是周悦伟。所以，成功地和暗恋对象在一起后的她才会那么欣喜若狂，不敢置信；所以，她才会傻傻地藏起所有不满，心甘情愿地隐瞒这段恋情。

莫晓妍越想越愤怒，双手在裤腿边狠狠捏紧，可就在她恍惚的这一会儿，周悦伟早已走出了办公室，面前是韩逸那带着浓浓询问意味的双眸。

"你说悦伟和苏玲玲曾经在暗地里谈过恋爱？"

莫晓妍点了点头，还没完全平复自己的情绪，说道："我见过那块表，在玲玲的记忆里。除非他刚好戴了一块一模一样的表。"

"那块表是舅舅送给他的生日礼物，十分贵重，不是什么人都能弄得到的。"

"舅舅……"莫晓妍愣了一下，这才想起来曾经听人说过，周悦伟是韩逸的表弟，所以两人的关系才这么亲密。

"也就是说，他也算是韩家的人……"

韩逸脸色一变，他立即明白了莫晓妍的意思。周悦伟除了和苏玲玲关系亲密，也是最有可能知道当年那件案件内情的人，甚至有机会拿走那对陪葬的耳环。

所以苏玲玲的死，会不会和他有关？

"这不可能！"这个念头一出来，立即被他自己否定，"他不可能做出这种事！"

"那你觉得，他对玲玲可能是真心的吗？"

韩逸一时语塞。他这个表弟一向风流，和公司许多女员工有过不清不楚的关系，这种男欢女爱的事，只要不闹出大事，他向来睁一只眼闭一只眼。

可这次，他真的会错得这么离谱吗？

莫晓妍见他不说话，心里那股火越烧越旺，她无法忍受好友的真心被人随意玩弄丢弃，忍不住提高声音说："还有韩总，你有没有想过，公司里出了命案，所有业务都会受影响？还有，如果你真的被警察怀疑，谁会是受益最大的人？"

韩逸的脸色越发难看，自从回国接手越星以来，周悦伟就一直陪在他身边，替他谈成了不少大项目，可以说越星凝聚了他们两人无数心血。如果自己出了事，周悦伟是最了解越星内部运作和项目细节的人，老爷子也会优先信任他，公司只可能交给他暂时接管。

周悦伟会不会真的为了这样的诱惑，去铤而走险？

这想法令他觉得不寒而栗，可他怎么也不愿相信，那个一直站在他身边的人，会用这样的方式背叛他。

他长长地吐出一口气："所以，你怎么证明是他做的？"

莫晓妍咬住下唇，目光澄明而坚定："让我和他面谈，我会找机会去看他到底有没有做过。"

当他们走进周悦伟的办公室时，周悦伟正双手插兜，额头轻轻抵在玻璃窗上，将目光投向某个遥远的远方。

听见敲门声，他回过头，眼里还带着来不及藏起的疲惫，随后又笑了起来，走到大大的转椅上坐下，带着揶揄的口气说："私人会谈结束了？"

莫晓妍难以控制内心的愤怒，上前一步盯着他问："玲玲走之前曾经有个很爱的男友，那个人是不是你？"

周悦伟的笑容一滞，随后又露出轻松的神情说："你听谁乱传的，根本没有这种事。"

莫晓妍把手撑在办公桌上，一刻也不放松地对他紧紧逼视："玲玲脖子上戴的蒂芙尼项链，是不是你送的？"

周悦伟的笑容终于完全敛去，他低下头揉了揉鼻子，再抬头时，眸子里已经集聚了浓黑的阴影。然后他长长地吐出一口气，脸上又带了抹调侃，说道："原来你早就知道了啊，我还以为，她真的没告诉过任何人呢。"

莫晓妍看着他满脸的无所谓，内心无比愤怒，用手背狠狠抹了抹眼睛，说道："她没有告诉我。哪怕我看得出，她多想对全世界宣布她的幸福，可她爱你，就愿意为了你而默默忍受，甘心把一切都藏在暗处。"

莫晓妍越说，越为苏玲玲感到痛心，忍不住大声质问："为什么？她那么爱你，你为什么还要那么对她！"

是啊……这一切是为什么呢？

周悦伟脚尖轻轻点地，让转椅转向窗户的方向，看着楼下进进出出的笑容明媚的女孩，每个都很像她，那么明朗而美丽，娇艳而鲜活。

那本来是个最为俗套的故事开头：经验老到的风流男人，一眼就看穿了餐厅里那个女孩所藏着的隐秘心思。

也许是因为那低头时的一抹白皙沾染嫣红，慌张的眸子里流露出的娇憨，诱惑他起了玩心。于是他故意接近试探，暧昧撩拨，直到将那颗稚嫩的真心牢牢攥住，任他捏圆搓扁。

然后，和以前许多故事一样，频繁送礼物、约会，办公室里装作不经意地眼神交汇，躲在暗处的亲吻和爱抚……一切都显得刺激而有趣。可是一个月后，他还是腻了，或者说，他不敢承认自己在某一刻被她的笑容打动，泄露了不该有的真心。

所以他提出了分手，她眼里的伤心和鄙夷深深刺痛了他，两人之间发生了激烈的争吵，然后是没完没了的伤害与憎恨……后来，她死了，为这个俗套的故事写下一个最荒诞的结局。

他掏出烟盒，点燃一支香烟，把所有情绪埋在淡淡的烟雾之中，说道："没错，我和苏玲玲是在一起过，但那是以前的事了，我们已经分手了。"

莫晓妍忍不住冷笑起来："分手了？玲玲在死前一天还提到过你！

她死的那天晚上，你们有没有见过面？她不愿意分手，想要公开你们的关系，你索性杀了她是吗！"

香烟在手指间一滑，差点烧着了西裤，周悦伟转过头不可置信地说："你在说什么？我怎么可能杀她？"

莫晓妍急得绕过办公桌，一把抓住他的手腕，正要找寻那段记忆，却立即被狠狠甩开。

周悦伟腾地站起身，看起来无比愤怒，指着门口说："莫晓妍，需要我提醒你吗？这可是我的办公室。如果你找我就是为了说这些无稽之谈，我劝你最好还是回去做点有意义的工作！"

可手腕很快被钳住，一股强大的力量把他的手压着往下按。周悦伟瞪大了眼睛看着站在面前的韩逸，韩逸正死死地把他的手压在办公桌上，眼里是不容拒绝的强硬。

周悦伟愣了一会儿，忍不住冷笑起来，说："你也相信她？相信是我杀了苏玲玲？"

韩逸叹了口气，说："如果你没做过，她也可以证明你的清白。"

周悦伟冷笑出声，突然把手狠狠抽出，变得无比暴躁，指着莫晓妍吼道："她是谁？便衣警察？通灵神探？说我杀人，就拿证据来，叫警察来抓我！"

他一边骂着一边把西服狠狠甩在地上，然后不顾韩逸的阻拦，加快步子走出了办公室。

韩逸看着外面已经集聚了许多好奇的目光，也不想在办公室把事情闹大，就对莫晓妍说："你放心，我会去查的，一定给你个答案。"

莫晓妍不甘心地抿紧了双唇，她不想等，她想自己去证明！

周悦伟再度回到办公室，他颓然地跌进座椅里，这时放在桌上的手机屏幕突然亮起，本来只是随意瞥了一眼，他却猛地一震，立即拿到眼前细看，上面是短短一行信息："下班后，老地方见。"

发信人是，苏玲玲。

红日渐隐，暮色四合，一辆法拉利慢慢开在蜿蜒山路上，直到停在山顶处的密林前，青灰色的云层越积越厚，几乎要压上林梢，眼看就要下起雨来。

山顶已经没了游人，周悦伟下了车，一步步踩在铺满一地的枯黄落叶之上，浑身都被湿漉漉的空气包围，让他感觉有点喘不过气来。

他望着远方藏在雾气中的模糊的城市轮廓，大声喊着："我来了！你在哪儿？"

可回应他的，只有冷风拍打树叶的沙沙声。他脸上闪过不甘的神情，又对着四周不断大声喊着："你在哪儿？到底在哪儿？"直到喊得声嘶力竭，他终于颓废地低下头来，用力地踢向眼前的树干。

几片黄叶飘然而落，黄叶的背后，似乎快速闪过一个白色的身影。周悦伟心中一凛，连忙朝着那影子消失的地方追了过去。可那白色的衣裙借着林子的掩护不断移动，他一直追到密林的中央，终于用尽了力气，只觉一阵天旋地转，差点栽倒在地上。他背靠着树干，感觉天空裹着黑色的云层不断朝自己压下来。

身后突然有树枝被踩响的声音，他猛地一震，正要转身，就听见一个声音说："为什么要那么对我？我很疼……"

心脏好像被人狠狠捏住，溅得鲜血四溢，埋藏许久的愧疚和痛苦终于翻涌而出，周悦伟抱着头，软软地跪坐在地上，不断重复着那句最后都未能说出口的话。

"对不起……对不起……"

那一天，她哭得很伤心，可她再也没有挽留，只是狠狠抹了抹眼泪，用已经红肿的眼睛轻蔑地看着他说："原来你是这样的人。"然后，她转过身，决绝地大步离开。

从此以后，她再也没有回来。

他在原地站了很久，突然明白自己做错了什么。那些被他随意挥霍的，以为从不在乎的，终于全部反噬，让他有了感同身受的彻骨心痛。

可上天再也没有给他挽回的机会，一切戛然而止。

有人从树后慢慢走了出来。周悦伟抹了把脸上的泪，头也没回地冷冷地说："你满意了？"

其实他知道那个人不可能是苏玲玲，虽然那人故意穿了玲玲最喜欢的白裙子，又用树丛来掩饰。但他还是宁愿投入其中，陪"她"继续演下去。也许他只想给自己一个机会，能好好对她说一声"对不起"。

莫晓妍蹲在他旁边，轻声说："对不起，我骗了你。"

不需要再用她的能力证明，她为自己对他的怀疑试探感到歉疚。因为她看得出，他爱玲玲。

周悦伟坐在地上，点了支烟，说："玲玲死的那晚，我和她一起待到十点，后来我们吵了起来，她自己回了家。那就是我们最后一次见面。"他顿了一下，懊恼地埋下头："也许我送她回去，她就不会死。"

莫晓妍不知道怎么安慰他，这种痛苦和悔恨，也许会在午夜梦回时不断缠绕着他，无人能解。

周悦伟狠狠吐出一口烟圈，说："我知道的就这么多，等会儿我会自己去和警察说，不劳你多虑了。"

莫晓妍在心里默默算着，玲玲是十点后才被凶手盯上的，她的死亡时间是凌晨两点到三点，韩逸是六点到的公司，那时玲玲的尸体很可能已经放在那里。因为六点半张妈就发现了尸体。

可是，有一件事不对，她猛地抬头，是时间，这些时间有个地方不对！

02

"你现在终于相信他不是凶手了？"

韩逸看着坐在对面，一身狼狈地正猛灌着热水的莫晓妍，轻轻皱了皱眉，对守在门外的服务员大声说："上一壶花茶过来。"

莫晓妍清了清喉咙，掩饰之前的尴尬，她也是走投无路了才会找他求助。埋伏在山上试探周悦伟的事她自以为计划周详，却独独忘了提前准备好后路。周悦伟被她弄得狼狈不堪，没揍她一顿出气已经算不错了，怎么还可能会把她载下山去。

那时已经快晚上七点了，灰蒙蒙的天上还飘着雨丝，僻静的山路上连只鸟都见不到，更别说出租车。

不过他还算有点良心，在回去的路上给韩逸打了个电话。韩逸那时正吃晚饭吃到一半，做了一番艰难的思考后还是开车上了山，在山腰上接到了被冻得哆哆嗦嗦、累得两腿抽筋的莫晓妍。

这家餐厅属于韩家的产业，韩逸在这里专门留了间 VIP 包房，布置得舒适又私密，很适合独处或是会谈。

嫩黄和浅红的花瓣吸饱了水，在琉璃茶壶中慢慢舒展，莫晓妍喝着热气腾腾的茶汤，吃着盘子里配的小甜点，终于忘掉刚才所有的糟糕情绪，露出一脸幸福的表情。

"真是个容易满足的人。"韩逸忍不住在内心吐槽，但还是被她的情绪感染，觉得这茶喝起来十分可口，他以前可从不喜欢喝这种带甜味又花里胡哨的茶。

莫晓妍几乎把所有点心卷进肚子里，终于完全恢复元气，这才想起今天要说的正事，连忙放下茶杯说："对了，韩总，我发现了一件事。"

韩逸瞥了她一眼，说："先擦嘴。"

莫晓妍内心狂翻白眼，算了，谁叫自己在他的屋檐下呢，不得不从了他这些破规矩。于是她拿了张纸仔细地擦掉了嘴上的小碎屑，才又开口说："有一件事，我们以前一直没有想到。韩衍为什么要让你六点去越星，只是想让你发现那枚袖扣吗？"

她没等韩逸开口，又继续说："我把玲玲出事那天的时间线全部理了一遍。玲玲是在和周悦伟分开以后，也就是十点到十一点之间出的事。凶手不知道用什么方法控制了她，然后……"她顿了一下，压抑了一下情绪："然后在凌晨两点到三点间杀了她，这是警方通过尸检判断出的死亡时间。根据保安的回忆，他是在五点左右被打晕的，在这之后，大楼的监控就全部被关闭了。也就是说，凶手是在五点到六点间把尸体运进电梯，布置完现场，然后你到了越星。"

"你是说……"韩逸明白了她的意思，说道，"他恰好发现了这件事，故意留下袖扣，再引我过去，是想让我发现那具尸体？"

"没错！凶案现场既然布置成这样，明显是故意针对你。六点半是清洁工上班的时间，之前张妈和我说过，她们一般在六点后就会去休息室，做好准备工作。如果刚好被清洁工发现你和尸体在一起，再加上保安室的那枚袖扣，所有的嫌疑都会落在你身上。出了这样的恶性案件，警方一定不会轻易放过你，会让你不断回想曾经的那些细节，到时候只要你精神崩溃，他的目的就能达到。"

"可是，我当时并没发现什么尸体。"

"没错，那是因为这个本来应该很严密的布局出了意外，凶手因为一件事又折返回去，他不能让别人先发现尸体，因为这样会暴露他的身份。"

莫晓妍说完，又拿出手机，翻到那张苏玲玲死亡现场的照片。这张照片她曾经看过无数次，直到刚才在山上带着疑问又仔细看了一遍，才发现一个她之前没有发现的疑点。

她指着照片角落里，苏玲玲朝外翻开的五根手指，深吸一口气，问："根据警方的记录，玲玲的右手手指骨节被全部向外掰断，你还记得你妈妈那时，她的手也是这样被掰断的吗？"

韩逸皱起眉，努力压抑着去回忆，最后还是重重地摇了摇头：他虽然已经忘掉那段记忆，可是后来曾看过很多次当时的报告，只说致命伤在头部，并没有手指折断的记录。

"这就对了！"莫晓妍的眼睛亮了起来，"凶手那么严苛地复制你妈妈当年的场景，为什么独独在这里留下这么大的破绽？"

韩逸眸色沉了沉，说道："因为他不得不这么做，苏玲玲的手里，有能暴露他身份的东西。"

"没错！其中的关键就是时间。玲玲的死亡时间在夜里两点左右，凶手用了很多时间去装扮她的尸体，然后想办法弄晕了保安，把尸体运进电梯里，再摆出和当年一样的姿势，这时已经过了凌晨五点，而人的身体在死后三小时，一定会发生尸僵。他本来把时间算得刚刚好，尸体僵硬后，能把姿势维持得更好。可他算错了一件事，玲玲在死之前，偷偷把他身上的一样东西攥在了手心，他一直专心处理玲玲的头发、妆容和服饰，也没留意去掰开她的手。直到所有事都做完以后，甚至可能是他离开现场之后，才发现自己身上掉了一件东西。于是他连忙回头去找，但这时你已经到了公司，所以那台电梯你怎么也按不开。"

"因为那时，凶手就在电梯里……"韩逸慢慢接下去，只觉得背脊一阵发寒。

莫晓妍点了点头，又喝了一杯茶，继续说："他等你走了以后，就去拿那样对他很重要的东西。可那时尸体已经僵硬，他迫不得已只有把手指用力掰开，导致指节折断。可他没办法复原了，只有匆匆离开，所以留下了这个破绽。"

"但是照你这么说，那样能证明他身份的证据已经被拿走，我们还是不能知道凶手的身份。"

"可是有一个人可能会知道，就是第一个发现尸体的人。"

"你是说张妈？"

"嗯，我记得张妈和我说过，她去找保安的时候，看见你从监控室走出来。时间离得这么近，凶手那时很可能还躲在大楼里，她甚至可能也看到过凶手，只是当时没有留意。"

莫晓妍一口气说完，见韩逸还在沉思中，就说："我们先把这个推测告诉警方，我想有了这个重要线索，这件案子的真相很快就能水落石出。"

谁知韩逸却突然按住了她的手，说："先不要报警。"

见莫晓妍惊讶地看着他，他犹豫了一会儿，还是解释道："这件案子的凶手一定和我想知道的那件事有关，我想自己先找出这个人。"

他说得很隐晦，莫晓妍却已经懂了，关于他害怕却又想要找回的记忆，关于他妈妈的死，他不想让警方先发现端倪，所以这个凶手，他希望先由自己来盘问。

这……好像有点违反她身为好市民的节操吧，莫晓妍咬着唇，有点拿不定主意。韩逸看着她的表情，说："如果你不愿意，我可以给你封口费。"

"那我们先去找张妈吧。"莫晓妍只得妥协。

韩逸却还是看着她，问道："你不需要吃饭吗？"

"啊……"莫晓妍这时才发现，仅靠小点心充饥的肚子已经饿得不行，所以他这么问是要请她吃饭吗？

果然，韩逸已经准备叫服务员进来，又问她："想吃什么？"

"肉！"她不假思索地脱口而出，然后又觉得好像显得太没出息，连忙掩饰地笑了笑，"肉……和菜都可以，随韩总的意。"

韩逸轻哼一声，连着点了四个荤菜。莫晓妍盯着上到桌上的香气四溢的各种肉，激动得泪流满面。

感动，太感动了，什么是员工关怀，什么是盟友精神，就是让肉食动物被肉喂饱。她觉得再也不嫌他刻薄挑剔了，简直就是万中挑一的好老板。

心满意足地吃完一顿饭之后，已经到了晚上九点多，莫晓妍本来想着明天去公司再问张妈，韩逸却坚持今晚直接问清楚，这样他可以托人早点去查。

吃人嘴软，莫晓妍迫于无奈，只好给张妈打了个电话，问她现在是否有空出来聊一聊。张妈说家里有点事走不开，但是极力邀请他们去家里坐一坐。莫晓妍有点为难，看见韩逸点了点头，才终于答应下来。

张妈无儿无女，也没听说有丈夫，独自租住在一处有点偏僻的城中村里。四周全是低矮待拆的老旧砖房，路边堆着许多垃圾，偶尔传来几声狗叫。莫晓妍根据张妈给的地址找到了一处平房，敲了敲铁门，立刻听到张妈热情地招呼着："来了！"

房子里摆设虽然简单，但收拾得很干净。张妈给两人倒了茶，又紧张地在衣服上搓了搓手，说："这是家里能找出的最好的茶，也不知道韩总喝不喝得惯。"

两人看见杯子都是崭新的，多少有点过意不去，于是喝了几口茶，才对她说出来意。

张妈努力回忆了很久，才带着歉意说："对不起，我真的不记得了，那时我太害怕，一路急着去找保安，好像没看到什么特别的人和事。"

莫晓妍一阵失望，目光斜斜瞥到挂在卧室里的张妈的工作服，突然心里猛地一紧，盯着她问道："张妈，你的衣服，为什么缺了颗扣子？"

张妈的脸色一变，然后重重叹了口气，说："其实……"

后面的话莫晓妍却怎么也听不清，她只觉得头重脚轻，迷迷糊糊中，看见身边的韩逸已经一头倒在了茶几上……

03

莫晓妍是被一阵剁肉的声音惊醒的。

"笃笃笃……笃笃笃……"锋利的刀刃不断剁在案板上，还夹杂着女人轻轻哼唱的声音。

莫晓妍觉得头痛欲裂，昏迷前的回忆慢慢钻进脑袋，终于让她"啊"的一声惊醒过来。

她迷茫地环顾四周，首先看到的是依旧倒在她身边，却已经被五花大绑的韩逸，看来张妈给他下的药比自己的要重得多。

他们还是坐在原来那张沙发上，莫晓妍试着挪动手脚，果然发现自己也被绑得结结实实。头还是疼得很厉害，再朝那发出声音的地方看去，她不由得倒吸了口凉气，竟一时忘记了害怕。

眼前的张妈脱下了宽松的劣质衣服，换上了一件光鲜的淡蓝色旗袍，只是那样式有些古老，料子也显得陈旧，似乎已经在箱底压了很久。

她脸上化了浓妆，竟让那张一向皱纹丛生的疲惫脸庞显出几分姿色来。她脖子上戴着珍珠项链，脚上穿着绒面绣花高跟鞋，整个人显得熠熠生辉，随时可以华丽登台。

可她现在是在剁肉。

她枯瘦的手指涂了大红色的指甲油，右手紧紧握着一把已经生锈的菜刀，手背上青筋凸起，一刀，一刀，狠狠砸向案板上已经被剁成泥的烂肉。她死死盯着眼前飞舞的菜刀，脸上厚厚的粉底皲裂开来，显出狰狞的笑容。

血红色的双唇一开一合，她在轻轻哼唱着一首歌，脸上沉醉的表情显得格外阴森。

莫晓妍迷惑地看着眼前这一幕，这根本不是她所认识的张妈，最华丽的扮相与最浓重的血腥味儿交融，看起来违和又充满诡异的气息。

"你为什么要唱我妈妈的歌？！"身边传来一声急促的吼叫，莫晓妍连忙转过头，这才发现韩逸不知什么时候已经醒了。

剁肉声和歌声一起停了下来，张妈拿了块抹布，仔细地擦了擦手，然后转过身，迈着婀娜的步子朝他们慢慢走来。一直走到两人身边，她才弯下腰，咧开嘴说："这不是你妈妈的歌，这应该是我的歌！"

韩逸愤怒地攥起拳头，却怎么也无法挣脱身上的束缚。小时候的记忆还十分清晰，母亲曾和他说过，这首歌是她的成名曲，自从参加选秀比赛出道后，她就是靠着这首歌红遍了大江南北，然后才被导演看中，成为日后的红星。所以母亲在家的时候，也特别喜欢哼唱这首歌，并且总会若有所思地看着窗外，怀念曾经的年华。

"为什么说，这是你的歌？"就在他陷入回忆之时，莫晓妍轻轻开口，她觉得，这也许就是整件事的关联所在。

张妈的眼里闪现出难以抑制的愤怒和痛苦，然后她还是轻轻笑了起来，那笑容却看得人不寒而栗："我给你们讲个故事吧。从前有一对好姐妹，她们一起参加歌唱比赛，一起出道，还约好了要一起成为大明星，永远相互扶持，视对方为亲人一样照顾。可是……"她鲜红的指甲狠狠扎进肉里，五官开始扭曲起来，略微停顿后接着说道："其中有个人却背叛了，对另一个人犯下了无可挽回的罪孽！"

莫晓妍有些害怕地往后面缩了缩，而韩逸却露出迷茫的表情。张妈冷哼了一声，取出一支香烟，贪婪地吸了几口，然后开始讲起一段本应尘封在二十年前的往事。

"我本名叫作张月如，和你妈妈是通过那次歌唱比赛认识的，我们两个一见如故，兴趣和个性都很投契，干脆合租了一间房子，每天一起勤学苦练，一起参加比赛。那时我们都很穷，还要花钱去置办参赛的行头，经常落魄到分吃一碗面，于是谁都舍不得多吃，生怕对方会挨饿。那段日子很快乐，我们都有着美好的梦想，会为了每一次晋级而高兴得睡不着觉，然后抱在一起互相鼓励，总有一天我们会变成让所有人仰望的大明星。"她的眼神渐渐变得柔和起来，好像沉浸在那段唯一让她感觉美好的时光里。

一切原本发展得非常顺利，那次比赛张月如得了冠军，而周琳娜得了亚军，两人签在了同一家公司，感情越发亲厚。可现实问题很快随之而来，公司的资源有限，张月如的嗓音和唱功比周琳娜要好，可周琳娜的外貌又非常适合包装，娱乐圈的残酷和市侩，让两个女孩逐渐明白了成为红星的路有多艰难。

直到有一天，公司邀请了一位重量级的制作人来挑选一个女歌手为她量身定做专辑，这简直就是千载难逢的能够一炮而红的机会。为了公平起见，公司特地举行了一场小型的内部演唱会，让所有的新人登台表演，由制作人自己选择有潜力的新星。张月如和周琳娜都为此兴奋不已，花光了几乎全部积蓄做了两套旗袍，周琳娜还特地请金宝阁的师傅定做了两副珍珠耳环，约定两人一起戴着登台。

变故就在那时发生，张月如在登台的前一刻，才发现自己的嗓子突然失声，试了许多方法也没法继续演唱，只能临时取消表演。而周琳娜却被制作人一眼相中，又因为那张专辑一炮而红，从此青云直上，成为家喻户晓的巨星。然后她嫁入豪门，风光大婚，又生了儿子过上了上流阔太的生活。

可张月如因为失去那次机会，人生彻底转了个弯，她为了求得出专辑的机会，不断参加各种饭局，不幸在一次酒后被一个富商强暴。她不敢报警，最后在万般无奈下，嫁给了强暴她的那个人。谁知婚后才几年，丈夫就染上了毒瘾，然后就是无止境被毒打辱骂，家产也被全部败光，直到那人一次吸毒过量暴毙，张月如才终于从这噩梦般的生活中暂时解脱。

"这一切都是因为周琳娜那个贱人造成的！"张月如将烟头狠狠掷下，站起来指着韩逸歇斯底里地喊着，"她明知唱歌比不过我，就故意在我的茶水里下毒，害我不能登台。我的人生会变成这样，全是因为她！"

莫晓妍听了她的故事本来十分同情，可直到这时才轻轻摇了摇头，说："你会变成这样，并不是因为她。"

张月如眼神一变，斜过眼狠狠瞪她。莫晓妍却目不转睛地看着她，坚定地说："你被她害得失去最重要的机会，是很惨很倒霉。但是害你一步步走到今天这个地步的，明明是你自己。"她看着张月如越来越狰狞的面容，毫不退却地继续说："你本来有很多次选择的机会，被强暴后你可以报警，可以不要嫁给他。你丈夫吸毒，你可以选择离开他，自己去找一份能够谋生的工作……"

"放屁！"张月如冲上前狠狠地甩了莫晓妍一个巴掌，尖锐的指甲迅速在她脸上刮出几道血印，怒道，"你凭什么这么说！你知道什么？你知道那种被全世界抛弃，求救无门的感觉吗！选择？谁给过我选择的机会！”

“我当然知道……”莫晓妍被她扇得晕头转向，声音有些虚弱，却字字铿锵，“所有人都唾弃你，憎恨你，甚至连最亲的人也无法站在自己身边，没有人会给你机会，可自己不能放弃自己。只要还争着一口气不放弃，就总能靠自己活下去。”

“你！”张月如指着她指尖不断发颤，气势却突然弱了下来，不知道为什么，眼前这个瘦弱的年轻女孩，身上总散发着一种超乎年纪的淡然和韧性，会让她自惭形秽，不敢面对。

然后她突然笑了起来，笑声尖锐而刺耳：“看来我没看错，你果然不是什么普通的小丫头，当初没借孟子珊的手把你弄走，真是很可惜呢。”

莫晓妍脸色一变，随后很快反应过来，质问道：“那只黑猫……是你做的？”

“没错，”张月如得意地笑着走向案板，又拿起那把钢刀，眼中射出凛冽寒光，“我无意中听见了你们两个在停车场的交谈，知道你会什么读心术。我在越星这么久，就是为了等一个机会报仇，万一让你这个丫头片子看穿了，岂不是前功尽弃？刚好我发现孟子珊也想要弄走你，就装作不经意的样子给她出了这个主意，那只猫也是我养的，不然靠孟子珊那个蠢货，怎么可能想出这么好的法子。”

“够了。”这时，一直沉默的韩逸突然开口，语气里是深深的厌恶，“既然你想对付的人是我，就不要牵连无辜的人，放她走吧。”

“哈哈哈哈。”张月如拿着菜刀笑得前仰后合，然后那笑容渐渐淡了，她用刀尖挑起一坨碎肉，冷冷地说，“韩总真是会开玩笑，自从你们说要来找我，我就已经做好了准备，今天晚上这里所有人……都得死！”

她转过身，满脸关切地说：“我饿了，你们饿了没，我们吃饱了再上路。”

说完，她手腕一扬，雪亮的菜刀“咚”的一声狠狠地剁在案板上，震得莫晓妍心中直颤。她盯着那团已经被张月如砍得面目模糊的烂肉，转头给韩逸使了个眼色：怎么办，她已经疯了！

韩逸的表情也十分凝重，他在最初的震惊过后，一直在想逃脱的办法，可是他试过很多次，发现身上的绳子绑得很紧，根本没法轻易挣开。除非……能有什么工具……

他眼神一转，在屋内快速搜寻，最后落到了茶几上放的那两只水杯上。

这时张月如已经转过身来，笑得眼角挤出深深的皱纹，十分热情地招呼着："肉已经剁好了，你们想吃肉丸子还是饺子？"她眼珠转了转，又叹了口气，说："这肉在冰箱里放了很久，已经不新鲜了，包饺子可能有味儿，你们等着，我去炸一炸给你们端上来。"

韩逸一边在脑子里思考对策，一边想法子转移她的注意力："你丈夫真的是吸毒过量暴毙的？"

张月如正从厨房里拿出生粉、香油、食盐和姜蒜，用一个大碗将肉装了起来，又把佐料撒了上去，然后下手卖力地揉。

过了会儿，一股香味飘了出来。可莫晓妍和韩逸根本无法唤起食欲，只是忍不住想要作呕，因为他们听见了张月如接下来的话。

"你想得没错，三年前我杀了他，还把他的尸体绑上石头扔到了江里……"她神情陶醉地闭上了眼睛，说，"复仇的滋味真的是很不错呢。"

"够了！"莫晓妍实在忍不下去，厉声质问，"你怪你丈夫害你，怪周琳娜害你，可你为什么要杀玲玲，她从来没亏欠过你！"

"苏玲玲啊……她是跟我无冤无仇，只能算她倒霉，谁叫她和那个贱人的生辰八字正好相克……"她抬起头，目光有些飘忽，"老天有眼，早早带走了那个贱人。可我还是不甘心，她毁了我一生，凭什么能这么轻松地走！她既然不在了，我就不能让她的儿子好过。所以我到越星做清洁工，做最累最脏的活儿，忍受别人的冷眼唾弃，就是在等一个机会。我找村里的老人要了一个法子，只要选同一个时辰，找个八字都和她相克的年轻女孩，摆好阵法，她的灵魂就会世世代代，永远受苦，她的后人也一定会遭殃。而越星里面，只有苏玲玲符合这个条件。那天我跟了她很久，正好撞见她和她的小情人吵架，又坐在路牙子上哭，我就顺便过去假装偶遇安慰她，然后喂她喝了一杯有迷药的水，后面的事，你们应该也猜到了。"

莫晓妍听得心如刀绞，颤声说："就为了这种胡说八道的法子，你就要害死一个无辜的女孩！你这样做和你恨的那些人有什么不同！"

"这些……我早就不在乎了。我只知道，越星出了这种事，谁还敢留在那里工作？我故意留下那只和周琳娜的一样的耳环，这样警方一定会怀疑到韩家的人。到时候，谁还敢和一个犯罪嫌疑人谈合作？！我就是要把局面搅得越乱越好，我要让周琳娜的儿子也陪我一起下地狱！"她指着韩逸恶狠狠地说。

"这么看来，我妈妈果然还是没说错呢。"韩逸对上她的目光，冷冷开口。

"她说了什么？！"张月如脸色一变，顾不得放下手里的碗，上前几步厉声质问。

韩逸轻蔑地笑了笑，说："她说曾经有个人什么都不如她，只是像个疯子一样成天嫉妒她，可她又怎么会把一个疯子放在眼里，只是当个笑话时常说给大家听。现在看起来，原来说的就是你啊。"

"她放屁！胡说！我会嫉妒她，她是个什么玩意！"张月如气得浑身发颤，把手上的碗狠狠地朝这边扔过来，吓得两人急忙闪开。瓷碗从沙发上滚落到地上，迅速四分五裂，香气四溢的碎肉撒得到处都是。

韩逸趁她情绪失控，用尽力气从沙发上跳了起来，拼命朝她扑过去。张月如吓得猛往后退，可韩逸腿上绑了绳子，最终还是没能沾上她的衣角，只横倒在了茶几上，把上面的玻璃杯撞到了地上。

他膝盖一碰到地板，就被满地碎玻璃和瓷片扎破，他忍着疼痛，在手心迅速藏了一块玻璃碎片……

莫晓妍立即明白了他的意图，想要继续拖延时间，可再看张月如，她目光直直地盯着那溅了一地的碎肉，表情越来越狰狞癫狂。然后她突然冲进厨房，拿出一个汽油桶在屋里一边倒一边笑着说："好啊！很好！断头饭吃不了了，那我们就提前上路吧！"

莫晓妍见她的精神已经完全崩溃，急得要命，再去看韩逸，他被反绑着手，绳子并不好割，几次都把手指割得鲜血直流。就在这时，张月如已经狞笑着用打火机点燃了窗帘，火苗迅速蹿了起来，很快眼前就是浓烟滚滚、热浪翻腾的情景。张月如站在火焰的中央疯狂大笑："烧吧，烧吧，把一切都烧干净，周琳娜，我带你儿子来见你了！"

莫晓妍被烟呛得不断咳嗽，情急之下也顾不得那么多，连忙蹭到韩逸身边想要帮忙。谁知张月如却突然盯住两人眼神一凛，然后抄起菜刀就往这边冲。

莫晓妍明白，如果她冲过来，他们两个人都只有死路一条，索性把心一横，斜着朝地上一滚，死死地拽住了张月如的脚腕。可她早已被浓烟熏得十分虚弱，哪里阻止得了已呈癫狂之态的张月如，只有试着集中精神，然后就看到了一些画面。

一团白雾中，一个胖乎乎的梳着羊角辫的小女孩摇摇晃晃地扑过来，冲进张月如的臂弯里，甜甜地叫着："妈妈、妈妈……"

场景猛地一变，有个面容阴鸷的男人拿着棒球棍不断往张月如身上打，那个女孩长大了些，她一边扑在张月如身上，一边哭喊着："不要打妈妈，不要打妈妈。"

她被那男人狠狠推开，又不断扑过去，终于那男人发了狂，直接把那女孩抱起来从阳台上扔了出去。随着一声撕心裂肺的叫声，女孩仰面栽了下去，肉乎乎的小手在空中不断抓着，口里绝望地喊着："妈妈，妈妈……"

四周的光全部暗了下来，男人毒瘾发作，倒在地上不断翻滚。张月如披头散发，眼神茫然，抄起那根棒球棍狠狠朝他头上砸去，一下一下，直到脑浆飞溅，落在她的脸上、头发上，她才住了手，揉了揉早已哭到干涸的双目，露出一抹骇人的笑容。

莫晓妍不知何时也已是泪流满面，她抬起头，用最后的力气虚弱地叫着："妈妈，妈妈，我好怕，求你救我……"

张月如的身子倏地僵硬，菜刀"咣"地掉在了地上，她的眼前变得模糊起来，许多记忆瞬间将她击穿，她身子颤抖着蹲下来，紧紧抱住面前的人，声嘶力竭地哭喊着："囡囡、囡囡……妈妈好想你。"

莫晓妍在她怀里艰难地望向韩逸，见他终于割开手上的绳子，可自己已经没有了任何力气。

面前一块天花板掉了下来，横在他们中间。

也好，至少他们俩还能有一个人逃脱。意识渐渐涣散，身边的这个怀抱竟是那么温暖，像极了妈妈的拥抱。她把头埋在那人怀里，轻轻闭上了眼睛，说："妈妈，带我回家好不好？"

张月如慈爱地摸着她的头发，浑身的戾气与不甘在那一刻全部消失，漫天火光把她的脸照得十分温柔。她低下头，轻轻地唱起一首摇篮曲："睡吧，睡吧，我亲爱的宝贝。妈妈的双手轻轻摇着你。睡吧，睡吧，我亲爱的宝贝。夜已安静，被里多温暖。"

另一边，韩逸终于解开绳索，再朝那边看过去，莫晓妍和张月如几乎已经被淹没在滚滚浓烟和乱窜的火苗之中。

她已经死了吗？

火势越烧越猛，头上不断有木板掉落下来，浓烟熏得韩逸肺里灼热难耐，几乎无法呼吸。他知道现在只有快点跑出去才是最正确的选择，可当他转身，就会想起那个女孩在电梯里死死攥着他的衣领让他救她，还有她在车窗外笑得十分明艳地说"你是个好人，好人总会有好报"的情景。

他低下头暗骂一句，终于下定决心，弓着腰往里冲。

莫晓妍和张月如已经昏迷着倒在地上，他迅速解开莫晓妍身上的绳索，又拼命拍打着她的脸。莫晓妍迷迷糊糊地睁开眼，还没弄清楚怎么回事，就被甩到他宽阔的背上，然后听见那个嫌弃的声音咬牙切齿地说：

"抱紧我,你要掉下去的话我不会再管你!"

她心里顿时一个激灵,求生的意志战胜了一切。莫晓妍的意识仍是模糊的,但是凭本能紧紧抱住韩逸的身体,再也没有松过手。

韩逸迅速判断了一下位置,捂住口鼻拼命往门口跑去,呛人的浓烟让他的体力迅速流失,可他始终咬着牙,稳稳朝前移动,生怕剧烈的颠簸会让莫晓妍掉下来。

"有人出来了!"

在此起彼伏的狗吠和呼喊声中,围在出租屋外的人们惊讶地看着火光冲天的平房里居然冲出两个人来。底下那人的脸被熏得乌黑,体力明显已经到达极限,可他仍然用一只手托着身上的女人。直到确定已经脱险,他才终于软软地倒了下来,解脱似的昏了过去。而他身上的女人,双目紧闭,几乎完全昏迷,胳膊却死死地攀着身下那人,一刻也不愿松开。

她知道他一定会带她出来。

04

黑夜过后,黎明终于到来。窗外清脆的鸟鸣声中,韩逸猛地从病床上坐起,迷茫地看了看四周,身上的疼痛让他紧紧皱起了眉头。他又低头看了看缠着白布的身体,眼神里闪过一丝鄙夷。随后,他一把抽出手上的针头,走到窗边"唰"地拉开了窗帘。

柔和的晨曦立即透了进来,他贪婪地吸了吸鼻子,享受这难得的光亮,然后慢慢闭上眼睛,恨恨地说:"这个蠢货,我帮了她那么多,到最后还是只会用玉石俱焚这种蠢法子!"

他走回病床,取下床头写着"韩逸"名字的牌子,轻蔑地笑了笑,随手把牌子扔出了窗外。他跳上窗台,看着楼下正在苏醒的街景,笑得十分惬意:"不过也幸好有那个蠢货帮忙,他的记忆差不多该被唤醒了,我也该拿回早该拿回的东西了……"

关于那天起火后发生的事，莫晓妍已经记不太清了，她只记得自己用尽力气缠住张月如，想着至少能让韩逸逃出，然后就被浓烟熏得失去了意识。

当她再度清醒时，发现自己躺在急救车里，而且……手上还紧紧抱着什么东西，硬硬的，却很温暖，很舒服。

她还没回过神来，就看见面前的医护人员笑得一脸和蔼地说道："小姑娘，你终于醒了，快把你男朋友放开吧，再这么抱下去他就要背过气去了。"

莫晓妍无比震惊，这才发现自己抱住的居然是韩逸的胸膛，幸好他还昏迷未醒，不然一定会对她各种嘲讽。她的脸腾地红了起来，连忙缩回手想和他拉开距离，却发现他们是躺在同一张急救床上。

一个年长的护士调整了一下韩逸脸上的氧气罩，笑着说："你们真的很幸运，没大面积烧伤，没器官损坏，就是吸入太多烟，须得调养一段时间才行。不过多亏了你男朋友，他拼了命把你背出来，难怪你都没意识了，还一直抱着他不肯撒手，我刚才扯了半天都没扯开呢。"

莫晓妍尴尬地笑了笑，转头再看韩逸那张被熏得漆黑的脸，心里又觉得有些温暖。她记得在自己完全放弃希望的时候，听见他对她大吼："抱紧我！"于是她用尽最后的力气抱住他，怎么也不愿撒手。这好像是这么多年来，她第一次全心信任和依赖一个人。想到这里，她内心突然警铃大作，连忙忍着身上的疼坐了起来，在医护人员惊讶的目光中，缩到了离韩逸较远的位置。

在医院的时候，莫晓妍曾经到韩逸的病房郑重道过谢，韩逸那时正靠窗看一本经济杂志，宽大的病号服穿在他身上，竟为他添了些俊逸风姿。面对莫晓妍的一连串感谢和溢美之词，他只是淡淡地问："听说你非要出院？"

莫晓妍觉得这话接得很莫名其妙，但还是点头说："我已经没事了，再做那些检查没必要，而且公司还有很多事没做完呢。"

　　"听医生的，住满一周再走。"韩逸合上书页，目光从满地细碎金光中移开，抬起头说，"我这辈子就当过这一次英雄，你最好保证无病无痛地好好活着。"

第六章

♥

她再也没有家了

01

当莫晓妍回到越星时，才发现公司发生了些变化：许多人被那件凶案吓得离职，项目组的人竟走了大半。幸好在韩逸的努力下，潼安项目还是成功签约，越星重新招人，又迅速注入了一批新鲜血液。而策划部经理张欣被调职去了拓展部，她因为一直欣赏莫晓妍的工作能力和热情，在调职前特地找她谈了次话，让她自己选择是留在策划部还是和她一起去拓展部，并且承诺在她做出成绩后，会为她提升职位增加薪水。

莫晓妍本来就因为苏玲玲的事不想再待在十四楼，所以毫不犹豫地跟着张欣去了拓展部。拓展部主要负责项目前期竞标及政府报批工作，专业度和公关能力同样重要，最重要的是，可以获得更丰厚的提成。这里的一切对莫晓妍来说都是一个全新的挑战，让她内心激动又充满斗志。

可到了新的部门，就意味着要从零开始，熟悉更多资料，加更多班，以及面对更复杂的人际关系。因为她是张欣专门带过来的，拓展部的老员工都把莫晓妍视作经理的眼线，平时对她十分防备，生怕被她逮到错处向张欣打小报告。其中，只有一个人例外。

卓云彤，三十岁，长相妩媚，大胸细腰，平日只穿大 V 领衬衣和短裙，身材好得莫晓妍看着都忍不住想要流鼻血。据说，她的商务谈判能力相当强，是公司花重金特地从竞争对手那边挖过来的。这女人眼高于顶，从不屑于与众人为伍，连对经理都是勉强维持表面的客气，当然也不会把莫晓妍这种小角色放在眼里。

不过她也确实有些本事，比如被总裁多次打回要求重做的拓展部年度计划，她主动要求由她再去报告一次，在总裁办公室待了半个小时后居然顺利通过，为此弄得拓展部的众人十分尴尬，既觉得欢欣鼓舞，又怕夸赞得太过明显，会助长了那人的傲气。

午休时，莫晓妍正准备去茶水间冲杯咖啡，就看见几个同事围在一起。同事甲正神秘兮兮地说："你们知道我今天路过总裁办公室，看到什么了？"

这种办公室的八卦消息最容易引起共鸣，看见其他人立即一脸兴奋地追问，同事甲感到十分满足，压低了声音说："我看到卓云彤弯着腰对韩总解释方案，衬衣扣子解开了三颗。你们也知道她平时喜欢怎么穿衣服了，啧啧。"

"原来如此啊……"同事乙轻蔑地哼了声，说道，"难怪我们去都被打回来的方案，她去就通过了，看来韩总也禁不住美色攻势啊。"

几个人互看一眼，纷纷露出了然的表情，这时同事丙又说："对了，我听说卓云彤到越星，就是奔着韩总来的，难怪每天打扮成那副样子，也不知道想勾引谁……"

"呵，就她那副样子，年纪又大，韩总怎么会看上她……"

莫晓妍皱起眉头，实在听不下去，正准备转身离开，突然发现那被八卦的当事人不知何时已经出现在了身后。只见卓文彤抿唇站在门口，眼神冷冷地朝里面一扫，刚才还说得十分兴奋的几个人连忙心虚地闭了嘴，准备装没事溜回座位。可卓文彤并不打算就这么算了，她挺起胸脯，大声说："就算我想勾引人也得有本钱，总比有些人既没本钱又没本事，只会背后说闲话要好。"她鄙夷地朝那几人胸前扫视过去，说："有空羡慕别人的身材，不如花时间去丰个胸，现在科技这么发达，虽然不能帮人长脑子，长二两肉倒是没问题的。"

莫晓妍看着刚才还口沫横飞的几人，这时都被她说得脸上青一阵红一阵的，又不敢当面得罪她，只有面色悻悻地出了茶水间，心里不由得默默替卓文彤感到解气。

可回到座位后，她总是忍不住偷瞄着卓文彤那副傲人的身材，再低头看看自己的，想象着众人口中谈论的那幅画面，心里总有点不是滋味。她也不知道这情绪是从哪里来，只觉得胸口闷闷的，连做事都提不起精神。

又过了几天，拓展部临时赶出了一份报告，大家都明白很难在一向挑剔的总裁那里过关，于是很有默契地把这件事交给了资历最浅的莫晓妍去做。莫晓妍自知无法推托，只好忐忑地拿着报告去见了韩逸，果然，他只是随便翻了几页，就丢在桌上说："重做。"

莫晓妍有些泄气，但还是硬着头皮继续问："韩总，是哪里需要重做？"

韩逸眼皮都不抬地说道："全部不行，重做。"

莫晓妍闷闷地拿回报告，转身离开时忍不住轻轻嘀咕了一声："我看是嫌扣子开得不够低吧。"

谁知韩逸却抬起头来，喊道："站住。"

莫晓妍身子一僵，完了完了，怎么不小心把这几天的怨念说了出来！

韩逸站起来走到她面前，盯着她说："你也觉得我是因为有人露了胸才通过了方案？"

莫晓妍十分心虚，低头不敢看他。韩逸用十分认真的语气说："卓文彤在这行工作了八年，有丰富的谈判经验和方案讲解能力，同样一份方案，她能分析出每个细项的可操作性来说服我，你却不能，这就是你和她的差别。"

莫晓妍感到一阵羞愧，头埋得更低了。韩逸继续说道："你既然去了拓展部，就要懂得利用资源。卓文彤是一个非常有经验的前辈，如果她愿意教你，胜过你自己埋头苦做许多年。"

卓文彤怎么可能会教她，她是那么骄傲又目空一切的人。

韩逸好像看出了她的心思，笑了笑，说："她刚到越星，其实也需要盟友，你现在被其他人孤立，对她来说反而更值得拉拢。关键在于，你怎么证明自己有被她拉拢的价值。"

莫晓妍惊讶地抬起头，突然反应过来他这是在提点自己，内心顿时一阵感动。这时，韩逸的目光又往下转了转，说："而且就算你要用这招，恐怕得把扣子一直开到腰上才行。"

于是莫晓妍心里的那点感激又荡然无存了，韩逸果然还是忍不住露出了他刻薄的真面目啊。

可莫晓妍还是把这番话谨记于心，直到下班后回到出租屋里，还在琢磨怎么让卓云彤愿意带自己。她边想着边打开窗户，想透透气，这时包里的手机突然响了，她刚转身去拿手机，突然听见"砰"的一声，有什么东西从窗外飞了进来。

莫晓妍被吓得一个激灵，连忙起身去看，只见一个小石块已经把墙面砸了个坑，如果不是她正好离开窗台，只怕被砸的就是她。

这应该是小孩子的恶作剧。

"什么？要我做可行性报告？"莫晓妍看着面前的一大堆资料，感觉自己有点蒙。

"没错。"卓云彤抬了抬下巴，露出优美的颈部曲线，然后伸出一根手指晃了晃，说，"一个星期，还要预留出我后期修改的时间，所以你只有一个星期的时间。"

莫晓妍眨了眨眼睛，有点不知所措。格子间里响起一阵噼里啪啦敲打键盘的声音，同事甲、乙、丙一本正经地盯着电脑屏幕，其实却是在QQ上热烈讨论：卓云彤这次葫芦里到底卖的什么药？

这份可行性报告是针对政府即将拍卖的旧城改造地块，需要在公司董事会上提报，报告的结论会直接影响越星是否参与地块的竞标，而这块地的起拍金额不会低于五亿元。

莫晓妍作为一个只在策划部待过半年的新人，实在没有独立做出这么重要的报告的实力和资格。可卓云彤作为这个项目的主要负责人员，居然会做出这样的安排，实在让人摸不透她的用意。

大家热火朝天地讨论了许久，终于得出一个重要结论：卓云彤看出莫晓妍和韩总的关系不一般，所以故意给她这么个不可能完成的任务，想借机让她出丑，再把她踢出越星。毕竟卓云彤对韩总的心思谁都看得出，她也从没想过要掩饰，隔三岔五就会以工作为由往总裁办公室跑，打扮得也是越来越惹火。

"怎么了？不敢？"卓云彤看莫晓妍一直站着发呆，嘴角轻轻一挑，露出一个轻蔑的眼神。

莫晓妍突然想起韩逸说的那句话："得看你有没有被她拉拢的价值。"她咬了咬唇，从心底生出些执拗来，她从来不服输，所有人都觉得她做不好，她就偏要做好！于是她重重地点了点头，说："好！我尽力去做！"

卓云彤露出满意的笑容，四周的键盘声越发响亮起来，看好戏的同事们交换着兴奋的眼色，十分期待看这两位办公室公敌上演针尖对麦芒的互撕戏码。

可让他们失望的是，在这场短暂的对谈后，两人各归各位，再也没了交集。于是所有人都开始期待，一周后莫晓妍交稿时，又会是怎样一场好戏。

莫晓妍当然知道这不是份容易完成的差事，她花了一上午时间去研究以往的报告格式，连坐在卫生间里，都觉得面前明晃晃的全是数据和表格。走到洗手台的镜子前，莫晓妍看了看自己那无神的双眼，重重地叹了口气，又低头洗了把脸，想让自己清醒些。

"这么快就泄气了？"

莫晓妍猛地抬头，发现卓云彤正神采奕奕地站在自己旁边，对着镜子补着口红。

真羡慕她随时都能保持这么光鲜亮丽的模样，莫晓妍看着镜子里灰头土脸的自己，顿时有些自卑地撇了撇嘴。

卓云彤补完了口红，又转过身来继续说："我知道那些人是怎么想的，不过我向来不在乎无聊人士的想法。我只告诉你，这次的地我非常看好，也有信心说服公司参与竞标，所以我把报告交给你做，是因为我知道你能做好。"她向前倾了倾身子，又朝莫晓妍丢了个媚眼，说："所以，别让我失望哦。"

莫晓妍的小心脏怦怦直跳，她忍不住吞了口口水，怎么有种被撩到的感觉？

卓云彤说完了这席话，扭着腰肢走到门口，突然又转过头把莫晓妍从头到脚打量一遍，然后露出一抹自信的笑容说："还有，我对韩总是志在必得，只要是我看上的目标，一定会做好详细的执行计划，确保万无一失。不过你放心，我不会使什么阴招。"她又挤了挤眼，补充一句："尤其是对没什么竞争力的对手。"

莫晓妍看着那风姿绰约的背影走远，不知道为什么心里一阵沮丧，还夹杂着些酸酸涩涩的味道。可她很快清醒过来，人家的目标关她什么事，她现在首要的是做好手上这份可行性报告。刚才卓云彤的话再度燃起她的斗志，也许这正是一个好机会，如果这份报告能成功，可能会是她在越星真正立足的第一步。

于是莫晓妍成了越星来得最早，走得最晚的人。她没有人际资源可利用，全靠自己做数据搜索归纳，用一双腿一张嘴去走去问。累到极点时，她也想过利用自己的能力去"窃取"同事的经验，可很快就甩掉了这个想法。只要开了头去走捷径，以后就会越来越依赖沉溺，尝过不需要付出就能成功的轻松，就会永远失去通过努力拼搏厮杀走上巅峰的痛快和喜悦。

02

入夜，越星高耸的写字楼脚下，一辆银色的宾利正静静地停在夜色中，车窗慢慢降下来，韩逸望了望楼上唯一亮着灯的办公间，又低头看了看表，时针正指向十点。

他脑中浮现出刚才宴会上，周悦伟那张笑得十分欠扁的脸："听说你的小情人最近过得不太好。"

他那时刚应付完一个十分热情要与他联姻的董事，心情并不是很好，于是侧头白了他一眼："她不是我的小情人。"

周悦伟夸张地挑起眉："怎么不是？！你可是救了她的命，这在古代对方是要以身相许的。"他不顾韩逸的黑脸，继续煽风点火："可怜啊……据说每天加班到深更半夜，人都瘦了一圈。"

韩逸眯起眼，冷冷地说："你要是实在想找人聊天，那边几个嫩模朝这边看了半天了，我现在可以叫她们过来给你解解闷。"

周悦伟立即敛起笑容，丢下一句："戒了。"然后脚底抹油闪人，还了韩逸一个清静。

韩逸有些感慨周悦伟的转变，眼神却不由自主地瞥到面前的食盘上：今天的烤羊排做得不错，还有鸡胸肉，她那么爱吃肉，如果看见了，一定会走不动路吧。

脑子里不由得浮现出那人吃得满嘴流油，一脸满足的模样，他忍不住在心里嘲笑着：肉有什么好吃的，真是没见过世面。可是这念头升起就抑制不住，再加上周悦伟那句"可怜啊，人都瘦了一圈"搅得他心里痒痒的，他便觉得这宴会实在有些无聊。

韩逸收回目光靠回椅背，刚才宴会上喝的酒有点过量，让他觉得车里太过闷热，于是吩咐司机老董把车开进停车场。他脱了外套，解下衬衣最上面的领扣，让老董自己先回家，他则是下车走进了电梯。

老董疑惑地看着韩逸手里提着的一个盒子，忍不住在心里嘀咕着：今天真是开了眼了，第一次看到老板回来加班还带打包夜宵的。看来今天的晚宴挺对老板胃口的，嗯，一定是这个原因。

莫晓妍此刻正双目通红地对着电脑屏幕，剩下的时间不多了，幸好报告已经完成大半，但她始终觉得还不够完美，需要补充更多数据才能增加可信度。她不记得自己已经持续工作了多长时间，精神进入高度兴奋状态，可体力实在是撑不住了，而且一种基本的生理欲望越来越强烈，她只有暂停敲打键盘的双手，拿出珍藏的糖豆放进嘴里。嗯，好甜，可是还不够满足……

她好饿啊！

这时如果有一盘红烧肉或者熘肥肠吃就好了，实在不行，小炒肉也凑合。莫晓妍刚闭上眼幻想，就闻到一股浓郁的香味。咦？难道是自己太累，产生了幻觉？

她睁开眼，就看见韩逸斜斜地靠在办公间隔板上，嘴角挂着若有若无的笑容，将手里的食盒潇洒地往桌上一抛。莫晓妍心里突然一跳，这和他以往正经冷漠的模样不太相同，可能是因为喝了酒的缘故，他的眼神里多了些肆意，衬衣的领口斜斜敞开，再加上那张帅气的脸庞，整个人散发着诱惑的味道。

诱惑？！

莫晓妍被自己的想法吓到。一定是因为太累了，又闻到了肉的味道，才会联想到这么奇怪的词。她看了眼时钟，越发觉得此情此景不真实，忍不住疑惑地问道："韩总？你到这儿来干吗？"

韩逸把下巴搁在隔板上，指了指食盒，用略带沙哑的声音说："我一个人吃不下，正好看到你这儿还亮着灯，看你有没有兴趣。"他一开口，淡淡的酒气就飘了过来。

莫晓妍莫名有些发晕，可当她看清食盒里装着的东西时，眼睛顿时亮了起来，忍不住跳起来一把抱住食盒，说："有、有，这个冷了吧，我去热一下。"

韩逸看她抱着食盒飞快跑向茶水间的样子，好像一只摘到许多胡萝卜的小兔子，内心顿时升起一股满足感。他掏出烟盒，微微侧身点燃了一支烟，然后轻轻吐出，对正一脸虔诚地守在微波炉前的莫晓妍说："这里环境不好，去我办公室吃。"

吃东西还要分地方吗？莫晓妍觉得自己一定是太累了，产生了幻觉，或者是做了一个颇为古怪的梦。她正在恍惚间，微波炉适时发出"叮"的一声，她打开之后，一股浓郁的香气飘了出来，瞬间溢满夜晚显得清冷的办公间和莫晓妍那颗雀跃的心。

韩逸低头看了看表，熄了烟说："跟我过来，给你看点好东西。"

莫晓妍正一脸期盼地捧出食盒，被香味勾得饿意翻滚，随口问道："什么东西？"在她想来，再没有比眼前的食物更有诱惑力的东西了。

韩逸转头神秘地笑了笑："加班奖励！"

莫晓妍很少见到他这么放松恣意的模样，犹豫了半分钟，终于还是好奇心占了上风，于是提着食盒跟着韩逸进了总裁办公室。

韩逸没有开灯，直接走到大大的窗边，"唰"地一下拉开了窗帘。这间办公室的视野非常开阔，能看见圆月之下，一栋栋高耸的建筑被夜色勾出灰色的轮廓，远处有灯光淡淡地闪烁、流转。

他双手在办公桌上一撑，就这么对着窗坐在了桌上。

莫晓妍却没心思陪他欣赏什么夜景，现在她满脑子都是肉……好吃的肉……热乎乎的带着香味的肉。她小心翼翼地把食盒放在了桌上，正准备掀开盖子先尝一口，突然被人重重地按住了盖子。

莫晓妍心里一股无名火升了起来，不满地抬头说："韩总，你知道兔子饿极了也会咬人的事吗？有什么不能吃完了再看啊。"

韩逸轻哼一声，朝她扔去一个鄙视的眼神，然后又看了看表，默默念着："五、四、三、二、一……"他轻轻勾起嘴角，右手朝窗外缓缓一挥。

莫晓妍忍不住顺着他的手朝窗外看去，只见眼前的高楼突然由下至上亮起一盏盏灯。她在恍惚中有种错觉，韩逸的手好像魔法棒一样，为方才还死气沉沉的建筑，披上了霓虹做的衣裳，让它们顷刻间变得绚丽而迷人，又好像在黑暗中点亮了一片璀璨星海。

韩逸满意地看着莫晓妍一脸震撼的模样，身子朝后仰了仰，说："城市亮化工程，每天这个时候准时亮灯，只有一个小时。"他在某次加班看向窗外时，无意中发现了这幕景象，从此便习惯在某个时刻转身，给自己片刻的放松。他的声音低了下来，带了些意味不明的厌倦："这里只有从这个角度看，才比较有趣。"

莫晓妍偷偷抓了块羊排塞进嘴里，食物的味道令人愉悦又放松，于是她也学着他的样子坐在桌上，对着窗外变幻的霓虹，轻声说："我们家在一个很小的村子里，小时候，妈妈带我去城里玩，我第一次看到高楼和霓虹灯，就像现在一样，觉得既梦幻又不可思议。"

韩逸微微侧头看了她一眼，问道："想家了？"

莫晓妍沉默了一会儿，又重重地摇了摇头，说："我那时候就想，等我长大了，一定要赚很多钱，把妈妈接到那些高楼里面住。到现在我还这么想。"她朝窗外比画着，眼里充满了光亮："就在外面的某个角落，远一点也没关系，只要能安一个家，就能把妈妈接过来。"

韩逸轻轻笑了一声，吐出两个字："做梦。"

G市房价高昂，许多人奋斗了几十年也只够攒个首付，她这么穷，想买房简直是天方夜谭。

莫晓妍当然明白这点，所以她并不介意他毫不留情的打击，只有滋有味地啃完了手里的羊排，说："是梦想！我从家乡到G市来读书的时候，总是在想，可能明天就会因为没有生活费撑不下去了吧，结果我还是熬过来了。所以读书也好，买房也好，这些都是非做不可的事，虽然很难，可只要坚持下去，就不会是毫无希望。"

韩逸一向对这种不顾事实的盲目乐观嗤之以鼻，但他并没有继续出言打击。

他从来没有非做不可的事，更谈不上什么梦想。读书，回国，接手越星都是家里早已替他安排好的道路。这些年，他把时间都花在工作上，是因为他天性挑剔，也是因为他实在没有什么别的事可做，不过是为了打发时间，让自己不至于想得太多。

突然有香味钻进鼻子，他转过头，就看见莫晓妍一只手拿着块羊排，一只手把食盒举在他面前笑着说："你要吗？再不吃就要凉了。"

韩逸嫌弃地看了眼她沾满了油的双手，又忍不住揶揄："你舍得吗？"

莫晓妍赧然一笑，她当然舍不得，不过肉是他拿过来的，自己埋头全吃了好像也不太合适。

韩逸朝后半靠下来，说："你自己吃吧，别弄脏了桌子。"

莫晓妍忙不迭地点着头，然后毫无顾忌地大吃特吃起来。柔和的灯光，食物的味道，轻微的咀嚼声，有一搭没一搭的对谈，让韩逸突然产生了一种错觉，一种有关……家的错觉。

他揉了揉太阳穴，觉得自己今晚确实喝得有些过量了，可他不想离开，宁愿在这错觉里待得更久一些。

一个小时过后，窗外重新陷入黑暗，好像方才只是经历了一个绚丽又短暂的梦境。莫晓妍低头看着空空如也的食盒，觉得心里有些空空落落的，可她很快就恢复过来，跳下桌子说："太晚了，我要回去了。谢谢韩总的夜宵。"

可她拿起装食盒的袋子准备扔掉的时候，发现油渍还是渗了些出来，檀木桌上多了些难看的污点。

糟了！莫晓妍心里一突，抬眼偷偷观察韩逸的表情，还好他没有表现得太过愤怒，于是连忙做保证："我马上清理干净！"说完就提着袋子跑了出去。

韩逸没有动，也没有说话，静静地看她跑出又跑进，手里多了一块湿布，开始低头擦着桌子上的污渍。她弯着腰，擦得十分认真，月光柔柔地照在她原本寻常的五官上，竟多了些特别的味道。

酒意好像又有些上头，韩逸也跳下桌子，走到她身后伸手过去道："还有这里没有擦到。"

带着酒味的温热呼吸倏地扑在脖子上，他冰凉的指尖在手背上一触而过，莫晓妍顿时如触电般收回手，脸腾地烧了起来。生怕被他发现自己的异样，她连忙低着头胡乱擦了几下，就逃也似的跑了出去。

莫晓妍脑子里塞满了乱七八糟的思绪，一直到下了出租车，走在门口的小巷里，才被冷风吹得渐渐冷静下来。她长长地叹了口气，不停地告诫自己：莫晓妍，你还有大河未过，雪山未翻，千万不能为这种不切实际的诱惑迷了眼啊。

这时，包里又响起了电话铃声，她掏出手机看见上面肖阳的名字，连忙接起来不满地说："你回地球了啊！给你打那么多次电话都不接，我发了奖金想请你吃饭都找不到人。"

肖阳的声音听起来有些怪："我最近有点忙……"

"忙也不至于连电话都不接吧。大半夜打给我，不会是让我请吃夜宵吧，我现在可吃不下……"

莫晓妍正自顾自说着，突然感觉背后一寒，手指倏地收紧。她慢慢回过头来，发现黑暗的巷口多了许多双眼睛，蓝幽幽带着绿光，正虎视眈眈地看着她所在的方向……

秋风肃杀，树影摇曳，离自家楼道只剩短短几十米路，可一群黑影慢慢从暗处显现出来，眼中闪着锐利的寒光，发出此起彼伏的喘息声。

是野狗！

莫晓妍在黑暗里辨不清野狗的数量，但她从小在村子里见过太多这种野性难驯的狗，凭借经验很容易就能判断出，它们正处于攻击状态，一旦找到时机，就会迅速扑上来把她撕碎。

她全身迅速紧绷起来，握着电话的手轻轻颤抖。电话那头，肖阳已经感觉情况不对，大声喊着："你还在吗？怎么了……"

莫晓妍轻轻摁断了电话，生死一线的恐惧让她反而异常清醒：她不可能等到肖阳来救她，也不能转身跑。因为那群狗正在等待，等待她崩溃和慌乱，一旦她彻底示弱，它们就会立即追上她，后面的事她不敢再想……

僻静的小巷里，一个人影和一群黑影默默对峙，有几只狗明显已经等得不太耐烦，数量的优势让它们跃跃欲试，喉咙里发出低吼声，这是即将发起攻击的前兆。

莫晓妍咬了咬牙，迅速做了个决定：不能躲，唯有战！只有让那群狗感到自己的强大和可怕，才能争取到一线生机。

幸好她早已把这条巷子走过几百遍，虽然四周一片漆黑，也能快速在脑子里勾勒出所有细节。她开始在心里不断搜索，有什么可以利用的器物和障碍……就在这时，第一只狗已经冲了上来。

她深吸一口气，凭印象快速绕过几个障碍，抄起一把老式木椅，用尽力气朝眼前飞扑过来的黑影打去。她这时无比感谢那位住在一楼把杂物从楼道一路堆到巷子里的婆婆，如果不是她的贡献，自己恐怕只能抱头等死了。

那只野狗猝不及防被当头一击，"嗷呜"一声倒在地上抽搐。后面正要冲上来的野狗们被这场面震了震，纷纷停住了脚步。

就是这一停，给了莫晓妍珍贵的逃生机会。她一边挥舞着所有能拿到手的"武器"震慑那群野狗，一边绕着障碍物快速退后，冷冽的风不断打在她的脸上，刺得皮肤如针扎般疼痛。

终于在险险躲过追击后，她退到了记忆中的那处地方，把手上的东西猛地扔进野狗群里，然后踩着几张五斗柜迅速爬上了矮墙，再拼命把所有柜子踢开。

那群野狗躲过了柜子的攻击，才发现猎物已经爬到了高处，围着墙根不甘地转了几圈，愤怒地朝上不断嚎叫着。巷子旁的许多人家被叫声吵醒，亮了灯朝外大声咒骂。

莫晓妍在短短几分钟里用尽了所有潜能，此刻终于脱险，已经累得全身颤抖，抹了抹脸，才发现自己早已是泪流满面。

她哆嗦着掏出手机按下110，报告了自己的位置，只说遇上了野狗的攻击。

而在不远处的一个偏僻的墙角后，有个黑影暗自握紧了拳头，嘴里轻轻念叨着什么，那群刚才还疯狂嚎叫着的野狗，突然像收到了指令，纷纷耷拉下脑袋离开墙角，又迅速消失在巷子深处。

莫晓妍警惕地望着那群莫名出现又迅速离开的野狗，又拨通了肖阳的电话。只响了短短一声，听筒里就传来了肖阳急切的叫声："晓晓你还好吗？出什么事了？"

莫晓妍长长地出了一口气，慢慢地说出一句话："我觉得可能有人盯上了我。"

电话那头陷入了长久的沉默，久到莫晓妍以为肖阳已经离开了，半响才听到里面传来很轻的声音说："知道了，我想办法帮你查，你万事小心。"

接下来的几天，莫晓妍再不敢在深夜回家，甚至在网上买了各种防狼器、辣椒喷雾……乱七八糟塞满了包包，明知道起不了什么作用，不过是求个安心。

夜深人静时，她也曾反复想过，到底是谁想要害她，她行事已经够低调，从不会和谁结怨，除非是很多年前的那件事……她立刻摇了摇头，抱紧了手上的娃娃：不可能，那个人明明已经死了，他不可能再回来害她了。

会不会是和他有关的其他人？莫晓妍心脏猛地一缩，随后本能地否定了这个想法。

03

又过了一周，终于到了旧城改造地块的可行性报告在董事会提报的日子。整个拓展部暗自沸腾起来，许多人都期待着即将上演的好戏，但结果让他们无比失望：卓云彤在会上的优异表现得到了董事们的一致赞许，那份报告也做得十分详细扎实，有些小小错漏的地方都很完美地被卓云彤的讲稿掩盖，在经过后期评估后，越星决定正式参与云武路旧城改造地块的竞标。

最诡异的是，卓云彤大方地承认这份报告的前期工作全是由莫晓妍做的，并为她在年中评估中争取到了不错的分数。于是一众等着看热闹的八卦人士全傻了眼，说好的明争暗斗呢？怎么最后变成了携手互助扬眉吐气的戏码？

不过经过这一役，卓云彤的姿态越发高傲，也越发不可一世。众人虽然在背后咬碎了牙根，明面上却还得赔着笑脸。毕竟职场全靠能力说话，卓云彤无论是公关能力还是人脉资源都无比强大，据说公司高层对她短时间做出的成绩很是满意，随时会提升她的职位，他们可不想无意中得罪自己的顶头上司。

办公室里的暗流涌动，只有莫晓妍毫不关心。她一边为自己辛苦做出的报告得到认可而雀跃，一边又戒备着那个始终躲在背后的人。她最近常常疑神疑鬼：楼上掉落的花盆，马路上飞快从她身边擦过的汽车，都让她怀疑是有人故意为之。随时提着一颗心的滋味实在不好受，再这么下去，她恐怕要患上神经衰弱。

这时，电脑旁的隔板被人轻轻敲了敲，她抬起头，就看见卓云彤那张永远精心装扮的脸。卓云彤说道："准备一下，周末去郊外的云台山做户外拓展。"

"啊？什么拓展？"莫晓妍还有些没反应过来。

卓云彤的目光朝办公室一扫，提高了音量说："云武路地块已经成功竞标，韩总答应我，会给所有参与项目的人奖励，去做一次户外拓展。"顿了一下，她脸上又露出一抹得意的笑容："还有，韩总说，这次他也会和我们一起去。"

她特意把这个"我"字咬得很重，成功引起一阵窃窃私语声。许多人愤愤不平地在 QQ 上交流：什么户外拓展，就是想向大家宣告她和韩总关系不一般嘛。

莫晓妍低下头，心里有点不是滋味，小声说："我就做了前期报告，可以不去吧。"

"你必须去！"卓云彤朝她挤了挤眼，凑近了说，"我一向喜欢公平竞争！"

云台山本来只是一处荒山，山势十分险峻，进得山来却是别有洞天，有清溪绕林，钟石岩洞，于是近年来有旅游公司慧眼识珠，特地凿出一条山路，把其中一部分山体包装成探险项目，引得许多向往自然和刺激的都市人趋之若鹜，再通过营销号的炒作，云台山变成了 G 市周边最为热门的旅游地点。

众人到了现场才知道，卓云彤不知哪来的神通，居然请动了云武路项目报批的关键人物周一凡。据说那人平时就酷爱户外探险，尤其喜爱云台山的险峻，所以韩逸特地安排包下今天的所有项目，希望让他玩得尽兴。

"原来如此，韩总又不是为了她来的，也不知道成天嘚瑟个啥。"

拓展部这次加上经理张欣一共来了七个人，其中就有那次嚼舌根的同事甲，她一边气喘吁吁地爬着山，一边嘴里嘀咕着。

莫晓妍觉得她的愤怒很莫名，卓云彤有能力请来对项目有帮助的人，让韩逸心甘情愿参与进来，难道不该嘚瑟吗？再看前方的卓云彤一身名牌运动服，更显得前凸后翘，正神采飞扬地站在周一凡和韩逸中间，大方地谈笑着。而韩逸也换了一身黑色运动装，紧实的肌肉隐隐若现。莫晓妍忍不住酸酸地想着：这么看起来，卓云彤和他还真是挺登对的。

云台山还没被完全开发，旅游公司特地派了导游引导游客上山，就是怕有人会走到深山里迷失方向，到时要出动救援可又是笔不小的费用。

负责为他们带队的导游叫作冯晨，长得年轻帅气，说话风趣幽默，一路上逗得拓展部的几个小姑娘乐得花枝乱颤。一个多小时以后，一行人终于爬上了被圈起的一块山体，冯晨在地上插了旗子，开始介绍今天的项目：有 CS 野战，有丛林探险，还有采摘和捕鱼……强度任选，安排得十分丰富。

他们在山里一直待到天色昏黄，因为是越星包场的活动，旅游公司晚上还特地安排了篝火晚会项目。一群人玩得精疲力竭，正围坐在篝火旁准备吃点烤肉，突然听见旁边的林子里响起了奇怪的声音。

先是轻微的响动，然后震动声越来越大，冯晨觉得有点不对劲，站起来拿手电筒往林子里照了会儿，突然腿脚一软，转头大喊一声："糟了，快跑！"

随着冯晨的一声大喊，他身后的树林突然发出噼里啪啦的响声，树叶好像飓风刮过一样疯狂摇摆，可那并不是大风……

他喊完转身就跑，可刚跑出几步，背后的林子里飞出一只大鸟，羽翼雪白，喙尖锋利，其实是山中很常见的白鹭鸟，以往有人碰上了，还会欢天喜地地拍照发朋友圈。可这一刻，这只白鹭显得不太寻常，它双目血红，颈毛竖立，朝冯晨俯冲过去。

围在火堆旁的几人还没弄清楚状况，就听见冯晨发出一声惨叫，小腿上竟被生生啄下一块肉来。而更可怕的是，树林里又飞出无数只白鹭，铺天盖地如同白色的云雾朝这边卷了过来……

在场的几人不过是普通的城市小白领，哪里见过这种阵势，顿时被吓得动弹不得。几个女孩捂住嘴拼命尖叫，而冯晨在林边一边挣扎着和那只白鹭搏斗，一边扶着伤腿往这边移动，可眼看后面那群白鹭就要冲上来把他重重围住。

韩逸最先反应过来，他朝众人大吼一声："找遮蔽，往后退。"他的脑子在这一刻无比清醒，这里除了被圈起的一片全是荒山，现在又是晚上，再加上这群遮天蔽日的白鹭，根本辨不清方向。冯晨是山上的导游，只有他知道正确的道路，所以他一定不能出事，不然他们一群人很可能因为找不到路困死在这山上。

可就这么贸然冲过去，只会搭上自己的命。韩逸紧紧抿唇，开始快速思索对策。

这时有人在他耳边大声提醒："火！"转头看见莫晓妍那张被篝火映红的脸，韩逸立即意识到，鸟是怕火的！他忙挑起一块烧了一半的木头举在手上当火把，飞快朝冯晨冲了过去。

鹭群被突如其来的火光冲散，韩逸趁着这个空当，一把扶住冯晨的胳膊，把他往外拖。突然，又有几只白鹭尖叫着盘旋下来，韩逸一边要扶住冯晨，一边吃力地挥舞火把，脸上迅速被白鹭翅膀刮出许多血痕。这时，他看见另一个娇小的人影举着火把冲了过来，护在他背后替他击退重重围上的白鹭。

白鹭群似乎更加被激怒，开始冲向四散躲避的人群，韩逸沉着脸大喊一声："不要散开，都把火举起来，往安全的地方退。"幸好那名叫作周一凡的公职人员也有着丰富的户外经验，他迅速冷静下来，带着其他几人抄起火把，朝着韩逸所在的地方会合。方才还平静的篝火堆旁顿时火光冲天，四周都弥漫着羽毛被烧焦的气味。

众人正且战且退，韩逸突然发现，那个一直站在他背后的人不见了。

望着眼前好像永远也赶不完的鸟群，他内心突然升起深深的恐惧，莫晓妍去了哪里？如果把她一个留在这里，她将必死无疑！

几乎是下意识就做了决定，韩逸把冯晨交到周一凡手上，问："往哪边走安全？"冯晨的裤管全被血沁湿，痛得满头大汗，他咬着牙指了个方向说："那边，往那边走有营区！"

韩逸快速在那个方向做了个记号，然后说："你带他们先去，路上留下记号，等我来找你们。"然后他不顾众人惊讶的目光，弓着腰独自朝那一片黑暗的丛林跑去。

他沿着跑过来的路大声喊着："莫晓妍！莫晓妍！"

林中惊起许多落单的白鹭，气势汹汹地朝他俯冲过来，他一边挥舞着火把驱赶，一边坚定地往树林方向走着，终于在走过一个土坑时，听见极弱的一声回应："韩总？"

原来莫晓妍在护着韩逸他们逃离的时候，不小心被一只白鹭啄到了手，火把落到了地上，立刻有两只白鹭扑了上来。幸好她反应很快，迅速滚了过去，借着火把的掩护躲进一个土堆下面，但再抬头时，韩逸他们已经到了远处，根本听不见她的喊声。

她哆哆嗦嗦地躲在土坑里，远处的篝火就要燃尽，夜又冷又黑，四周都是觊觎着的眼睛。就在这时，她听见有人在喊她的名字，好像一道光为她劈开绝望的黑暗，可她怕惊动树枝上伺机而动的白鹭，直到他走到身边才敢轻声回应。

韩逸听见她的声音，心头一松，连忙举起火把朝那边照去，只见土坑里冒出一张脏兮兮的脸蛋，笑得十分开心，仿佛丝毫不为自己差点被抛下感到后怕。

他皱了皱眉，忍住想要对她毒舌几句的欲望，这时，手上火把的火光渐渐微弱，越来越多的眼睛聚集在高处，等待着篝火全部熄灭后的狂欢。

韩逸的眸色暗了暗，极低极快地说了一声："跑！"然后握紧她的手，飞快地朝树林相反的方向跑去。一路上，不断有白鹭从后方追击过来，都被他拼命挥舞着火把赶走。终于，两人沿着他此前做的记号，躲进了一个山洞，把身后白鹭的叫声越甩越远。

04

可两人的体力也终于在整晚的对抗中完全耗尽，韩逸让莫晓妍先坐下休息，举着火把找了很久，也没法找到冯晨留下的记号或其他任何痕迹。四面全是沉睡的浓黑山峰，他终于不得不承认一个可怕的事实——他们在山里迷路了！

此时，柔白的月光照在清可照人的溪流上，漫天闪耀着城市里许久不见的星光，本应是令人沉醉的浪漫景色，可谁都没心情欣赏。火把渐渐燃尽了最后的光亮，凛冽的山风扑面而来，已经筋疲力尽的两人面面相觑，都在担忧：在这伏击重重的山里，他们究竟能不能熬过这一夜。

好像是为了印证这个想法，不远处传来了几声低低的嚎叫。莫晓妍害怕地往韩逸身上靠了靠，也顾不得他会嫌弃自己身上太脏，颤声问："会是狼吗？"

城市旁边的山里怎么会有狼？韩逸很想讽刺她几句没见识，可看她被吓得可怜兮兮的模样，还是不自觉放柔了声音说："不管是什么，我们先找个山洞躲一躲。"

"等等……"莫晓妍走到溪水边洗了手，又捧了口溪水喝了，转头招呼韩逸说，"先喝点水补充体力。说不定要熬一晚上呢。"

韩逸皱起眉，盯着她刚洗完手的溪水，十分坚决地摇了摇头。

莫晓妍叹了口气，这种时候还讲究个啥，她走过来，十分坚决地盯着他说："这溪水很甜的，真正的无污染、纯天然，不比你们喝的那种死贵的矿泉水差。"

她的双目在黑夜里显得无比明亮，仿佛在对他进行热情的邀约，韩逸内心挣扎许久，终于勉为其难地喝了几口水。嗯，味道还不错……只要忽略刚才她在那里洗过手的事。

两人稍作休整之后，就开始沿着溪水一路寻找，幸好在不远处找到一处山洞，洞里的土壤十分干燥，他们找了些树叶铺在地上，又用树枝堵住洞口，虽然还是有些冷风灌进来，但总算是一处隐蔽的能勉强过夜的地方。

韩逸掏出手机摁亮，看着仅剩的10%电量皱起了眉头，不过就算有电，在这深山里也根本没信号。他看向冻得瑟瑟发抖的莫晓妍，皱眉说："我们得生火，不然晚上会冻死。"

两人又找了些容易点燃的枯枝，随着打火机的"嚓"声，一堆小小的篝火很快就燃了起来，把山洞照得明亮又温暖。

莫晓妍的脸映在火光里非常明媚，她满足地笑了笑，然后伸出早已冻僵的手去烤火。韩逸刚刚放松地靠在石壁上，突然紧紧地盯住了她的手腕，目光倏地一冷。这时他才想起，他从没看到过她穿短袖衣服，也从没看过她露出手腕，直到这一刻，他才知道了原因。

莫晓妍感觉到身边的异样，顺着他的目光看到自己的手，袖子不知道什么时候破开了一道口子，手腕暴露在外——白皙的肌肤上，刻着一道道丑陋的疤痕，盘根错节地绕在少女纤瘦的手上。

她的脸色"唰"地白了起来，连忙把手缩回背后，眼里写满了惊恐和无助。

洞里的气氛顿时变得有些尴尬。韩逸深吸一口气，他的教养让他不要去窥探别人的隐私，可那画面实在太过触目惊心，他终于忍不住开口问："你自杀过？"

莫晓妍在背后死死攥着手腕，低下头没有回应。

韩逸心里不由得一阵烦乱，忍不住继续追问："为什么？失恋？和父母吵架？需要这么伤害自己？！"

他实在想不出，二十四岁的少女，除了这些理由，还能因为什么让自己受到这么可怕的伤害？

莫晓妍咬紧了下唇，身子不断发颤，这是她最大的秘密，隐藏了许久的秘密，在这个夜晚，她到底应不应该对眼前这人和盘托出。

莫晓妍出生的村子叫作山水村，顾名思义整个村子依山临水而建，村子里的人虽然不算富裕，但也能靠自给自足活得有滋有味。莫晓妍八岁那年，父亲在镇上出了车祸，母亲身体虚弱，只有无奈改嫁。她继父是个粗鲁的乡下汉子，每天除了干活吃饭，就只剩睡觉打老婆。

妈妈像所有一辈子生活在山村里的女人一样，以夫为天，把偶尔落在身上的硬拳头和坏脾气当作婚姻中必须忍受的磨难。所以莫晓妍从小就有一个愿望：要拼命念好书，考上城里最好的大学，带妈妈离开这里，离开继父。但她对山水村有着深深的眷恋，这里的人虽然有些愚昧无知，却对她亲切和善，都如同亲人一般看着她长大。

她第一次发现自己的能力是在十岁那年，起初只觉得新奇，当作一件骄傲的事告诉了妈妈，谁知妈妈却紧张地捂住她的嘴巴，让她一定不要在别人面前显露。莫晓妍觉得很奇怪，自己有超能力呢，这是多么值得炫耀的一件事，被她的小伙伴知道了，他们一定会很羡慕她崇拜她，到时候，肖阳那个自大狂也不敢说她胆小如鼠了。

可既然是妈妈交代的，就一定不会错，所以她乖乖地守着这个秘密。直到十五岁那年，她遇上了那个人，从此跌入万丈深渊！

那一年，村主任的儿子肖军回到村子里。对于山水村这种民风淳朴的小村子，村主任几乎就是最有权势的存在。村主任肖五一为人亲切随和，经常帮助村子里的困难户，因此也成了村里最受尊敬的人。肖军长得高大帅气，又打扮入时，他一走上街，就引得许多大姑娘偷偷红了脸。

可莫晓妍第一次看到肖军就觉得害怕，他的眼睛里有些令她很不舒服的东西，有时候不得已打了照面，她也是低着头飞快逃走。

直到有一天，她发现自己的小姐妹李菲躲在草垛后面偷偷哭，可无论怎么问，她也只是吓得全身发抖，不敢告诉她缘由。莫晓妍情急之下握住了她的手，然后就看见了一幕令她深深恐惧的画面：柔弱无助的女孩倒在地上，撕心裂肺地哭喊求救，可还是被狞笑着的男人死死地压在身下，直到失去呼救的力气……而那个男人……正是肖军。

十五岁的莫晓妍从未想过世界上会有这样丑陋的事发生，她抱着李菲陪她哭了很久，然后擦干眼泪，想说服李菲去报警。可李菲怎么也不敢，他们全家都受过村主任的恩惠，说出去没人会相信。而且在这个村子里，女孩儿的名声就是天大的事，她才十四岁，如果被人知道她身上发生了这种事，根本没脸再活下去。

莫晓妍既心疼又愤怒，可是她说服不了李菲，但那时的她还相信书本里所说的公理和正义，于是凭着一腔热血，发誓要让那个恶魔伏法。她开始偷偷留意肖军，尝试去接触他亲近的女孩子，终于被她发现一件令她无比震惊的事实——肖军强暴的不止李菲一个女孩，而是有七个，全是未成年的女孩儿。

她既震惊又害怕，怕肖军会伤害更多的女孩儿。所以在一次放学后，她偷偷跑到镇子里的派出所报案，可那个接待她的警察只是冷漠地告诉她：证据呢？受害人呢？小丫头片子最好安分点，少在这儿给我添乱！

求助无门，莫晓妍只有把最后的希望寄托在这个她生长了十几年的村子和那些待她十分亲厚的村民身上。

于是她找了许多熟悉的长辈，希望他们能帮忙查明真相，保护村子里的女孩儿，可没人相信她，甚至斥责她小小年纪把这种丑事放在嘴边胡说。她在迫不得已间，暴露了自己的能力，终于有几个人相信了她，可更多人看她的目光变得奇怪。

终于，几个很有正义感的村民带着她去找村主任质问。村主任把肖军带到院子里毒打一顿，让他跪下坦白是不是做过这种事，肖军声泪俱下地不断喊冤，让告状的人找出被害者来和他对质。

莫晓妍看见李菲站在人群中不断流泪，可她还是乞求地望着她，拼命对她摇头。其他女孩也没有人敢站出来，最终，莫晓妍还是无奈放弃了。因为她拿不出证据，敬重村主任的村民们用最恶毒的话骂她，妈妈抱着她对村主任下跪道歉，又把她关在家里让她闭门思过。

莫晓妍回家后就大病了一场，所有的人生信念就此崩塌，她以为这就是人生低谷，却没有料想到，更悲惨的事还没发生。

就在她重新回到学校后的一天放学路上，突然被人捂住嘴拖进了祠堂。她被狠狠地甩在地上，摆着的牌位和香烛在她面前不断摇晃，然后她看见了那双令她恐惧的眼睛，从上至下慢慢压了下来。

他的手如同一条冰冷的毒蛇，慢慢地在她的皮肤上游移，莫晓妍很想呕吐、尖叫，可很快被他掐住喉咙。空气迅速从肺中抽离，令人战栗的呼吸紧紧贴在她耳朵旁边，笑声短促尖锐："你以为，有人会信你吗？"

莫晓妍如同一条被提出水面的鱼，肺里越来越灼热，眼前的情景也渐渐变得模糊起来。那只手却突然放开了她的喉咙，转而伸进了她的衣服。

莫晓妍吓得拼命挣扎，可怎么也没法把那只手甩开，她流着泪内心崩溃地大喊着："你这个魔鬼！你在城里杀了人，迟早会被人捉到！"

那只手猛地停了下来，肖军的眼里闪过一丝杀意，一把捏住她的下巴，恶狠狠地说："看来他们说得没错，你果然是个怪物！"然后，他又笑了起来，声音中竟带了些兴奋："很好，我还从来没玩过这么特别的呢……"

他露出狰狞的笑容，正要一把撕开她的衣服，突然从外面跑进来一个黑影，随手抄起一个牌位猛地朝他头上砸去。肖军被砸得晕头转向，还没弄清状况，就看见那个人拉起莫晓妍便往外跑。

他摸着头大声骂了一句："肖阳，你这个小兔崽子！"然后大步追了上去。肖阳那时也不过十五岁，又拖着一个被折腾得没了力气的莫晓妍，才跑了几步就被肖军一把拽住了衣领子，狠狠地甩了出去。

莫晓妍红着眼盯着那个朝她一步步走过来的恶魔，也不知道哪里来的力气，拼死朝他撞过去。肖军没料到她还能做出这么激烈的反抗，猛地被她撞倒在香烛上。燃烧的火焰迅速点燃了他的衣服，一股皮肤被烧焦的气味传来，他尖叫着四处乱撞，弄倒了更多的香烛，祠堂里燃起了熊熊大火。

莫晓妍已经完全吓得呆住，直到肖阳拽着她的手死命把她往外拖，才终于清醒过来和他一起逃了出去。当她终于跑出祠堂，回头看着眼前已经被烧掉一半的祠堂，终于失去了全部力气，昏倒在了地上。

肖军死于那次火灾，村里的祠堂和牌位也同时付之一炬。祖宗的牌位被烧，对村子来说是大大的不吉之事，所有人都为此深深恐惧，生怕会就此坏了风水。

失去儿子的村主任把躺在家里养病的莫晓妍扯了出来，逼她跪在已经成为废墟的祠堂前。他死死地按住她的背脊，对所有人宣布这个女孩是被施了妖术的巫女，是她给村子带来了诅咒，也是她迷惑了自己的儿子，害他竟被活活烧死。

莫晓妍很想大声争辩，可她喊不出声，背上那只大手按得她浑身发疼。勉强抬起头，她看见那些曾经对她和善亲厚的村民，正用憎恶恐惧的目光盯着她，口里大声喊着："杀死她！杀死她！"

于是她无助地哭了起来，不断想着："妈妈，你在哪里，你快救我！"可妈妈只是跪在一边不停地求饶，根本不敢伸手把她从这噩梦中拉出来。

她在无数愤怒的打骂中，软软地倒在了地上，闭眼的那一刻，好像看见那一张张曾经朴实亲切的笑脸，就这么被狠狠地碾碎，再化为利刺，一根根扎在她身上，直到鲜血流进这曾经让她深深眷恋的土地中……

村主任当然不敢真的杀了她，而是把她关在一间密不透风的小屋子里，没有水，也没有食物，用一根锁链锁住她的手腕，希望她支撑不住自己死去。

可她没有死，而是熬过了她人生中最为黑暗的几天……

十五岁前，莫晓妍一直是个胆小的女孩，她怕黑，怕虫子，怕老鼠，肖阳总是笑她，说她是个只会读书的胆小鬼。所以当她从那间门窗全锁死的黑屋子里醒来时，立即吓得大哭起来，她在黑暗里摸索，拼命喊着妈妈，可直到喊得喉咙哑了，也没有人回应她。

她闭上眼，努力让自己想些开心的事：今天老师会教什么课文呢？肖阳那个捣蛋鬼又被老师骂了吧，后山那片油菜地已经开花了吧，太阳一照全是金光……但无论她怎么麻痹自己，那深不见底的黑暗依旧将她紧紧包裹，只要她一睁眼，就会把她拖入恐惧的深渊。突然脚背上传来毛茸茸的触感，一只老鼠正沿着她的裤腿往上爬，她尖叫着拼命蹬腿，那只老鼠却吱吱叫着绕着她打转，她哭着不断往后缩着身子，发现手腕被锁链死死锁住。

恐惧、恶心、绝望……狠狠掐住她的喉咙，让她无法思考，也无法呼吸：她要离开这里，无论如何都要离开这里！于是她不顾一切地把手腕往外挣，铁链很快把她细嫩的皮肤磨破，传来锥心的疼痛感，鲜血流得整个手臂都是，终于她折腾得累了，才迷迷糊糊昏睡过去。

她在那间黑屋子里睡去又醒来，经过了最初两天的挣扎，手腕上的伤结了疤又磨破，直到麻木地感觉不到痛意。永远是望不到尽头的黑夜，她渐渐感觉不到时间的流逝，也不再怕那些在旁边乱窜的老鼠，至少它们能让她感觉到还有活着的气息，而不是寂静得让人发疯的无边黑暗。

饿得狠了，那些老鼠就好像变成了跑动的肉块，她有时候会幻想，怎么做这些肉好吃呢？最好烤着吃，就像他们小时候在山上烤的麻雀，外酥内嫩吱吱冒着油，最好再加上山涧里的泉水，真甜啊……然后她舔着早已干裂的嘴唇，傻傻地笑了起来。

门外偶尔会有吵嚷的声音，好像还有妈妈的哭声，可心底那点微弱的期盼终于慢慢消逝，谁也救不了她，她会死在这里。可她不甘心，她才十五岁，她念书是全校最棒的，老师都说她一定会考上城里的好学校，光宗耀祖。

她就这么在放弃和不甘间挣扎，意志渐渐被消磨，终于，到了第五天的时候，那扇一直紧闭的门被打开了。

她虚弱地倒在地上，被突如其来的光亮刺得睁不开眼睛。妈妈冲了进来，紧紧地搂住她，哭着喊她的名字。她躺在妈妈的怀里迷糊地笑了：这应该是做梦吧，如果在这样的梦里死去，也是一件幸福的事吧。

那晚妈妈把她偷偷带去了镇上，等她醒后才知道，妈妈被继父锁在家里很多天，最终想办法偷跑出来，找肖阳帮她偷拿到钥匙，两个人趁没人注意，才溜进来救她出去。

妈妈又交给她一张纸，上面写着一个地址，然后告诉她有个叔叔在 B 市，按这个地址去找他，她已经想办法给他们汇了一笔钱，让莫晓妍先躲到那边去读完高中。

她充满期盼地问："妈妈，你会陪我一起去吗？"妈妈却只是依恋地摸着她的脸，不断地流着泪说："晓晓，是妈妈没用，妈妈对不起你……"

莫晓妍低下头没有再问，她明白妈妈无法离开继父独自生存，更何况家里还有个才几岁的弟弟，未来的路，她只能自己走。

于是她逃走了。买到火车票的那一天，她偷偷回到山水村口，最后看了一眼这个她待了十五年的村子。这里的人爱过她，也害过她，从今天起，这里不再是她的家乡，她再也没有家了。

莫晓妍独自一人坐上了火车，那时正值春运间，她拿着站票，挤在浑身臭汗的男人中间。整个车厢就她一个未成年的独身女孩，不断有不怀好意的目光投过来。莫晓妍很怕有人会盯上她，可她不敢让别人看出她的害怕，她拿出行李里妈妈给她做的娃娃抱在手里，就这么抱着坐了一天一夜，不敢动，也不敢睡觉。

后来她终于到了 B 市，在叔叔家过了两年寄人篱下的生活，终于在姊姊不断的埋怨和咒骂中考上了 G 市的大学。她的成绩原本可以上 211 大学，却还是为了奖学金选择了一所二本学校，因为她知道，将来能不能读完大学，只能靠她自己……

第七章

♥

我还在等你，
你一定要来

01

夜已经深了，山里的夜显得寂静而空旷，偶尔有萤火虫在洞外飞舞。洞里暖黄色的火焰烧着枯枝，发出轻微的噼啪声，莫晓妍的脸映在跳跃的火光之中，脸上的泪痕湿了又干。

她的故事很长，韩逸在很多时候需要不断深呼吸，才能忍住心中对那些人的杀意，让自己心平气和地听下去。曾经有一段时间，他陷在母亲死亡的阴影里，觉得自己是世界上最悲惨的人。在美国的头一年，他不断酗酒打架，时而沉睡时而清醒，自暴自弃，不介意韩衍用他的身体去做任何事。

他以为自己能走到今天已经足够强大，眼前这个女孩，从他一辈子也想象不出的黑暗中走出来，却总是笑得淡然而充满希望。她说：想在这里买一所房子，接妈妈过来团聚，虽然知道很难，可只要坚持下去，就不会是毫无希望。她没有时间去怨恨，没时间抱怨，只是不断向前走，为了那个对他来说甚至微不足道的小小梦想而努力着。

冷风从洞口灌了进来，把火苗吹得晃了晃，他看着那个在火光中摇曳的单薄背影，突然很想去抱一抱她，或者他更想抱一抱那个在黑屋子里、在车厢里既孤单又无助的小女孩。

莫晓妍说完了她的故事，就一直沉默地望着眼前的火堆发呆。这是她隐藏时间最久的伤口，当它们终于被血淋淋地展露出来，她需要时间去恢复。

韩逸走到她身边坐下，轻轻握住了她的手。莫晓妍吓得本能地想要缩回，却被他坚定地继续握住。在这样的夜里，他干燥的大手显得温暖而充满支撑的力量，于是她没有挣脱，放心地沉溺在他无声的安抚之中。

韩逸最擅长的就是打击人，最不擅长的就是哄人开心，可是这一刻，他很想让身边的人开心起来。于是他认真地想了想，说："你的年中评分非常高，张欣对你工作表现的评价也很好。"

"啊？"莫晓妍对这突然跳转的画风有点摸不着头脑。

"所以没有意外的话，这次回去，你不再只是助理职位，可以升职，工资也能涨一级。"韩逸把最后几个字咬得特别重，因为他知道她爱听。

"真的？"听到"升职加薪"几个字，莫晓妍的眼睛都亮了，心里的阴霾顿时一扫而空。

韩逸看着她满脸雀跃的表情，也十分满意地笑了起来。果然这女人就是这么容易满足，看来要哄人开心也并不是那么难。

外面的夜风依旧呜咽盘旋着，洞里的气氛却难得轻松起来。韩逸看了看手机，已经完全没电了，他估算了下时间，现在应该过了零点，于是对莫晓妍说："睡一下吧，明天还要去找他们会合。救援力量估计要到明天中午才能到。"

莫晓妍点了点头，回头看了看四周狭小的山洞，又觉得有点尴尬，这要怎么睡呢？

这时，韩逸已经走到石壁边，在地上铺了枯草和树叶，坐下来靠上石壁，再拍了拍身边，说："过来。"

莫晓妍愣了愣，连忙在离他稍远处坐了下来。韩逸看着他们之间隔着的楚河汉界，皱起眉头说："离那么远，怕我吃了你啊。"

莫晓妍不好意思地笑了笑，慢慢朝那边挪。终于，她挨上了他的肩膀，韩逸才满意地说："这里就我们两个人，不挨着怎么取暖？"

莫晓妍为心底那点小九九感到有些羞愧，感受着胳膊上传来的他身上的温度，心渐渐安定下来，倦意立即袭来，靠着石壁很快进入了梦乡。韩逸却没有睡，他盯着她不断摇来晃去的脑袋，终于还是叹了口气，把她的头搁在了自己的肩上，然后才安心睡去。

莫晓妍迷迷糊糊醒来的时候，感觉自己的手臂正攀着什么东西，硬硬的，很温暖，很舒服，咦……这感觉怎么这么熟悉？她猛地惊醒过来，果然发现自己的头正搁在韩逸的肩膀上，而双手不自觉地抱住了他的胸膛，好像一只无尾熊攀在他身上。

她吓得赶紧放手后退，脑袋轻轻磕上了石壁，发出"啊"的叫声。

韩逸被这声音惊醒，连忙坐直身子问："怎么了？"

莫晓妍连忙转过头去，不敢让他看到自己脸上的红晕，结结巴巴地说："没事……做……做了个噩梦。"

韩逸有些好笑地看着她这副手足无措的模样，在心里猜出了个大概。他昨晚睡觉时一直保持警觉，并没有完全睡死，对身边发生的事当然也不会一无所知，于是凑到她耳边揶揄道："是吗？是噩梦还是美梦？"

莫晓妍觉得浑身都燥热起来，干脆朝洞外跑去，脚步却在洞口突然顿住，愣愣地待在那里……

"快看，日出！"

莫晓妍站在洞口，仰头喃喃念着，脸颊沐浴在柔和的晨曦中。

韩逸心念一动，也走出来和她并肩朝那边看去。

远处青色的山峰萦绕着云雾，其间有金光慢慢透了出来，一个火红的圆盘自山峰间升起，将淡灰色的天际染出一片灿烂的红霞。

莫晓妍已经许多年没有看过山里的日出，这一刻，仿佛有百般滋味哽在胸口，竟有种想要流泪的冲动。韩逸一直默默站在她身边，初升的暖阳，将两人的影子叠在一起，斜斜投映在山谷之中。

没错，黑夜总会过去，哪怕它曾经漫长得好像看不见尽头，可迟早会被阳光驱散。

两人在溪水边简单梳洗完，就开始寻找其他人会合。韩逸走了几步，回过头看了一眼莫晓妍的手腕，然后脱下自己的运动服递给她说："你穿这个。"

莫晓妍愣了愣，明白过来他是想帮她遮住手上的伤疤，内心顿时一阵感动，可瞅了眼仅穿着短袖 T 恤的韩逸，她又犹豫地说："那……你会冷吧。"韩逸斜了她一眼，说："先顾好你自己。"

莫晓妍低头笑了笑，外套里全是他的味道，暖暖地裹在身上，让她感到十分安心。

他们先沿着来路仔细搜寻，终于在一块石头边找到记号，于是随着沿途的记号又走了将近一个小时，终于发现了一处营区。

可奇怪的是，他们并没有看见其他人。营区里明显有人来过，地上有火堆刚刚燃尽的痕迹，营帐里的补给品全部被拿光了，地上凌乱地散落着些树叶、水瓶……韩逸盯着其中一块地方出神，突然大步走过去，用树枝挑开营帐布，然后发现里面竟然躺着一个人！

这人脸色灰白，嘴角带着血迹，头歪向一边，全身僵硬，明显已经死去多时。

莫晓妍忍不住发出惊呼，这个人她认识，正是那个和他们一起上山的周一凡！

韩逸的脸色也很不好看，为什么周一凡会死在这里，到底发生了什么事？其他人又去了哪里？

周一凡的尸体没有外伤，很可能是中毒。如果说昨晚他们还只是意外遇险，现在这具尸体则说明有人想要谋害他们。这个人是谁？他的目的又是什么？

他们怀着深深的疑问，继续往丛林深处走去。走了一阵，他们刚准备翻开一片树丛，就听见里面有人大吼："是谁？！"莫晓妍认出这是自己同事林牧的声音，连忙大声喊着："是我们！"

树丛那头静了静，随后发出一阵骚动，拓展部的同事们冲了出来，各个都显得惊恐又无助，喊着："韩总，你可算回来了，这下怎么办，出事了！"连一向高傲的卓云彤，都煞白着一张脸，脸上的妆糊得乱七八糟，也顾不上收拾，显然受了很大的惊吓。

韩逸朝他们扫了一眼，冷声问："到底发生了什么事？"经理张欣到底比其他人年纪稍长，也更冷静一些，她叹了口气，开始和韩逸讲着昨天他们离开之后发生的事。

韩逸回去找莫晓妍之后，冯晨按照自己的记忆，带他们找到了营区。

按他的说法，旅行社在山外较远的地方，估计到第二天才能知道他们没有出山，所以得在这营区里先待一晚上。

还好营区里准备了补给物资，周一凡也有野外露营经验，他们很快就生起了火开始取暖，又拿了营帐里的水和压缩饼干充饥。大家有了食物和水，许久没有看见白鹭追过来，情绪也渐渐安定下来，甚至觉得这趟行程很刺激，等回去后，可以在朋友圈好好吹嘘炫耀一下。

变故就在这时发生。就在他们围着火堆说笑时，周一凡突然捂着肚子痛苦呻吟。众人原本以为他是吃坏了肚子，谁知他在地上滚了两圈，嘴角竟然渗出血来，然后就再也没有起来。

所有人都被这变故惊呆，尖叫着丢开自己手上的饼干和水，幸好没有其他人中毒。所有人都害怕得缩成一团，只有冯晨硬着头皮瘸着腿去摸了摸周一凡的鼻息，然后瞪大了眼颤声说："他……他死了！"

周一凡的死让所有人陷入深深的恐惧中，从被白鹭攻击以后，他们只吃过这里的水和食物。说明有人在这里的食物里下了毒，那个人很可能就在周围，这营区已经不安全了。

众人本来想连夜往外逃，但冯晨冷静下来，认为深夜辨不清方向，山里温度也太低，终于说服众人在营区先住一晚上，第二天一大早走。可是必须留下两个人轮流守夜，而且谁都不准再吃营帐里的东西。

终于熬到了第二天，众人离开营区，谁也不敢带上周一凡的尸体，只拿了他的登山包离开。他们试着找山路下山，但是找了一上午都一无所获，大家又没有什么野外谋生经验，体力本来就有限，只好在丛林里找个地方休息，谁知正好遇上了韩逸和莫晓妍找来。

韩逸听完整件事，沉默了很久，问："你们当时拿水和食物有定好顺序吗？还是随便拿的？"

"是随便挑的，所以应该不是针对某人，只能说他比较倒霉。"张欣正要开口，卓云彤已经上前一步抢着说。她的目光往莫晓妍身上扫了扫，不服气地咬了咬嘴唇。

其他人刚才惊魂未定，这时冷静下来，也才看见莫晓妍竟穿着韩逸的运动服，再联想到两人独处了一夜，几个人目光在空中一撞，顿时都交流出许多复杂的意味。

"也就是说，有人明知道你们会去营区，所以提前埋伏在那里，在食物里下了毒。可他为什么只在其中一样食物里下了毒，而不是所有东西呢？"莫晓妍丝毫没有察觉到周围的异样，提出了她的疑问。

"不知道。而且食物和水的包装都没问题，也不知道毒是怎么下进去的。"冯晨瘸着腿走过来。他带的队出了人命，让他从昨晚起就显得非常沮丧，不过现在还没脱险，饭碗倒是下一步该考虑的事。

"我知道，那个人想故意折磨我们，所以一个个轮流害死我们，就像电影里面一样。"说话的是拓展部的预算员，名叫张琳。她家境优渥，从小娇生惯养，这一天一夜的担惊受怕已经让她几近崩溃。她战战兢兢地说完这句话，就紧紧抱住身旁张欣的胳膊，声音里已经带了哭腔。

这想法实在有些幼稚，可没人出声反驳，如果……她说的是真的呢？

韩逸深吸一口气，开始梳理整件事："那人能提前在营区下毒，说明他知道我们一定会去营区。可我们当天的计划是篝火晚会后就下山，结果意外遇上那群发狂的白鹭，让我们慌不择路，只能逃到营区。"他扭头看了一眼冯晨，问："这山上的白鹭一向这么危险吗？"

冯晨困惑地摇了摇头，说："我带队一年来，从来没见过这种规模的白鹭，而且白鹭一般也不会随便攻击人，除非是受了惊吓。可这么大群白鹭，是怎么跑到我们那边去的？"

莫晓妍脑子里突然有亮光一闪：发狂的白鹭，发狂的野狗，都是一大群一拥而上，这是巧合吗？还是……这件事其实是针对自己所为？这想法令她不寒而栗，那个人到底有多大的本事，竟然能追到这深山里，甚至不惜拖这么多人下水。

就在她惊疑不定之时，韩逸已经做出决定。他站起身看了看眼前的密林，说："不能再往里走了，这山里的地形很复杂，如果在里面迷了路，到时救援的队伍来了，也会找不到我们。我们回到营区去，就算有人躲在暗处想害我们，在营区也比这山里安全。"他顿了一下，又问："冯晨，那些食物你们带上了没？给我看看。"

冯晨连忙点着头，从一个大包里拿出一些饼干和水，一边递给他一边说："大家都不敢吃，但是又舍不得就这么丢在那里，就先带着了。"他说完又舔了舔嘴唇。一群人路上只喝了点溪水，现在都饿得够呛，但是谁也不敢冒险去吃那些压缩饼干。

韩逸拿出那些饼干，对着阳光一一照过，没有发现任何动过手脚的痕迹。他想了想，又掰了些饼干放在高处的树叶上，一直等到有小鸟飞过来啄着吃了又飞走，才放心地分给大家。

吃完饭就开始动身回营区，大家谁也不想回到那具尸体身边，可韩逸说得对，如果晚上在深山迷了路，只怕是更加危险。于是一群人又走回了营区，围坐在一起惴惴不安地等待着，可一直等到日落西山，也没有等到救援人员出现。想到要在这又冷又危险的山上再待一夜，几个女孩都吓得瑟瑟发抖，不断发出啜泣声。

韩逸被这哭声弄得有些烦躁，可他必须冷静判断：现场一共有九个人，除了腿已经瘸了的冯晨，加上他还剩两个男人，还有张欣、莫晓妍和几个已经吓得六神无主的女孩。可对方有多少人，有没有武器，他们一无所知。

最后他做出决定，每两个人分为一组值守，每组值守两个小时，其他人在营帐里休息，好好保存体力。他正要继续安排每组的人员，卓云彤就主动提出要和莫晓妍分到一组。

其他人自然知道她心里打的主意，她生怕莫晓妍会和韩逸一组，所以干脆先下手为强。韩逸只是朝莫晓妍淡淡地看了一眼，见她点了点头，也就这么安排下来。

莫晓妍和卓云彤的守夜时间安排在十二点过后，风吹着面前的火苗胡乱窜动，远处暗影重重，两人坐在火堆前相对无言。莫晓妍在认真想着这两天发生的所有事，她总觉得有些事不太对劲。卓云彤的脸被火光照得半明半暗，就在这时，营帐里突然传出一声尖叫……

02

寂静的夜晚，突如其来的尖叫声惊醒了树梢上沉睡的鸟儿，它们惊恐地扑棱着翅膀，在林间乱飞。

传出声音的是张琳她们的帐篷，卓云彤飞快地站起身朝那边跑去，莫晓妍却没有动，她站在原地，默默地看了看几个帐篷间的动静，然后才跟着跑了过去。

张琳和张欣还有另外两个女孩睡在一顶帐篷里，韩逸、林牧、冯晨则睡在隔壁的帐篷里，两顶帐篷挨得很近，方便随时照应。因此当张琳刚刚喊出声，韩逸就第一个冲了出去，后面是林牧，冯晨因为腿脚不便落在了最后。韩逸到了门口，一把掀开帐篷，就看见张琳正缩在张欣怀里不停地流泪，颤抖着大叫：“有人！有人进来了！”

韩逸沉着脸蹲下来，问：“怎么回事？”

张欣一边拍着张琳的后背，一边惊魂未定地说：“刚才……有个黑影……在张琳身边，我们都睡熟了，也不知道他是怎么进来的，幸好张琳惊醒了大声叫人，那个黑影就很快跑出去了。”

韩逸握紧了拳头没有说话，其他人也陷入沉默，帐篷里只听得见张琳的哭声和紧张的喘气声。每个人心里都清楚：真的有人藏在这里，而且能够神不知鬼不觉地溜进帐篷，如果张琳没有被惊醒，她会不会就是下一个受害者。

“要不……”最先开口的是冯晨，他犹豫地说，“要不我们还是走吧，看能不能找到其他路下山。”

“没错……”林牧也迫不及待地表示赞同，他扶了扶眼镜，白着脸说，“这里太危险了，留在这里就是坐以待毙。”

帐篷里原本的几人更是被刚才的入侵者吓得魂不附体，何况外面还有一具尸体，于是也纷纷表示想要离开。韩逸却突然抬头看了一眼站在门外的莫晓妍，问："你觉得呢？"

莫晓妍低头沉默了一会儿，说："我觉得不能走。现在这么晚了，再往山里走更加危险。而且……那个人溜进来却什么都没做，也许他只是想故意造成恐慌，逼我们离开这里。"

韩逸盯着她看了会儿，说："没错，先留在这里。我今天晚上不睡了，就守在你们帐篷门口，再加上前面守夜的人，应该会很安全。"

"韩总！"这次出声的是卓云彤，她看起来有些焦躁，指着莫晓妍问，"你是不是太偏心了点？我们这么多人都决定要走，凭什么要听她的？"

韩逸瞥了她一眼，径直走到门口，说："因为她说得没错。那个人既然逃走，就说明他根本没把握对付我们这么多人。如果贸然离开营区，才是真的会把我们都置于危险中。"他转过头又冷冷地抛下一句："如果有人要走，我也不会拦他，只是后果……自己负责。"

众人原本都有些怨气，听到这句话却是彻底没了脾气，从这里走出去就是深不见底的山谷和树丛，谁也不敢第一个冒险闯进去。而韩逸仿佛有着天生的领袖气质，大家宁愿跟着他的步伐进退，也好过自己面对未知的险境。

于是众人只得各自回到帐篷，只是这觉怕是睡不着了。眼看卓云彤还是满脸不服气地站在原地，莫晓妍轻轻拉了下她的袖子，说："走吧，我们还要值夜呢。"

卓云彤气鼓鼓地白了她一眼，不过总算找到个台阶下，于是昂着头扭着腰从她身边走过，又恢复了曾经的骄傲模样。莫晓妍笑着摇了摇头，走过韩逸身边时，她犹豫了一下，看了看卓云彤独自一人朝前走的背影，终于还是压下心里要说的话，快步跟了上去。

卓云彤气鼓鼓地走到火堆旁坐下，感觉身边有人跟了过来，忍不住轻哼着说："果然是人不可貌相，看不出你还挺厉害。"

莫晓妍随手捡了根树枝把火挑旺，叹了口气，说："我和韩总不是你想的那样。"

"是也好，不是也好。"卓云彤回头朝她扬了扬下巴，十分自信地宣战，"他是我盯上的人，我不会轻易认输。就算是，我也一样能赢回来。"

莫晓妍无奈地笑了笑，突然目光一凛，盯着卓云彤用极低的声音说："别动！"

卓云彤被她的表情吓到，身子顿时一僵。

莫晓妍死死地盯住她的身后，然后飞快地把她往旁边一扯，右手的树枝往原处猛地一挑，竟挑起一条全身细长、五彩斑斓的毒蛇，再"啪"地扔进火堆里。

卓云彤这时才敢扭头，看见那在火光中不断挣扎扭动的滑腻身子，感到又恐惧又恶心，忍不住要惊声尖叫起来。莫晓妍却捂住她的嘴巴，做了个"嘘"的动作，轻声说："没事了，别又吓着他们。"

卓云彤瞪大了眼，胸口剧烈起伏，刚才那条毒蛇就在离自己不到一米远的地方，如果不是莫晓妍反应快，只怕很快就会咬上她的脚踝。

刚刚缓过气来，她突然瞥见自己脚边又有一条细长的东西，吓得又跑到莫晓妍身边，把头埋进她的胸口，抱着她小声叫着："那边！那边还有一条！"

莫晓妍连忙紧张地朝那边看去，随后又松了口气，笑着说："没有了，那就是一根树枝！"

卓云彤怯怯地回头看了看，果然那"蛇"就躺在那里一动不动，紧绷的神经终于稍稍松懈下来，却还是抱着莫晓妍的脖子不撒手，眼泪止不住地往外涌。

这两天流落在荒郊野外，又是遇袭，又是死人，其实她早就不堪重负，只是她一向要强，因为怕丢人才忍住没有表露出来。也许是差点被蛇咬的事实终于点燃她内心的脆弱，她也顾不得面前是谁，索性靠在她肩上放声大哭。哭着哭着，她突然想起来这是韩逸的衣服，于是哭得更凶——

这趟上山真是倒霉，怎么就没一件好事呢！

莫晓妍被她弄蒙了，也不知道这种场面应该如何应对，只有轻轻拍着她的背柔声安抚着："没事了，没事了。"卓云彤哭了很久，又发泄似的把眼泪鼻涕都擦在莫晓妍的肩膀上，然后才把她推开，又扭头理了理被弄乱的头发，瓮着声音说："不许告诉别人，不然你就死定了。"

莫晓妍连忙伸手发誓："我发誓不告诉别人。"她低头犹豫了一会儿，又小心地说："卓姐，其实你可以不用把自己逼这么狠的。"

卓云彤红肿的眼睛狠狠地瞪着她，说："你懂什么！商业社会，人人都是捧高踩低，你必须比他们强，随时维持最好的姿态，他们才会看得起你，你也才能争取到最好的资源。所以要爬就必须爬到最高，没人会同情弱者。"

莫晓妍听得似懂非懂，突然又对卓云彤有些心疼，她一定也经历了很多才能走到今天这步吧，想不到这样高傲的人，也会有在背地里偷偷痛哭的时候。于是莫晓妍轻轻靠上了卓云彤的肩，笑着说："我是真的不懂，能多教教我吗？"

卓云彤对肩上传来的温度有些意外，却没有把她推开，只是低头剜了她一眼："谁要教你，别忘了，你还是我的情敌呢。"

莫晓妍笑得有些死皮赖脸，说："可你说了公是公，私是私，我是真的很崇拜你，很想向你学习呢。"

卓云彤轻哼一声，随后又勾起嘴角，戳了戳莫晓妍的胸口，说："想跟我学，只怕你没资格……"

莫晓妍脸上一红，羡慕地看着卓云彤凹凸有致的身形，又咽了口口水，说："真的好想知道，要怎么才能变成你这样的好身材啊。"卓云彤得意地一笑，凑过去在她耳边轻轻说了一句话……

无论如何，这令所有人提心吊胆的一夜都总算过去，晨光渐渐点亮山谷，有些人走到营帐外活动着筋骨，有些人终于放心睡去。莫晓妍却走到韩逸身边，小声问："你觉不觉得，这次的事有些不对劲？"

　　韩逸一夜未眠，原本有些疲惫，听见她这句话却陡然精神起来，问道："你也发觉了？"

　　莫晓妍点了点头，说："昨天张琳出事以后，我一直盯着营帐周围，没有看到什么人影跑出来。营帐后面就是山峰，根本没有出路，那个人是怎么逃走的？"

　　韩逸的表情十分凝重，折了根树枝在地上简单画出了营区的地形图。他在他们的帐篷前后打了两个叉，示意无法通行，说："既然前后都走不了，他能去的地方只有这两顶帐篷。要不就是还留在张琳她们的帐篷里，要不就是从中间溜进了我们的帐篷，所以这个人……只会在我们中间！"

　　莫晓妍沉默了一会儿，又盯着他说："所以……你觉得周一凡的死，到底是意外，还是有人刻意为之？"

03

　　日头越升越高，灼热的光线从树叶间隙射进来，显得有些刺眼。韩逸眯起眼看着站在帐篷外的几个人：正在做拉伸的张欣、打着哈欠走出来的林牧、靠在帐门口叹气的冯晨，还有里面睡着的那几个人……到底是谁有问题？

　　这时，莫晓妍又问道："昨天你睡着以后，有没有听到什么不对劲的声音？"

　　韩逸垂眸想了想，他昨天睡得很沉，直到被张琳那一声尖叫惊醒，也许是有些太沉了点，但是……

　　"我醒了以后第一时间看了那两个人睡的位置，床上应该是有人的，后来我冲出去后，他们也跟着出来，按说不会有问题。"

　　"但是，也可能是有人用了某种诡计让你以为没问题。"莫晓妍喃喃说着，"我觉得我们应该先弄明白周一凡的死因。如果他的死不是意外，那只可能是同一个人做的！"

　　韩逸顺着她的思路思索了一会儿，觉得这确实是条最为清晰简单的道路。他们之前一直以为周一凡的死是意外，所以把所有的注意力都集中在了营区的食物上，而在他们到来之前，任何人都可能在食物上做手脚。可如果是只针对周一凡一人的计划……他猛地抬头，说："背包！周一凡的背包里可能有线索。"

两人打定主意后立即去找了林牧，作为团队里唯一腿脚利索的男性，林牧负责携带所有物品。他二话不说拎了个登山包过来，说："就在这里，我们后来打开过，里面只有一些他的私人物品，但是没吃的。"

包里的东西并没有什么特别的，指南针、墨镜、手电、瑞士刀，看得出是一个户外爱好者的基本装备。韩逸却飞快地在记忆里搜寻着什么，然后眼神一凝，说："里面少了样东西。"

"少了东西？"林牧大叫，"这不可能，没人动过里面的东西。再说，谁会惦记偷一个死人的东西。"

没错，谁会惦记一个死人的东西，除非那个人想湮灭某样证据。

与此同时，在帐篷门外，冯晨百无聊赖地靠在树干上发呆，看着林牧走了出来，他就笑着迎上去问："怎么了？看你们这一大早跑来跑去的。"

林牧抓了抓头，朝里面瞥了眼，说："谁知道呢？古古怪怪的，说是要出去找什么东西，还让我别和你们说。"说完他才意识到有些不妥，连忙放低声音说："你可别告诉他们，我和你说了啊。"

冯晨耸肩笑了笑，余光看见里面的两个人走了出来，转身准备离开。莫晓妍突然热情地冲上来抓住他的手腕问："你的伤好些没？"

冯晨吓了一跳，猛地甩开她的手，然后才反应过来，尴尬地摸了摸头，说："没事……没事了，估计过几天就好全了。"

莫晓妍笑容未减，身后韩逸的眸光却如寒星，两人离开了营区，开始往丛林中走，直到中午才回来。

被困在这里三天两夜的人明显开始焦躁不安起来，压缩饼干已经吃光了，救援的人为什么还没来，他们是被抛弃在这荒山野岭里了吗！

正当众人开始叽叽喳喳地议论着、咒骂着时，失踪了一上午的韩逸和莫晓妍终于回来了，那个一向碎嘴的八卦女忍不住斜瞥一眼，又冲着坐在自己对面的卓云彤说："啧啧，都什么时候了，还顾着卿卿我我，要我说这新人可真是扮猪吃老虎，就是这大白天的也不觉得臊得慌。"

谁知卓云彤却眼角一挑，提高了声音说："看不惯你也可以去啊。"

她脸上挂起一抹笑容，指着站在不远处的冯晨和林牧说："那边两个随便你挑，只要……"眼神又朝她身上勾了勾，撇嘴道："人家看得上你。"

"你！"八卦女本意是顺便刺激下卓云彤，说不定还能挑拨场好戏出来，谁知被她一句话噎了回来，顿时涨得满脸通红。

幸好这时韩逸已经走到他们身边，沉声说："你们和我一起进来，我有话要说。"

他神情严肃，声音里带了不容置喙的威严，众人都有些被震慑住，连忙起身跟着他朝帐篷里走去。刚一进门，林牧就愣了愣，问："冯晨还在睡觉吗？"话音刚落，冯晨便走了进来，问："什么？"他的眼神往自己的睡袋那里一扫，只见里面鼓鼓囊囊，好像正睡了一个人，脸色顿时变得有些难看。

韩逸的目光冷冷地落在他脸上，然后又朝四周扫了扫，一字一句说："现在，我想告诉大家一件事，周一凡的死并不是意外，他是被人故意谋杀的！"

这话如同平地惊雷，震得所有人心头一颤，四周不断响起惊呼声。张欣最先反应过来，摇着头说："不可能啊，进营区前后他只和我们一起拿过东西吃，东西也是随便拿的，凶手怎么做到单独给他下毒的？"

"因为那毒并不是下在食物里，所以我们后来吃的饼干全是安全的。凶手只是利用了他的一个习惯，让你们都吃了一样的食物，却能保证只有他会中毒。"他摊开手心，里面摆着一个小小的白色固体，继续解释："周一凡是资深户外探险爱好者，这类人通常会有独特的癖好，而我们在上山时，他曾经亲口对我说，他习惯随身携带盐块添加在饮用水里，这样才能保证最快地恢复体力。所以凶手只需要把毒下到盐块里，就能保证只有他一人中毒。而能做到这一点的，只有我们中间的人。"他的目光在每个人身上绕了一圈，最后直直地盯在冯晨身上。

冯晨惊恐地瞪大了眼慢慢退后，满脸的不可置信。

韩逸挑起嘴角，朝他步步逼近，说道："虽然你把盐块都扔掉了，可我们还是捡到了你漏掉的这块。"

冯晨这时总算恢复了些理智，脸上勉强挂起一抹笑容，说："韩总开什么玩笑，你说我杀了周一凡？我根本就不认识他，为什么要杀他？"

韩逸挑了挑眉，说："这一点我倒也很想知道。可只要周一凡是被人刻意布局谋杀的，那么现场能设下这个局的，就只有你一个人。"

冯晨的喉结滚了滚，整个人变得不自在起来。众人中有反应快的也很快想明白了这点，拓展部的所有员工，除了卓云彤，都是在上山时才知道周一凡会来，而另一个能提前得知所有名单的，只有旅行社的员工冯晨。

"可当那个黑影袭击张琳的时候，卓姐就在我身边，所以她一定不是凶手。"莫晓妍轻声补充着。

"但是……"林牧疑惑地开口道，"张琳被袭击的时候，我冲出去之前，冯晨明明还在里面睡觉啊。"他扭头看了那个鼓鼓的睡袋一眼，突然间明白了过来。

"那是因为，"韩逸走到两顶帐篷的接连处说，"张琳出事之前，冯晨早就离开了我们的帐篷，他只是在暗处用了这个障眼法，让我们都以为他还在。当他从张琳的帐篷逃离时，其实就藏在这两顶帐篷中间，等我们都跑过去以后，再进我们的帐篷把睡袋的伪装解除，然后假装刚睡醒从帐篷里跑出去。那时我们都急着去张琳那里，不会太留意自己帐篷里的动静，他腿脚不便，就算落在最后，也不会有人怀疑他。"

冯晨低下头，把脸埋在阴影里，突然笑了出来："韩总，这些到底只是你的推测，你有什么证据证明是我做的？"

韩逸把手里的盐块递到他面前，说："如果周一凡是被人有预谋地害死的，只有你一个人具备所有的作案条件。如果你不承认，那也很简单，你把这盐块吃下去就行。"

冯晨盯着眼前的盐块，喉结不断滚动，额上渐渐沁出细汗来。韩逸的脸慢慢阴沉了下来，侧过身封住了他的出路，硬声逼问："还有，我们在这山上等了三天，为什么一直没有人来救援？是不是你根本没通知救援人员，而是谎报了消息。你装神弄鬼，故意把我们逼进深山里，到底想做什么？！"

冯晨内心终于完全崩溃，他一把打掉韩逸手上的盐块，歇斯底里地退后着说："没错！是我做的，全是我做的！那个周一凡，收了奸商的贿赂，让劣质的建筑材料通过审批，结果楼还没建好就塌了，我姐姐一家刚好路过那里，全家都被砸死了！最后呢，奸商只是赔了一笔钱了事，周一凡仗着有关系，对外说是革职审查，其实过了风头就调到了其他部门继续逍遥。"他抹了把脸上的泪继续吼着："我姐姐还不到三十岁，我外甥才刚四岁啊！就这么没了！没了！这次他既然落到我手上，我一定不会放过他，我要让他给我姐姐一家偿命！"

韩逸眼里闪过一丝同情，但还是上前一步紧紧拧住他的胳膊，一把将他按倒在地上，声音饱含威胁："你现在已经没戏唱了，最好乖乖把我们带下山，不然我不会饶了你。"

冯晨的脸贴在地上，看着四周投来的愤怒目光，突然疯狂地大笑起来："你们出不去的，你们所有人都出不去的！只有死！只有死！"他又指着莫晓妍狞笑着说："尤其是你……你这个……"

话音未落，韩逸已经用一记手刀飞快切在他脖子上，冯晨的身子软软地瘫倒下来，把后面那句话咽在了喉中。

莫晓妍脸色惨白，她知道他后面要说什么，早上她故意伸手去摸他的手腕，就是想试探他，而他却很不自然地躲开了。冯晨知道她的能力，他背后还有人在帮他！

那个人，是谁？！

当冯晨再度醒来后，发现自己被绑得结结实实，身边坐着个高大的人影，正把玩着手里的瑞士军刀，带着寒意的刀光上下忽闪着，发出令人心惊的"叮叮"声。

韩逸见他那边有了动静，终于停止了手里的动作，又"噌"地打开刀刃，转过身朝他看过来。韩逸的目光里并没有太多情绪，只是微微一瞥，便让冯晨的心猛地一跳，不自觉想要往后缩起身子。

韩逸慢慢走到他身边，用刀锋轻轻在他腿上比画着，嗓音阴沉："既然你这里已经少了块肉，再多少几块，应该也没关系吧。"

冯晨恐惧地看着那刀尖在他腿上慢慢滑动，很想表现得硬气点，说出的话却还是带了颤音："你……你想怎么样？"

韩逸薄唇微抿，说："如果不想身上多几个窟窿，有关那个女孩的事，你最好全忘了，一个字也不准说。"

冯晨想了想才明白他的意思，脸上露出不屑的神色，说道："你以为你护得了她多久？那种怪物，迟早会被人发现。哼，这次如果不是她……"他话音未落，脸上就被韩逸手上的军刀狠狠扇了一下，刀刃迅速带出一道血痕。

冯晨惊恐地看着眼前这人眸中流露出的杀意，十分识趣地闭了嘴，然后心不甘情不愿地别过头去，说："放心，我一个字也不会说。"

韩逸终于满意地把刀尖移开，随后又轻蔑地笑了笑，说："你真的以为那盐块是我们在山里找到的？那不过是我们随便找的一块替代品，想唬你说出真话。你太害怕她看穿你做的事，所以连试都不敢试一下。"

冯晨的脸顿时涨得青一阵、白一阵，看起来十分精彩。这时韩逸又说："接下来，把你们的计划告诉我，那个人是谁？他和你合作是为了什么？"

　　冯晨把头一偏，说："不知道！"感觉那冰冷的刀刃又滑上了裤管，在他的伤口处慢慢施力，他好不容易攒起的那点硬气又消失无踪，只有咽了口口水，说："我真不知道他是谁。从头到尾都是他联系我，他说周一凡要上山，有个机会可以帮我报仇，他可以给我制造机会，其他的要我自己来做。条件就是让我想尽办法把你们引到深山里去，越深越好。"

　　看见韩逸眼里浓浓的怀疑神情，他又提高了声音："真的！我如果提前知道白鹭的事，怎么还会被弄伤？他说只要救援队找不到我们，他就有办法让你们下不了山。"

　　韩逸的眸色渐深，如果冯晨说的都是真的，这个人必定是个十分难对付的角色！他如果真是为了莫晓妍而来，那就意味着她可能面临极大的危险。他们必须尽快回去，在山里他没把握保护她周全，而且他总有种预感，那个人在这山里才能有绝对的控制权，所以才会让冯晨想尽办法把他们往深山里引。

　　他的语气变得有些急躁："告诉我，这边最近的下山路在哪里？你一定知道！"

　　冯晨怯怯一笑，说："确实是有一条，不过……我不保证那里会发生什么！"

　　"少废话！"韩逸一把拉住他身上的绳子，把他拎了起来，说，"天黑前你最好带我们找到，如果还玩什么花样，你应该知道会有什么下场。"

　　此刻，已经饱受惊吓的一群人正坐在帐篷外，一见韩逸出来，都充满希望地围了过去。韩逸简单地对其他人交代了几句，又说："他会带我们找路下山，大家记得小心点。"然后，在经过莫晓妍身边时，他对她轻声说了一句："跟紧我。"

　　于是一群人再度走在崎岖的山路上，想到很快就能下山回家，几天的疲惫一扫而空，都觉得精神十足。冯晨被韩逸紧紧钳制着，低头走在最前面，他假装东张西望地找着路，终于在一处树丛里看见一个黑影，然后悄悄勾起嘴角，露出一抹意味深长的笑容。

大概走了一个小时，他们终于看见下山的石阶，有按捺不住内心兴奋的人已经冲到前面，迫不及待地想离开这鬼地方。韩逸还没来得及喊出口让他们小心，就听见冲在最前面的林牧发出一声尖叫，然后转身一边踉跄地朝后跑，一边大喊着："蛇……有蛇！"

韩逸脸色骤变，只见无数条小蛇盘踞在石阶上，青灰色、乳白色、花白色的滑腻身子纠缠着、蠕动着，又朝这边吐着芯子，发出"嘶嘶"的声音。这一幕看得所有人头皮发麻，他们再也不敢轻易迈步。

回家的路就在眼前，可谁也不敢往前走，气氛顿时又变得低沉起来，人群中开始发出绝望的哭泣声。唯有冯晨看起来最为轻松，一脸"早知如此"的淡然。林牧斜过眼狠狠地瞪他，又觉得不解气，索性走过去猛踹一脚。冯晨的脸摔在地上，疼得扭曲起来，却只是无所谓地说："这可不能怪我，我早提醒过你们，路是有，可我不保证能够走出去。"

韩逸沉眸看着眼前的山路和蛇群，心中也是万分不甘。这时，莫晓妍轻轻拉了拉他的衣袖，说："先走吧，离开这里再说。"她自小生活在山村，知道这里很多蛇都是剧毒无比，如果它们被惊动发起攻击，局面会更难以控制。

韩逸点了点头，转身刚走了几步，突然听见树林里传来一声极为尖锐的口哨声。很快，那群原本还慵懒地缠绕在一起的蛇群，突然整齐划一地竖起头来，快速朝这边游动过来。

蛇皮摩擦落叶，不断发出窸窣的响声，好像有一把巨大的钩子把所有人的心扯住。韩逸一把抓住莫晓妍的手，对其他人大声喊着："不要乱，快撤回营地去！"

话音未落，那团蛇已经飞快地蠕动过来，血红的芯子几乎就在眼前摆动，所有人都被吓得仓皇逃窜，生怕晚一步就会被那芯子缠上。

莫晓妍跑了几步，突然想起来还倒在地上的冯晨，她猛地回过头去，看见树林里窜出一个黑影，背起冯晨就往里走。而那群蛇竟然自动绕过两人，径直朝他们攻击过来。

她顿时觉得全身上下凉了下来，脚下一软差点摔到地上，幸好韩逸的手很快撑住了她，又拉着她继续往前跑。见她脸上的表情不对劲，他忙低声问道："怎么了？"

莫晓妍只觉得眼前一片模糊，什么都听不清了，只是被手上的力量支撑着往前迈着步。刚才那个身影她再熟悉不过，那个人和她从小玩到大，是她曾经笃信绝不会伤害她的人。

她一直没忘记，村主任有两个儿子，大儿子是肖军，小儿子……名叫肖阳。

她曾经间接害死过肖阳的亲哥哥，这就是她始终不敢像小时候那样和他亲近的原因。可在她人生最黑暗的那段日子，是肖阳宁愿对抗所有人也努力把她救出来，而现在，他要亲手把她再拉回地狱吗？

莫晓妍觉得脑子很乱，小时候的肖阳、在那间黑屋外的肖阳、在 G 市陪着她说笑的肖阳……乱七八糟的场面搅在一起，令她脑袋生疼。直到听见韩逸在她耳边大声叫她，她才愣愣地抬头，发现他们终于躲开了那群蛇的攻击，只是所有人都脸色惨白，陷入崩溃的边缘。

韩逸把她拉到人群稍远处，急切地问道："你到底怎么了？！"

莫晓妍抬起头，眼神已经是一片澄明，只是说着："我想回去，你们回营区等着。"

韩逸脸色一变，忍不住脱口道："你疯了吗？"

莫晓妍却坚定地摇了摇头，说："那个人的目标是我，我很肯定。只要我回去，你们就是安全的。你必须赶快带他们离开，不然他们会受不了！"

她指着那边那群快崩溃的人，声音已经有些颤抖，虽然大家只是并不算亲密的同事，可她不希望任何人因为自己出事，如果这一切真的是因她而起，那么只能由她自己来了结！

可韩逸一把抓住她的手，盯着她用不容反驳的语气说："要走一起走！"然后他又放软了声音，说："这不怪你，你不用自责。"

莫晓妍听得心中一酸，终于放声大哭起来。她从昨天起就一直陷在可能会害死大家的自责中，直到今天看到肖阳背影的那一刻，仿佛心中所有的弦都断了，藏在心底的梦魇张牙舞爪地朝她扑来，令她几乎无法招架。然而韩逸仿佛了解她所有的一切，伸手摸着她的头发安抚她，又柔声说："你听着，我们一定能从这里出去！是我们所有人！你回去后还要升职加薪，还要给你妈妈买房子，怎么能就这么留在这里。"他顿了一下，又补充了一句："等你的升职函下来，我请你吃饭，给你点很多的肉，让你吃到饱为止。"

莫晓妍终于笑了出来，她一边抹着泪一边说："好！还是去上次那家，那家的红烧肉特别好吃，我想了好久。"

韩逸丢给她一个嘲笑她没出息的眼神，然后松了口气。这才是他所熟悉的莫晓妍，如果能让她永远保持这样的笑容，他不介意让她一直免费吃肉。

两人回到人群中，决定趁天没黑继续往营区走，现在只有待在那里才能保证安全。可他们刚走了没几步，前方的树林里突然传来沙沙的声音，所有人都紧张地攥起了手。如果再有什么变故，谁也没力气去应对了。

韩逸握紧了手里的刀，正准备先一步上前，突然被莫晓妍扯住了手。前面的树叶终于被分开，几个穿着军绿色制服的男人从里面走出来，一看见他们就松了口气，笑着说："终于找到你们了！"

在所有人都觉得山穷水尽的时候，他们终于等来了救援队。

几个人下山就报了警，但是冯晨一直没有被抓到，很多疑点也随他一起消失无踪。

可莫晓妍知道，一切并没有过去……

冯晨到底被带去了哪里？肖阳为什么会出现在那里？他会是背后操纵这一切的那个人吗？太多的问题堵在她胸口，她曾经给肖阳打过电话想要问清楚，可是都被拒接。她打电话到警局，对方却说他请了半个月的假，一直还没回去上班。

04

过了几天，终于有好消息传来，莫晓妍在年中考核中取得了非常好的分数，又有经理张欣举荐，被正式提升为为拓展专员，工资提升50%。

期盼已久的升职，让莫晓妍很是兴奋了一阵，她来越星才大半年，算是升职最快的员工之一，这让她感到满足感爆棚。可这欣喜中，终是藏了些阴霾。如果是在以前，她一定会第一时间打电话给肖阳报喜，可现在呢？

站在拐角处，听着那个反复说着"您所拨打的电话暂时无人接听"的冰冷女声，莫晓妍垂眸摁断了电话，内心一片冰凉。

她突然想起一件事，可又不敢确信，内心挣扎了一番，终于鼓起勇气去了二十八楼，敲开了韩逸的办公室门。

韩逸正埋头在一堆文件中，见她进来，也只是抬头淡淡地瞥了她一眼。莫晓妍背着手，忐忑地在他办公桌前转了会儿，这才脸上带着笑容说："韩总，我升职了。"

韩逸头也没抬地"嗯"了一声，然后淡淡地说了句："恭喜你！"

莫晓妍失望地抿了抿嘴，正准备转身离开，突然听见韩逸又说："我今天很忙，晚上抽不出时间，你明天有空吗？"

莫晓妍的心跳得有些快，脱口而出："有的！"随后又暗自懊恼，干吗答得这么快，显得多迫不及待似的。

韩逸抬起头，看着她脸上的表情变来变去，忍不住笑了起来，说："那好，明天下午我有点事要出去，晚上七点，我在上次那家餐厅等你。"

莫晓妍低头故作淡定地"嗯"了一声，努力掩住自己想往上翘的嘴角，飞快地从他办公室离开。一直到了电梯间，她才感觉自己的心脏"扑通扑通"跳得厉害，一边轻轻拍打着胸口，一边告诉自己："这不是约会，这不是约会。这是上司对下属员工的激励，毕竟是他在山里承诺过我的。"

她这么想着，心跳才终于缓和了点。可偏偏就在这时，身后又响起一个低沉的声音："你在念叨些什么？"

莫晓妍吓了一跳，还以为自己出现了幻听，回头发现韩逸正站在她身后，顿时结结巴巴地问："你……你怎么也出来了？"

"我临时有事要出去，本来想和你一起走，谁知道你跑得那么快！"

这就实在有点尴尬了，幸好这时电梯已经到了，莫晓妍敷衍地笑了笑，装作什么事都没发生，低着头冲了进去。韩逸跟在她后面，看着她几乎要把自己贴在墙壁上，忍不住笑了起来，语气里带了调侃问："你到底在紧张什么？"

不知道为什么，听到他这种熟悉的语气，莫晓妍反而放松了下来：是啊，她有什么好紧张的，不就是吃顿饭嘛，在山洞都单独过了夜呢……咳咳，她到底在胡思乱想些什么。

莫晓妍终于顺了气，抬起头，却看见他的脸就在自己眼前，那深邃的眼里闪动着笑意。他笑起来实在是很帅啊，她心跳忍不住又快了几拍，嘴上却说着："哪有？我哪有紧张，韩总你看错了！"

就在这时，电梯突然一震，两个人瞪大了眼，同时说了一句："不会吧！"

不会这么倒霉吧，曾经的电梯阴影再次出现。尤其是韩逸，毕竟被吐一身，这实在是太难得的人生经验了，谁也不可能轻易忘记。

可现实就是这么残酷，电梯晃动了两下，就这么停止了运行。莫晓妍紧张地靠在电梯壁上，双手死死攥紧栏杆，默默祈祷着灯不要灭。可下一刻，灯还是全暗了，大片的浓黑席卷而来。她努力克制着心中的那个恶魔，却还是忍不住轻轻地颤抖了起来。

这时，一双大手把她的手紧紧握住，他的声音在这黑暗里显得无比轻柔："你试着去看，我十六岁时的圣诞节，在 LA。"

"不行！"莫晓妍拼命摇头，"那个人会阻止我！"

她很怕看见他，尤其是在这种时候，她一定会崩溃。

"试试看！我觉得他不会时刻都在，他只是想阻止你看到某些关键的内容，这段记忆……他不会阻止。而且我会尽量帮你！"

他的嗓音低沉而坚定，具有某种使人稳定的力量，于是莫晓妍努力让自己凝起心神，从眼前的黑暗里抽离出来，然后就看见了一幅画面。

窗外是大雪皑皑，入目一片银装素裹。而屋内散发着浓浓的暖意，壁炉里炭火暖意融融，屋顶暖黄色的圆形小灯把几个人的影子投在厚厚的地毯上，旁边摆着小圆桌，上面摆着许多精致的甜点。

屋里坐着两个穿着朴素的老人，还有一个披着淡蓝色披肩的中年女子，他们正含笑围坐在壁炉边，手上拿的热茶不断升起轻柔的白雾。

而在他们中间，有个美丽的女孩，十四五岁的年纪，穿着大红色的缎面舞裙，乌发高高绾起，露出天鹅般优美的脖颈。她赤着足，嘴角噙着笑，在地上翩翩起舞。她闭着眼，四肢舒展，舞姿优美，连窗外的雪花都在配合她的节奏，一起轻轻地旋转着、舞动着……

轻柔的白、温暖的黄、飞扬的红……所有的一切交融起来，好似一个美得让人不愿醒来的梦。

莫晓妍的呼吸渐渐平顺下来，她沉浸在这个有家人、有欢乐的温暖美梦里，身体放松下来，几乎是毫无意识地靠上一个温暖的胸膛，双目紧紧闭着，却有泪痕在脸颊上滑过。

韩逸轻轻按了按她的肩，发现她的身体已经不再僵硬，脸上的表情也不再恐惧，看起来似乎是沉沉睡去，终于长长地松了口气，幸好她能看到，幸好……

那是他唯一美好的记忆，他甘愿在这黑暗里与她分享，希望为她驱散长久缠绕的梦魇。

两人在黑暗里紧紧偎依，连心跳频率都一致。莫晓妍一直闭着眼，实在不想从那温暖的梦境中离开，直到电梯再度震了震，四周的光……亮了。

电梯外的保安队长海大兴擦了擦汗，看着恢复运行的灯亮了，终于长出了一口气。旁边的小保安一脸兴奋地说："这次咱们这么快就把问题解决了，韩总应该会满意吧？"

"都被关了几次了，满意你个头啊！"海大兴朝他丢去一个白眼，吓得小保安立即噤了声，可他自己心里也是暗自庆幸，这次这么快就恢复运行，应该不会再出什么让人胆战心惊的意外了吧。

他正如此想着，电梯门打开了，所有人都瞪大了眼，看着韩总和一个女人紧紧挨在一起，那女人神情暧昧地靠在他怀里，韩总的手还紧紧搂着她的肩，正低着头不知道在和她说些什么。

那小保安咽了口口水，问："老大……这……这是什么意思？"

海大兴黑着脸，赶紧拉着他从电梯前离开，走回到保安室，才狠狠地敲了下他的头说："让你急！让你急！谁叫你这么快弄好的。这次又捅娄子了！"

小保安摸着头一脸委屈地说："不是你说的越快越好，韩总被关在里面，还能想要关久点啊！"

海大兴长叹了口气说："你懂什么叫相对论吗？"

小保安快哭了：当个保安还得懂相对论，这年头讨口饭吃也太不容易了！

今天的拓展部里显得有些热闹，因为莫晓妍迟到了。要知道，她可是连加班到深夜都会坚持在第二天早上九点准时踏进办公室的好员工，可这一天破天荒地迟到了十分钟，实在让人忍不住猜测连连。

一连应付了几个人的询问后，莫晓妍不自在地坐回座位上捋了捋头发，她今天特地把长发放了下来，发尾时常扫到脸颊，让她不太习惯。今天是她和韩逸约好吃饭的日子，早上迟到是因为足足花了半个小时选衣服，最后还是怕显得太过刻意，只穿了一件日常的套装。

时间一分一秒地过去，莫晓妍的心里好像有猫爪在不停地挠动。四点钟时，她收到了韩逸的一条短信，短信里特地发送来那家名叫"锦壹"的餐厅的地址，还附加了一句："需要派司机去接你吗？"

她盯着这行字，吓得手机都差点掉了，急忙回复："不需要，我会准时到的。"然后做贼似的瞄了瞄四周,想着如果真让韩逸的司机大大咧咧地把她接走,只怕明天公司论坛又要被各种劲爆标题塞满了吧。

终于熬到下班时间,她提起包包第一个冲了出去,身后全是同事投来的惊讶目光。走到车水马龙的街上,莫晓妍正在专心研究哪条公交线路可以最快到"锦壹",突然听见手机又响了,她连忙掏出来摁下接通,正准备说她很快就会到,谁知却听到电话那头传来肖阳十分疲惫的声音:"晓晓,是我……"

傍晚,时钟指向六点四十,韩逸已经坐在"锦壹"的包厢里。他一向习惯早到,所以开完会后,就直接来到了这家餐厅。他解开袖扣,将袖子挽了几道,突然觉得自己穿得过于正式,也许应该回家换身衣服再过来。就在这时,手机响了起来,一接起,他就听见莫晓妍小心翼翼地问:"韩总,我可能要晚点到,要不然你改天再请我吧……"

"出什么事了?"韩逸分辨了下电话那头的环境,飞快地发问。

"没什么事……"莫晓妍的声音有点犹豫,"要不,我一个小时后到,可以吗?"

"好,我等你。"韩逸放下电话,却怎么也定不下心神,手指不安地在桌上轻轻叩着,然后拿起电话又拨了一个号码……

莫晓妍摁断电话,抬头看着眼前繁华的商业街,曾经她开店的那家地下商城已经被改成了超市,让她颇有些物是人非的感慨。这里是电话里肖阳定的地方,他说有些话要和她说。

其实,这几天来,她已经想明白了一件事:肖阳不会是那个要害死她的主谋。因为在她最初被那群野狗袭击时,肖阳正在和她通话,他不可能分身去控制那群狗。最重要的是,她信任肖阳,这份信任早已随着那年他拼命救她出来时的恩义,和这些年在 G 市相互陪伴扶持的情谊,深深地植入她本已写满创伤的前半生,成为其中仅有的几抹暖色。所以,她不想随意破坏这份回忆,也不愿相信肖阳会害她。

可是那天他为什么会出现在深山里,又为什么要带走冯晨,这段时间的反常又是因为什么？也许他有他的苦衷，她需要借这个机会好好问清楚。

商业街依旧人气旺盛，刚放学的学生们手里拿着小吃，笑得十分张扬。莫晓妍一边寻找着肖阳的身影，一边看着眼前走过的卿卿我我的情侣们，突然想起：那个人还在等着她吗？会等得很不耐烦吗？想着韩逸等人的样子，她不由得轻轻笑了出来。就在这时，背后突然响起一个声音："臭丫头，我终于找到你了！"

莫晓妍瞪大了眼，僵硬的战栗感从背脊慢慢扩散，全身如坠冰窖：这个声音……怎么可能！

那声音阴森又短促地笑了一声，然后有一样硬硬的东西顶上了她的腰，那是一把枪的形状的东西。那人压低声音说道："跟我走，不然你现在就得死！"

莫晓妍恐惧地攥紧了裤管，面前的人流全部模糊了，她几乎不能思考，只好被身后的人拖着往外走。直到走进一间废弃的仓库，那人才把她猛地推到地上，用黑洞洞的枪口对准她，咧开只剩几颗黄牙的嘴笑了起来："你以为你不回山水村，不联系你妈，我就找不到你了吗？我说过，迟早有一天，要亲手了结你这个祸害！"

莫晓妍的手触到冰凉的地板，刺骨的寒意终于让她暂时清醒过来。她流着泪向后退着，颤声喊出那个曾经亲手把她扔进噩梦的名字："村主任……"

05

从她有记忆以来，村主任肖五一就是个威严又不失和善的人，他喜欢穿着旧式的长衫，喜欢乐呵呵地帮助村里的每个人。她曾经和山水村的所有人一样，敬重他、仰慕他，直到有一天，他死死地按住她的背，对所有人宣布她是施了巫术的妖女，然后用最残酷的刑罚，亲手把她推入深渊。她还记得那盏不断晃动的煤油灯下，村主任那双充满憎恶的眼睛居高临下地盯着她，咬牙切齿地对她说："你这个怪物，你没资格活在世上！"

如今已经过了十年，山水村里气度不凡的村主任，已经变成一个干瘪枯瘦的老头儿，只是他双目中的恨意未减，反而越烧越旺，迫不及待要化作熊熊烈火将她吞噬。

这时，莫晓妍的手机再度响了起来，肖五一却抢了过来，冷笑一声狠狠地砸在了地上，然后挥舞着手里的枪，说："你害死我的军儿，今天就是你还债的时候！"

莫晓妍突然惊醒过来，她不再是那个十五岁的任人鱼肉的小女孩，她没有做错事。于是她抹了抹脸上的泪，挺直背脊站了起来，说："我没有害死他，是他自己作了恶，他该死！你如果杀了我，你也该死！"

肖五一从喉管中发出尖锐的笑声，目光中的憎恶却是越发明显："你这个妖女！军儿就是被你引诱，才会做错事！你还勾引阳儿，让他偷了我的钥匙把你放走，还跑这么远来帮你！这一切都是你的错，我杀你是替天行道！"

莫晓妍被他的话提醒，突然全明白过来。肖阳不会害她，可如果是为了他的父亲呢？今天他约自己去商业街，难道真的只是一个圈套？还有，肖五一手上的枪是谁的？除了肖阳，谁能弄到枪？！

这想法越深入，她的心绪就越低落，比今天自己命悬一线更让她难过的事实是，肖阳真的背叛了他们的友谊，和他的父亲站在了一起。可他是个警察，他不知道这样做的后果会是什么吗？

泪水再度模糊了她的双眼，莫晓妍忍不住往四周找寻着，语气里充满了愤怒："肖阳呢！他在哪里？"

就在她眼角扫过仓库的侧门时，突然发现那里正有规律地闪着光，而肖五一是背对着那扇门的，所以并未发觉。

莫晓妍心里突然燃起希望：有人藏在那里！他在给她发信号，那个人会是谁呢？

肖五一丝毫没留意她的心思，只是又笑了笑，说："你不用指望他来救你，今天谁也救不了你！上次在山里让你跑了，今天可绝不会有这种好事了！"

莫晓妍在心里快速地想着，那人对她发的信号到底是想表达什么，最后眼光落在肖五一手里的枪上，那人迟迟不敢动手，顾忌的也许就是这个，只要被发现动静，肖五一可能会提前对自己开枪。可是怎么能引开肖五一的注意，让他在最稳妥的情况下动手呢？

于是她垂了垂眸子，说："山里那个人果然是你！冯晨呢？他现在在哪里？"

肖五一轻哼了一声，说："那个蠢货，我给机会让他报仇，结果连一点小事都做不好，不然你早就该死在那山里，连尸体都会烂在那里，根本不会有人发现！"

他再度发出阴森又得意的笑声，莫晓妍感到一阵恶寒，忍不住厉声问道："你明知道肖军的死只是意外，你明知道他真的做过那些事！你就真的这么恨我，宁愿拖那么多人下水，甚至包括你剩下的唯一的儿子？"

肖五一听了，握枪的手抖了抖。莫晓妍逃走的第二年，城里就有警察找到了山水村，肖军在当地奸杀了一个邻居家的女孩，逃走一年后，终于被警方找到他的老家。这件事被他花了很多心思对全村人隐瞒下来，但他也终于明白，那个女孩的指控，也许是真的！

可他对莫晓妍的恨意一直没减少，因为她和别人不同，她是个怪物，这个怪物正在外面逍遥，他的儿子却死了！这念头日夜折磨着他，让他的精神一落千丈，迅速苍老下去。所有人都发现村主任变了，开始以为是因为丧子之痛，可后来发现他变得疑神疑鬼，成日里大发脾气。最终他不得不辞去了村主任的职位，因为，几乎所有的村民都开始怕他、躲避他。

这一切都是因为莫晓妍！如果不是因为她那令人作呕的能力，他还

是受人敬仰的村主任，于是他决定找到那个女孩，他必须杀掉她，不计
一切代价杀掉她！

他花了许多时间寻找莫晓妍的踪迹。她很聪明，这些年来从不和家
里联系，也不留下任何信息。可最后还是被他发现了一个秘密：有人在
帮她给家里寄钱送消息，而这个人竟然是自己的另一个儿子！

他因此更加愤怒，他亲手养大的儿子，却为了那个女人处处和自己
作对，这更坚定了他要杀掉她的决心。他顺藤摸瓜，终于找到莫晓妍所
在的城市，可他毕竟只是个陌生的外来人，开始只敢在暗处偷偷谋划，
直到这一刻……他终于有机会，亲手干掉她！

这念头让他觉得无比痛快，许多年堆积的恨意终于能有个了结，他
要看着她挣扎、痛苦、恐惧，然后慢慢在他眼前死去。可这女人看起来
并不恐惧，肖五一突然觉得有些不对，她的眼睛一直在看某个地方，表
情也变得越来越镇定自若。

这时，莫晓妍竟然微微笑了，说："很好，你承认了就好，也不枉
我布这个局来逼你认罪。你们出来吧。"她紧盯着右前方，微微侧身，
手藏在裤腿旁快速往右一摆。

藏在侧门处的那人立刻明白了她的意思，踢起一块石头砸到了肖
五一右后方。肖五一听见声响吓得全身一抖，连忙转身朝那边开了两枪，
手枪的后坐力让他猛地往后踉跄了几步。可当他终于看清那边并没有埋
伏时，左侧已经有个身影扑了出来，一脚踢飞他手里的枪，再用手肘将
他死死压在了地上。

肖五一挣扎着抬起头，看着眼前高大魁梧的男人，忍不住失控地喊
道："你！你是谁？！"

莫晓妍这时虽然松了口气，却也困惑地睁大眼，问："你是谁？"

那男子收紧肖五一的胳膊，确定他无法动弹，才吐出一口气，说：
"韩逸雇我来保护你。刚才我一路跟着你们到这里，就是在找机会动
手救你。"

莫晓妍心里一阵发热，原来他一直在暗中保护她的安全。对了，现在几点了，他还在等她吗？她连忙去捡摔在地上的手机，也不知道还能不能用。

这时被按在地上的肖五一突然勾起了嘴角，口里发出轻轻的哨声。莫晓妍捕捉到那声熟悉的哨音，身子顿时一僵，连忙抬头冲那男人大喊一声："小心！"

然而已经太迟了。莫晓妍在那一瞬间，几乎能听见由巨大的翅膀呼扇而起的风声，然后是一声尖啸，那男人还没弄明白怎么回事，手上就被狠狠地啄了一下。

他痛得捂住鲜血不断流下的手背，然后就惊恐地看见面前展开的巨大棕色羽翼、锋利的巨喙和一双包含杀气的锐目。他不由得朝后猛退两步，不可置信地喊道："老鹰！"

肖五一阴阴一笑，吐了口唾沫，慢慢从地上爬了起来，然后伸出手。那老鹰长啸一声，绷直身子站上了他的肩膀，颈上的毛高高竖起，虎视眈眈地盯着刚才还处于上风的精壮男人。

那男人被这逼视吓得退后两步，全身被汗湿透，也不知道是因为疼痛还是惊吓。他曾经接受过专业的野外训练，知道这种野生雄鹰的攻击意味着什么，于是把牙一咬，用衣服包住脸，飞快地转头朝外逃命。

肖五一依旧笑着，那笑中带了些残酷意味，他依旧轻松地吹出哨音，肩上那只鹰却没有动。男人跑了几步，突然听见前方又传来劲风，颤抖着抬起头，才发现门外的树上还站着三只鹰，此刻如同听见指令一般朝他俯冲下来，瞬间就把他身上啄出了许多血窟窿。那男人身上本来有些功夫，可对付这群猛禽毫无招架之力。风声、啸声与男人痛苦的呻吟混在一处，越来越浓重的血腥味令几只鹰越来越兴奋，双目赤红，拼命朝猎物攻击，终于，有一只鹰就要啄到那男人的眼睛……

"砰"的一声枪响自仓库中发出，子弹划破空气射入树干中，惊得几只鹰倏地飞散。肖五一回头，看着拿着枪不断发抖的莫晓妍，眯起眼狠狠咬了咬牙根。莫晓妍忍住内心的恐惧，用枪口对准肖五一大吼："放他走！"

肖五一朝那边看了一眼，又嘿嘿笑着说："你觉得，他还走得了吗？"

莫晓妍一愣，这才看向倒在地上的男人。他全身多处受伤，鲜血染满了外衣，刚才又被那几只鹰的翅膀扇到，此刻已经耗尽所有力气，歪着头昏死过去。

荒凉的仓库里，又只剩她孤身一人，面前则是无法预料的险境。莫晓妍努力让自己显得不那么惶恐，手上的汗几乎让她握不住枪柄，却一直固执地把枪口对准肖五一。

肖五一却笑得抖起了身子，惊得肩膀上的那只鹰不自在地摆了摆头。他看她的眼神仿佛在逗弄一只迟早会被撕碎的猎物，然后得意地开口："你以为就凭你这一把枪，能对付得了我手下的这几只鹰？"

他伸手轻轻抚着肩上那只老鹰的翅膀，而那本应是禽中王者的雄鹰，此刻竟温顺得如一只小鸟一般。莫晓妍惊讶得睁大了眼睛，有个念头在她脑海中一闪而过，难道……

肖五一这时扭过头，又继续说："你信不信，只要你一开枪，我身上的这只鹰就会挡住你的子弹，然后其他几只就会迅速把你撕碎，到时候，连警察都不可能查出你的死因？"他想象着那副场景，脸上泛起陶醉的笑容，说："你知道鹰是怎么发动攻击的吗？它们会先啄瞎你的眼睛，然后是你的脸，再把你身上的肉一块块叼下来全吃进肚子里……"

他越说越兴奋，想在莫晓妍脸上搜寻恐惧的表情，可她并没有让他如愿，反而渐渐冷静了下来。

她觉得有点累，于是席地坐下，手上却还稳稳地拿着那把枪，突然说了一句话："村主任，你这么恨我真的是因为肖军吗？还是因为……"她用泛红的双目死死瞪住他，字字落地有声："还是因为你和我其实是一样的人！"

肖五一的笑容僵了，指着她失控般大吼："你胡说！你这种怪物，谁会和你是一样的人？！"

莫晓妍的嘴角扬了起来，用枪口指着他肩上的那只温顺的老鹰，说："不是吗？那这是怎么回事！还有巷子里的野狗，山里的白鹭、毒蛇……如果你没有能力，它们凭什么会听你的指挥？！"

肖五一双目朝外凸出，全身止不住地颤抖起来，没错，这是他的秘密，被他苦苦埋藏了将近四十年的秘密！

肖五一第一次发现自己的能力是在二十岁时，那时家里给他介绍了一个女孩，两人已经到了谈婚论嫁的地步。他还记得那女孩眼睛大大的，笑起来脸上有两个梨涡，握着她的手时，脸颊上会飞起一抹令他痴迷的红晕。直到有一日，他们在后山约会时遇上了蛇群，就在毒蛇的尖牙即将咬上女孩的脚踝时，他不知哪来的勇气大叫一声冲过去一脚踢飞了毒蛇。然后他意外地发现自己竟然能控制这群蛇，让它们一点点退回洞穴。

他回过头时，却看见女孩吓得花容失色，看他的目光如同看一个怪物。那天后，女孩大病了一场，坚决要求退婚，然后全家搬离了山水村。那是肖五一的初恋，也给了二十岁的他最残酷的打击。从此他隐藏了自己的能力，努力学着做一个正常人。后来他当上了村主任，努力经营，让和善之名传遍了全村，只是怕人家发现他的不同。

可莫晓妍的出现让一切都改变了，那个女孩居然蠢得让人发现村子里有人具有和常人不一样的能力。他明白人们知道真相后会产生怎样的恐惧，就如同他曾爱慕过的那个女孩曾经总是含情望着他的双目，陡然间充满了害怕和厌恶。

所以他必须毁掉她，这样才能清洗她带来的罪孽，让山水村的生活回到正常又宁静的轨道上，而他还能做那个让众人敬仰的村主任。可那个女孩逃了，而帮助她逃跑的，竟然是他的另一个儿子！这件事让他几乎寝食难安，他开始不停地做噩梦，梦到那个女孩在大城市被人捉住研究，而她供出了山水村的地址，迟早有人会发现他也有能力这个事实，到时候，所有爱戴他的村民都会唾弃他，把他当作怪物踩在脚下。每当这时，他就会在深夜惊醒，吓得浑身都是冷汗。

在经过长期的精神折磨后，他终于再一次找到了莫晓妍，他要亲手了结这个噩梦，这样他的秘密就能永久封藏，他就安全了！

他是这么想的，也是这么做的。当他愤怒地说完对她所有的控诉，莫晓妍轻轻吐出飘进嘴里的发丝，用轻蔑的表情看着他说："你真的很可悲！"

"胡说！"肖五一已经有些癫狂，他控制着已经不断发抖的手，大声咆哮着，"马上你就会知道，可悲的人只会是你一个！"

说完，他做了一个手势，肩上的老鹰立即展开翅膀，血红的双目盯着莫晓妍的脸，随时准备扑出攻击。可就在这时，一个黑影突然朝莫晓妍扑去，一把夺下了她手上的枪，再次对准了肖五一。

"你杀不了她，除非先杀了我！"

肖五一瞪大了眼，盯着眼前这个他再熟悉不过的人，气得连连咳嗽起来："你！你！你为了这个女人，还要杀我不成？！"

肖阳明显瘦了一圈，下巴上全是胡须，他把莫晓妍护在身后，没有继续说话，而是对准肖五一肩上的那只鹰扣动了扳机，只是一瞬间，子弹就穿破了那只鹰的腹部。这时，停在仓库外的三只鹰发出骇人的叫声，扑棱着翅膀就要朝肖阳冲去！

"给我停下！"肖五一的肩膀被腥臭的血液染湿，可他还是歇斯底里地阻止了那群鹰，这是他最后一个儿子，无论他如何气他怨他，也不可能让他受到任何伤害。

肖阳慢慢垂下持枪的手臂，声音里带了几分乞求："爸爸，收手吧。山上那次我已经违背了警察的职责去帮你掩盖罪行，可你为什么还执迷不悟，为什么一定要害人？！"

肖五一觉得有一口血哽住喉咙，刺激得他不断咳嗽起来，他指着肖阳身后的莫晓妍恶狠狠地吼着："是她！她害死了你哥哥！如果不是她，我们家怎么会变成这样！你这个白眼狼，你居然帮她！"

"我没有，我没有害人！"莫晓妍从肖阳身后站了出来，脸上满是泪痕，却还是坚定地看着他说，"所有的悲剧都是肖军和你一手造成的，你接受不了肖军是个禽兽的事实，也接受不了自己和别人不同，宁愿维持一个虚假的正常的躯壳。可你有没有想过，那些被肖军伤害过的女孩，那些被你拖累受到伤害的人，他们才是真正的被害者！"

这时，外面突然传来了警笛声，肖五一瞪大了眼，冲着肖阳大吼："你！你居然报警抓我？！"

肖阳无力地垂下头，说："没错，我已经把冯晨交到警局了，这把枪是我的，所有的后果我自己承担。我最后悔的事，就是没能在发现你来 G 市的那一刻阻止你，趁现在局面还能挽回，结束吧！求你了，爸爸，结束吧！"

肖五一看着站在肖阳背后毫发无损的莫晓妍，突然跪坐在地上，痛苦地哀号起来，泪水不断滴落在地上，也不知有多少是不甘多少是悔恨。很快，一群穿着制服的警察冲了进来把他铐住，其中一人走到肖阳面前，叹了口气说："你也要一起回去，接受调查。"

这时，一直表情颓然弓着身子的肖五一突然仰起头大声喊着："警察同志，一切都是我做的，和我儿子无关！是我把他绑在家里，抢了他的枪，真的！你们一定要相信我！"

押着他的警察皱起眉，说道："事实如何我们会去查！不会冤枉一个好人，也不会放过一个坏人。"

肖阳放下手里的枪，用手狠狠抹了下脸，然后对面前那个警察说："能不能稍等会儿，我和她说句话。"

那警察叹了口气，说："快点！"

肖阳转过头，看着莫晓妍那张混着污迹和泪痕的面庞，许多话哽在喉头，最后却只说了一句："对不起！"

莫晓妍看了他许久，突然轻声说："你老实告诉我，你是不是也曾有过这种念头，如果不是我，你们家不会变成这个样子。如果没有我，就好了……"

肖阳痛苦地闭上了眼，他不敢否认，也不愿承认，虽然曾经只是一瞬，但他的确有过这种念头，现在他没有哥哥，也没有爸爸了……

莫晓妍吸了吸鼻子，说："谢谢你来救我！"然后转过身离开，不想让他看见她哭得泪流满面的样子。她不怪肖阳，他已经做出了对他来说最艰难的选择，可那抹曾经在她回忆里仅有的暖色，也许终究要慢慢淡去，消失无踪。

她突然想起一件事，连忙拿出手机装上电池摁开，幸好屏幕很快亮了，上面记录了几十个未接来电，还有一条信息，发信人是韩逸，上面写着："我还在等你，你一定要来！"

第八章

你喜不喜欢我?

01

　一间斗室，一人独坐，墙上挂着极具设计感的无框画，暖红色的灯罩下，茶香满室。造型精致的檀木大桌上，放着一壶凉了又热的花茶，茶是热的，握杯的手却是冷的。

　韩逸看了一眼手上的表，时间已经将近九点，莫晓妍始终联系不上，而那个保镖也没有回过信息，他的心随着时针的摆动，一点点冷了下去。他不敢想象她正在遭遇什么，也不知道她到底在哪里，只能用短信告诉她：不管发生什么，我还在等你。不知道为什么，他会有一种执念——就这么等下去，他一定会等到她。

　包间外的服务员已经进来几次询问是否要点菜，都被他打发了出去。他想，今天是为她庆祝，要点菜也得等她亲自来点。他端起茶杯，想借热腾腾的茶汤复苏几乎僵硬的四肢，心中不断默念着：莫晓妍，你一定要来！

　这时，桌上的手机终于响了，看见来电姓名，他的心猛地一跳，却迟迟不敢伸手去接。在铃声响了四五声后，他才拿起电话，轻轻说了声："喂？"

　电话那头传来她略显疲惫的声音，他的喉咙很干，额头上的汗珠落了下来，这才知道自己刚才有多么恐惧，怕接通电话会听见有关她的噩耗。

　"韩总，我没事了！我马上……就过去。"

　她的声音听起来有些缥缈，好像随时都会消失一样，仔细听还带着重重的鼻音。他几乎是在瞬间就做出一个决定："你在哪里？我马上过去找你。"

　莫晓妍的鼻子又有些发酸，她深吸一口气，报出一个地址，然后慢慢走回商业街，不顾众人的目光，一屁股坐到马路牙子上。看着眼前来来往往的写满各种表情的脸孔，闻着空气中混着的不同食物的香气，她终于找回些俗世的温暖热闹。

　韩逸的车很快就到了，他的脸透过半开的车窗默默注视着她。仅仅只是半天没见，莫晓妍却感觉他们之间好像已经横亘了生死，她低头抹了把脸，站起身坐上了副驾驶座。

银色的宾利再次发动，一路疾驰，韩逸的侧脸被窗外不断变幻的光线照得忽明忽暗，声音却是无比柔和："饿了吗，想吃什么？"

莫晓妍此刻无比感激这句最平常的问候，他没有追问她遭遇了什么，也无意再挑起她早已鲜血淋漓的伤口。于是，她低头扯了扯嘴角，说："我想喝酒，可以吗？"

韩逸稍稍偏头望了她一眼，眸子里仿佛有微光在闪动，随后点了点头，说："想去哪里喝？我陪你。"

莫晓妍交握着已经变得温热的双手，看了眼窗外，说："我想去上次那个河边，那里的风景很美。"可是这个时候去，一定会很冷吧。她突然又有些忐忑，自己是不是太过任性了，也不知道他吃过晚饭了没。

可韩逸毫不犹豫地答应了："好！我去买酒。"

于是莫晓妍坐在车上，看着他如同变魔术一般拿回来两瓶红酒和几样甜点，然后迎着微醺的晚风，开到她记忆中的那条河岸旁。

暖黄的芦苇迎风飘荡，其间闪烁着萤火虫碧绿的微光，好像调皮的星子在躲藏戏耍。对岸是一片璀璨的灯火，晚风送来对岸细细的吟唱声，若有若无，似梦似幻，搅得一颗心也随着这夜风飘荡，软软的，触不到边际。

莫晓妍摇晃着手里的红酒杯，看着剔透的红色液体在晶莹的杯壁上徘徊，不禁感叹身边这人时时刻刻的挑剔作风。她不过是想喝点酒疏解烦闷，他也能弄得这么仪式感十足，幸好他没弄个醒酒器出来。

她想着两个人坐在光秃秃的河岸旁认真等着酒醒的场景，终于真心地笑了出来，然后举起酒杯，一饮而尽。韩逸微微皱了皱眉头，这瓶酒的价格能顶上普通人一个月工资，就被她这么当作饮料般挥霍了，如果让最讲究品酒的周悦伟看到，一定会心疼死。

不过这是她今晚第一次笑得这么放松，好像让他心疼下，也没什么大不了。

晚风扬起她披散的长发，乌黑的发丝和迤逦的红交缠在一起，她那总是清澈的眸子里，已经带了些朦胧的醉意。韩逸转回头来，也抿了口酒，轻声说："慢点喝，很容易醉。"

醉了才好。莫晓妍苦涩地笑了笑，继续自斟自饮。她不想开口，他也不去问。夜风很冷，吹着枯黄的落叶打着旋儿，可两人的身子是暖的，也许是因为红酒，也许是因为有人陪伴。

莫晓妍自顾自喝完了大半瓶酒，终于觉得脑子里那些乱七八糟的思绪渐渐被分解，眼前许多东西都在旋转，都不再是本来的模样。

很好，终于不只她是不同的了。可为什么她会和别人不同呢？她一直努力像个正常人一样活着，为什么还有那么多人害怕她，甚至想要她去死？如果连肖阳都忍不住会憎恶她，那还有谁能接受她？

她突然转过头，看着韩逸平静却温和的侧颜，心又渐渐暖了起来：也许，还是有一个人呢。想到这里，她忍不住又有些想哭。她不知道该如何表达自己的感激，如果今晚没有他的陪伴，她可能会被内心的黑洞吞没，被那铺天盖地的孤寂打得无力还击。

莫晓妍放下酒杯，亮闪闪的双眸盯着他，诚恳地说："韩总，谢谢你！"

这句话说出口，她忍不住又有些哽咽，酒意上了头，让她有些辨不清方向，也控制不住自己的情绪。不知哪来的勇气，她居然凑过去，轻轻亲了下他的脸颊。

温热的唇触上冰凉的脸颊，虽是一触即分，却也足以炸出爆裂的火花，莫晓妍看见他近在咫尺的俊脸，才意识到自己到底做了什么。

她瞪大了眼，迅速与他拉开距离，结结巴巴地说："对不起……我……我喝多了，分不清人！"

她说完急得简直想把自己舌头咬了，觉得自己就像一个前言不搭后语的花痴，看着韩逸骤然冷下来的表情，她硬着头皮又补了一句："真的！我不是那个意思，如果我知道是你，肯定不会这样！"

韩逸眯起了眼，这句话是什么意思，亲错人了是吧！

"如果我知道是你，肯定不会这样！"这应该算是他平生听过的最羞辱人的话了吧。他气得牙痒痒，而这个女人居然还敢偷偷挪远身子，站起来就要往车那边逃。韩逸迅速站起身，一把揪住了她的胳膊，咬着牙叫了一声："莫晓妍！"

莫晓妍觉得这一刻的韩逸浑身散发着危险的气息，顿时气势弱了：惨了惨了，他真的生气了，可自己不是解释了吗？又不是故意勾引他，至于这样吗……

韩逸把她钳制在身前，恶狠狠地盯着她说："现在是晚上十一点，我在餐厅等了你快三个小时，又陪你在这里吹了一个多小时冷风，你准备就这么走了？！"

"那，那要怎么样？"莫晓妍怯怯地缩了缩脖子，在心里嘀咕着：不就是亲了你一下吗，至于这么凶吗？

韩逸看着她那副醉醺醺的模样，想到她刚才说喝多了没注意是谁，心里越发堵得慌，不过他一向是行动派，既然她不记得，他可以帮她记得，于是伸手捏起她的下巴，低头狠狠朝她的唇上压去……

双唇交接的那一刻，莫晓妍已经彻底晕了，全身好像都飘在空中，只有他粗重的呼吸和扑通乱跳的心是真实的。幸好他没有把这个吻深入下去，只是压着她的唇，可他的气息还是不断钻进口腔里、鼻孔里……搅得她浑身酥麻发软。时间一分一秒地过去，就在莫晓妍觉得几乎要提不上气来的时候，他才终于放开她的唇，眸子里多了几分迷乱，脸上居然也有些发红。

一阵冷风灌进来，两人的酒都有些醒了，气氛顿时变得有些尴尬，韩逸不自在地低头轻咳一声，说："回去吧。"莫晓妍涨红了脸低着头，跟着坐了进去。

一路上，两人再没开口，车里流动着沉闷的呼吸声。韩逸松了松领口，随手打开了收音机，结果换了几个台，要么是补肾广告，要么就是午夜情感节目，女孩哭诉自己被玩弄。他在心里咒骂了一声，又换了音乐来听。可莫晓妍并没留意他在做什么，只觉得全身都在发热，简直就快要烧起来。忍了许久，她才嗫嚅着说："能不能开下窗子，我……有点热。"

就在这时，莫晓妍包里的电话响了，成功解救了尴尬到快要死掉的两个人。莫晓妍看了看来电姓名，整颗心却又沉了下来，她垂了眸摁断了来电，但对方还是不依不饶地打来。韩逸被电话铃声弄得有些烦躁，问："这么晚了，是什么人？"

莫晓妍不知道该怎么解释，内心也是摇摆不定，终于在电话铃响到第七次的时候摁下接听键。那边的环境很嘈杂，好像还在警局，肖阳的声音显得十分急促："晓晓，我现在过去找你，在你家楼下等你！"

莫晓妍心里一突，还未来得及说话，肖阳已经快速挂断了电话，也许是怕她拒绝。

车里的空间狭小，听筒里的声音就显得格外清晰，韩逸觉得车里好像越来越闷了，沉声问道："是谁？"

莫晓妍扭头看着他，竟不由得有些心虚地说："朋友。"

"什么朋友？男朋友？"

"啊……"莫晓妍的脑子有点转不动了，只愣愣地说，"不是，就是……朋友。"

这什么情况……怎么有种被捉奸的感觉？但是不对啊，他又不是自己什么人，自己干吗这么心虚？！随着车里的气氛越来越压抑，莫晓妍开始思索一个问题，自己的酒量是不是越来越好了，为什么喝这么多酒还没断片，如果能睡死过去就好了，唉……

最终莫晓妍还是没有睡死过去，韩逸也终于放过了她不再追问，他把她载到了家门口就开车离开，并嘱咐她如果有事就给自己打电话。

莫晓妍被车外的冷风吹得一个激灵，脑子倒是越来越清醒：肖阳已经到了吗？他想要和自己说什么？他的工作会因为这件事受影响吗？正在她边琢磨边四处搜寻时，从楼栋的阴影处走出来一个人，满脸的胡须，神情疲惫，正是肖阳。他显得十分落寞，朝她露出一抹苦笑，说："你终于回来了。"

莫晓妍静静地看着他，竟不知该说些什么，幸好肖阳没有给她机会开口，而是自顾自说了起来："刚知道我爸到了 G 市时，我并不知道他的目的，只是想着一定不能让他发现你也在这里，所以那段时间我一直不敢接你的电话。可是，他的行踪越来越古怪，直到你告诉我有人想要害你，我才意识到，那个人很有可能就是他。然后他就从我家离开了，我用了很多方法才知道他去了山里，等我找到他的时候，周一凡已经死了，是他帮冯晨做的。对不起……晓晓……我没法看着自己的父亲被抓，所以我替他把冯晨救了回来，想要说服他就此收手，回山水村去。"

他说得很急，被冷风一吹，猛地咳嗽了起来。莫晓妍看着有些不忍，轻声说："算了，都过去了。"

他摇了摇头，深吸一口气继续说："我找了一个地方，每天守着他，想让他回到山水村就把冯晨交出去。谁知道他表面上假装想通了要回去，背地里却偷偷听了我给你打的电话，然后他偷袭了我，又把我绑在了那间房里。幸好我很快挣脱了绳子，又提前在他手机里装了定位，才能及时赶到阻止他。是我的错，如果不是我一直纵容他，他也不会差一点就害了你……"他懊恼地抱住脑袋，不知道该怎么说下去。

莫晓妍的表情变了变，却未发一言。肖阳解释完了一切，盯着她小心地问："晓晓，我们还能做朋友吗？"

莫晓妍依旧沉默着，过了许久才开口说："你会怪我吗？"

肖阳脸上露出痛苦的表情，却依旧坦诚地说："我情感上有时不太能接受，毕竟有关我的家人……可我很清楚，没人有资格怪你，这件事从头到尾，你都只是受害者。"

莫晓妍抬起头时，眼里早已泪光盈盈，又轻声问："那，你还会给我带糖豆吗？"

肖阳的眼眶也有点湿润，他笑着说："我不给你带怎么办，你离了那东西能活吗？"

莫晓妍笑着抹去了眼泪，两人就在楼道里又哭又笑，那些曾经伤心的、怀疑的……也都在这眼泪和笑声中，渐渐随风而逝。

莫晓妍回到出租屋里，找出一包糖果扯开包装，取出几颗放进嘴里，闭上眼感受甜意在舌尖蔓延，好像又回到在山水村那个被黑暗包裹的屋子里。

那是她被锁住的第三天，饥饿、干渴、恐惧无时无刻不在折磨着她，让她再也无法支撑下去。她试了许多次去抓脚下乱窜的耗子，哪怕能喝口血也是好的，可最终还是只能舔着早已干裂的嘴唇，无力地靠在墙壁上，意识渐渐模糊起来。

她想着：就这么放弃吧，放弃了就不会痛苦了。她觉得自己大概还算个好人，也许死后还能上天堂呢。妈妈说过，天堂是个很好的地方，很温暖很舒服，所以，那里一定有很多好吃的食物吧。

就在她绝望地闭上眼睛时，突然听见身后的木板传来"砰砰砰"的敲击声，肖阳的声音从外面传来："晓晓，你还好吗？"

莫晓妍很想大声哭出来，告诉他自己很害怕。可她不敢哭，怕眼泪会带走更多水分，也没有力气说话，只虚弱地敲了敲木板。

肖阳明显松了口气，继续喊着："你别急，我会想办法给你把钥匙偷出来。我听说他们不给你水喝，也不给东西吃，你现在一定很难受吧。"

莫晓妍拼命忍住眼泪，重重敲了两下木板进行回应：她撑不下去了，再也撑不下去了。

肖阳在外面急得直打转，可是门窗都封死了，他没法给她送东西吃。就在这时，他突然在窗子旁边发现了一个非常小的洞，可是那里根本塞不进任何食物。他灵机一动，从兜里掏出两人曾经最爱吃的糖豆。这种糖豆加了太多糖精，味道甜得发腻，父母从不让他们多吃，可小孩子们都很喜欢，每次偷偷买了吃得一脸欢喜。

他立即大声喊着："晓晓，你等着啊。我扔东西进去。"通过那个小洞，他把糖豆一颗颗扔了进去。莫晓妍的听觉在黑暗中已经变得非常敏感，立刻循着声音拼命在地上摸索着，终于摸到几粒圆溜溜的糖豆，迫不及待地塞进嘴里。

好甜……真的好甜……所有的恐惧在那一刻暂时退去，莫晓妍舔着嘴唇满足地笑了，身后传来肖阳坚定的声音："晓晓，你一定要坚持住，等你出来了，我给你买很多很多糖豆！吃到你吃不下为止……"

于是她握紧了手里的糖豆，想着她一定不能死，她还要吃很多很多糖豆，那该是件多么幸福的事啊。

莫晓妍咂着嘴，犹未散去的甜意让她内心激动，泪水掉落在桌上。她曾经陷在漫无边际的绝望里，就是靠着这一点甜，努力活了下来。从此她就爱上了这种甜味，再多的苦也能甘之若饴。她会永远记得，曾经有个少年，拨开重重的黑暗，为她送来难忘的甘甜，帮她从深渊里爬了出来。

窗外，一盏昏黄的路灯下，肖阳轻轻吐出口里的烟圈，看着青灰色的烟雾在风中渐渐淡去，突然想起两年前的那个春节，他没有买到回乡的车票，索性陪莫晓妍一起过了个年。

那时他失恋，她失意，两个异乡人窝在出租屋的天台上，吃着热腾腾的火锅和许多卤味，俯瞰着这座并不属于他们的城市。

透过氤氲的雾气，他们能看到家家户户都贴着福字、挂着红灯笼，可这情景显得遥远而模糊，那些热闹、团圆、欢笑都不属于他们。十二点钟声敲响，电视机里传来主持人热情问候新年快乐的声音，街上响起噼里啪啦的鞭炮声，新的一年又要开始了……

莫晓妍那时正在啃一只鸡腿，突然转过头来，咧着油乎乎的嘴笑着对他说："实在不行，我们就在一起得了。"

他当时愣了愣，然后拨弄着手里的酒瓶，吊儿郎当地笑着说："谁要跟你在一起啊！我这么风流倜傥，还不知道有多少美女等着我呢，怎么能在你这棵歪脖子树上吊死。"

莫晓妍朝他扔过来一根鸡骨头，然后依旧笑呵呵地吃着卤味，再也没提这件事。

可其实他们都明白，莫晓妍那句话虽是半真半假，但那一刻他如果答应了，也许他们就真的能在一起，做一对平凡而甜蜜的情侣。也许他们会有一个家，也许会很幸福，毕竟他们曾经一起经历过那么多事，拥有着美好而难忘的回忆。

可是他始终不敢答应，如果是十五岁的莫晓妍，他会毫不犹豫地去追求她。可现在他面前的莫晓妍已经伤痕累累，而这伤是他家人给予的，他们之间横亘了太多东西。

在后来的许多日子里，他都会想起那天，有时候也会后悔，如果他勇敢一点，一切会不会不一样？可是莫晓妍从此以后只当他是哥哥、挚友，再也没有那样的心思。她本质上还是个很胆小的姑娘呢，那一刻对家的向往和渴望，让她忍不住想要去尝试，可那也只是一时冲动。有些情愫，注定只绽放在一刹那，错过了就再也不可能回来。

此刻已经过了十二点，肖阳眨了眨眼，摁灭手上的烟，抬头看着不远处那扇窗里透出的昏黄光晕，竖起衣领搓了搓冻僵的手，终于决定转身离开。

他从小就是个糙爷们儿，爱看枪战片和动作片，可有一天，他无意中在微博上看到一句台词，然后就立即去找了那部文艺片来看，那部片名字叫作《一代宗师》。

他还记得，那里面的宫二说：叶先生，我心里有过你，可是也只能到喜欢而已了。看到这一幕的时候，他一个大老爷们儿，对着电脑屏幕哭得像个傻子。

是啊，也只能到喜欢为止了，他们之间一直有条线，谁也不可能去越过，因为越过就退不回来。所以，他们就永远只能是好友，能够为对方拼命的好友，也许会有些遗憾吧。反正人这一辈子，能留着些遗憾，也挺好……

02

"国外有亲吻嘴唇的礼节吗？"

莫晓妍趁四下无人在搜索引擎上打下这句话，然后做贼似的偷偷翻了几页，可是结果让她挺失望的，国外的亲吻礼只是到脸颊为止，亲吻嘴唇在哪个国家都是情侣才会做的事。

她长叹一口气，关闭了网页，努力让自己集中精神去工作，可脑子里总是忍不住回放着那个吻，她伸手抚了抚唇，脸上又有些发红。这时，突然头顶传来一个略带调侃的声音："思春呢？"

莫晓妍吓了一跳，脸"唰"地红了起来，抬头看见卓云彤那张似笑非笑的脸，一双妩媚的眼正望着她。她顿时有种被看穿的窘迫感，赶紧盯住电脑，做出一副醉心工作的认真模样。

卓云彤捂嘴一笑，弓了腰凑在她耳边说："心神不宁，还含羞带怯，快告诉姐姐，到底出什么事了？"

她身上的香味让莫晓妍心神一荡，连忙低下头，心虚地小声说："没事啊，哪有什么事。"

卓云彤用怀疑的眼神朝她一瞟，见她不答，也懒得继续问，脸上恢复正经神色说："好吧，你没事，我可有事。云武路那块地有些手续被卡住了，房管局空降了一个负责人过来，我下午过去和他谈，你和我一起去。"

"我吗？"莫晓妍不敢置信地瞪大了眼，随后感到欣喜若狂。她一直想跟着卓云彤学谈判技巧，毕竟专业知识可以靠努力恶补，可公关谈判能力只能通过实战来学，卓云彤这次肯带她去，就是摆明给她学习的机会。

卓云彤的红唇弯了弯，看了看表，说："约的下午两点半，你准备一下。"她微微弯腰又轻声丢下一句话："别给我丢脸。"

莫晓妍点了点头，开始认真准备各种资料。要说工作真是万能的解毒良药，很快，她就把关于吻的所有纠结全丢在脑后，反正不过是酒后的一时糊涂，更何况只是碰了碰嘴唇，也只有她才会在意成这样，说不定，那个人早就忘了。

下午的这场谈判有些艰难，对方提出许多刁难的问题，幸好被卓云彤一一化解，为越星争取到了最大的利益。

一直到了晚上近八点，两人才算真正解脱出来。卓云彤在酒桌上被灌了不少酒，此刻双颊发红，走路脚步都有点飘，幸好有莫晓妍在旁边紧紧扶住她。

莫晓妍虽然也喝了不少，但不像她醉得这么厉害。这个时间点不好打车，两人只得吹着冷风慢慢往前走。谁知刚走了几步，卓云彤就皱起眉，冲到一个垃圾桶边"哇"地吐了起来。

一阵酸臭味立即飘了出来，路上的行人嫌恶地朝这边看了几眼，有个中年妇女瞟了眼卓云彤的穿着，轻蔑地嘀咕着"不知检点"快步走远。卓云彤冷笑几声，但肚子里火烧火燎地疼，根本没力气回击。莫晓妍连忙手忙脚乱地掏出纸巾替她擦嘴，又轻轻拍着她的背，问："你要不要喝水？"

卓云彤摇了摇头，不想让自己靠在垃圾桶旁边显得这么狼狈，挣扎着想要站起走路，却被八厘米的细高跟鞋崴了脚。她不由得一阵烦躁，脱下高跟鞋狠狠甩了出去。这时腹中又是一阵绞痛，她连忙弓下腰捂着肚子，疼得几乎要流出泪来。

莫晓妍吓了一跳，自从山中那次之后，她从未看过卓云彤这么脆弱的模样。她连忙替卓云彤捡回鞋子，又让她靠在自己怀里，关切地问："卓姐，你还能走得动吗？"

卓云彤狠狠地吸了吸鼻子，声音依旧虚弱："没事，来例假了而已！"

"啊？"莫晓妍有些着急，"你来例假还喝那么多酒！"

卓云彤笑了笑，眼神却有些悲凉："你刚才也看见了，那些人是什么嘴脸。你不陪他们喝，他们总有办法刁难你。"

　　莫晓妍垂下眸子，心里有点难受，她当然明白要在大城市立足有多么难，有谁的光鲜外表背后不藏着些难以言说的辛酸？

　　卓云彤揉着脚踝，又自嘲地笑了笑，道："有时候太累了，也会忍不住想，干吗这么拼，不如回老家嫁人算了。可是一觉睡醒，还是得继续拼命，谁叫我不甘心呢，至少我现在拥有的一切都是我自己努力奋斗来的，总比庸庸碌碌混一辈子强。"

　　莫晓妍一脸赞同地点了点头，说："卓姐，你真棒！你是我的偶像！"卓云彤被她认真的语气逗乐了，不由得夸她："小嘴真甜！"

　　莫晓妍也"嘿嘿"一乐，然后替她把鞋穿上，问："还疼不疼？我送你回去。"

　　两人打了辆车回到卓云彤的公寓里，这间公寓位于三环外一处中档社区里，虽然只有六十平方米，但到底是自己买的房子，也算在这城市有了个窝。只是卓云彤在外独当一面，对家务事却不太上心，因为平时也没什么人来，所以屋子里堆满了衣服和杂物，看起来竟有些无从下脚。

　　莫晓妍把她扶到沙发上靠着，替她倒了杯热水，环顾了会儿四周，索性帮她简单收拾了起来。卓云彤喝了热水，终于恢复了些元气，她看着莫晓妍忙碌的身影，忍不住抱着胸笑着说："看不出你还挺贤惠的。"

　　莫晓妍微微一笑，她十五岁以后就寄居在叔叔家，只要做完了作业就会替他们做家务，这样婶婶的冷言冷语会少一些，现在已经做习惯了。

　　卓云彤放下杯子，心念突然一动，又问她："你现在住哪里？房子多大？是租的吗？"

　　莫晓妍点了点头，把自己的大概情况说了说。卓云彤轻嗤了一声说："你就住那种地方，连个物业都没有，多乱啊。不如你搬到我这里来算了，还可以给我补贴房贷，每天我还能带你去上班。"

　　莫晓妍立即就被这个建议说动了，合租的人一直没找到，她本来就在为每个月的房租肉疼，如果能搬过来，还能坐个顺风车，节省一笔交通费，想想实在很诱人。

两人于是愉快地商定好细节，莫晓妍决定下个月退租后就直接搬过来。看着被收拾得很有几分看相的客厅，卓云彤眼波一转，凑近她问："对了，你和韩总……到底是怎么回事？"

莫晓妍心里一慌，掩饰地摸了摸头发，说："你说什么呢，我和韩总……能怎么样？"

"我一向相信自己的直觉，你和他……肯定有事。而且……"卓云彤得意地说，"你喜欢他吧。"

莫晓妍被戳中心事，顿时慌乱起来，可对着卓云彤那双笃定的眼睛，竟说不出反驳的话。随即她又觉得有点伤感起来，低头说："什么喜不喜欢，我们根本就是两个世界的人，谈不上这种事。"

卓云彤瞧着她这副模样有些来气，忍不住走过去扶着她的肩说："你怎么这么没出息，喜欢就去争取啊！"随即她又觉得有些不对，忍不住叹了口气，说："唉，我这个人就是太善良，你可还是我情敌呢。不过算了，盯一个项目太久还没有进展不是我的风格，你喜欢就让给你得了。"

莫晓妍笑了笑，说："你都攻不下的项目，我就更不敢想了。我现在的目标就是好好工作，其他的都不敢想。"

卓云彤无奈地摇了摇头，说："你啊！有时候挺机灵的，这种时候又太笨。算了，你好歹还是我的前情敌，我可不想把你点拨得太透，自个儿慢慢想吧。"

莫晓妍一直到离开也没琢磨清楚这句话的意思，可卓云彤的这番话到底还是在她心里引起了些波澜。只是那些说不清道不明的心思，在第二天就消失殆尽。

这天一大早，拓展部里就显得十分热闹，应该说整个越星都很热闹，一个消息飞快地传遍了每个楼层，而且具有极强的震撼性效果。

韩总要去相亲了！

韩逸的相亲对象是城北穆家的千金，穆家掌控着 G 市大部分金融产业，如果能和穆家联姻，对越星未来项目的融资将有极大的帮助。据说这位穆小姐是家里的独女，不爱金融，只醉心艺术，在法国读完服装设计回来，正准备创立自己的个人时尚品牌。这次相亲是由韩逸的大姑牵线，双方家长都觉得很满意，很希望他们在这次相亲后迅速建立关系，年后就把婚事办了。

周悦伟把手搁在办公桌上，最后下了结论："我知道的就是这些了，你要想知道其他的，我可以继续去打听。"

莫晓妍目瞪口呆地听他说完这一段话，才终于一头雾水地插上嘴："不是说……叫我上来拿资料吗，告诉我这个干吗？"

"还有什么资料比这个重要？！"周悦伟把身子朝前倾了倾，一脸严肃地说，"你这次的对手很强劲，所以，要加油哦！"

莫晓妍只觉得哭笑不得，她和韩逸是什么关系，有什么好加油的，于是也一脸正色地说："周总，谢谢您和我说这些。但是韩总的私人生活和我没有关系，我也不想知道。如果没什么别的事，我先下去工作了。"

周悦伟一副怒其不争的痛心模样，摇着头说："我可是一拿到消息就赶紧告诉你了。你放心，我们一场交情，我绝对站在你这边，绝不会让你变成小三的。"

这什么跟什么嘛，而且周悦伟和她好像并没有什么交情吧。莫晓妍觉得他戏份越来越足，她可不想陪他演下去，连忙告辞转身出了门，走在长廊上忍不住愤愤地想着：相亲就相亲呗，热爱艺术的大家闺秀，很好嘛，和他很配！这关自己什么事，干吗非得告诉她，一个两个都让她努力争取，这种事努力有用吗？像他那样眼高于顶的人，她才不会傻得去高攀呢。

谁知刚走到电梯口一抬头，她就撞上了正从电梯里走出来的韩逸。这是两人自那个吻以后第一次碰面，虽然莫晓妍在心里已经设想过很多次，如果遇上他要怎么表现才自然，但和他四目相接的一刻，还是忍不住心跳如擂鼓，低下头轻轻叫了声："韩总。"

韩逸的目光在她身上扫了扫，表情看起来毫无波澜，点头应了声："嗯。"

莫晓妍心里莫名酸了酸，尽管她清楚那个吻对他来说根本无关紧要，可当他真的表现得这么不在乎时，她还是忍不住有些难受，胸口好像被锤砸过。在和他擦肩而过时，她顿了一下脚步，说："韩总，听说您要去相亲了，对方是个不错的大家闺秀。嗯……恭喜您。"然后勉强挤出一抹微笑，转身跑进电梯。

韩逸愣了愣，转回头去看她，可她进了电梯就一直没有转身，在关门的那一瞬间，她的背影看起来竟显得十分落寞。

韩逸走回办公室，脱了外套，本来还有成堆的工作要处理，可他脑子里满是她刚才说话时的神情，她看起来好像……有点伤心。

作为韩家的独子，他从小就知道自己未来的婚姻不可能由自己做主，当年父亲被艳光四射的母亲迷住，不顾一切娶了她进门，结果证明，这桩婚姻彻头彻尾都是失败的。父亲一直后悔当初的选择，从小就对他灌输这样的观念：利益才是婚姻最稳固的基石，结婚对象只能是门户相当的富家千金。

所以他从小对感情就看得极淡，成年以来，除了家里安排的几次相亲，从未想过去真正谈场恋爱。他不喜欢做注定会失败的事情，既然明知不可能有结果，何必浪费时间和精力去尝试。

那天的吻对他来说是个意外，这种感觉对他来说很陌生，他没有经验，所以也辨别不清自己对莫晓妍到底是什么心思。恰在这时，大姑给他安排了这次相亲。

父亲对穆家的实力非常满意，也放出话来，他现在的年纪也该考虑早些把婚事办了。他原本无所谓，相亲对他来说不过就是走个过场，娶的是穆小姐还是李小姐并没有什么不同，只要穆家的实力确实能对他有帮助就行。至于那位穆小姐长得是美是丑、学历爱好如何，和他根本毫无关系。

他原本没有把这次相亲放在心上，直到刚才看见莫晓妍的表情，他才发现自己并非想象中那么不在乎。她说的那句话有些刺痛他，前天他才吻了她，马上又要和另一个女人相亲，这种好像是背叛的感觉让他觉得很不舒服，甚至心神难安。

韩逸靠在椅背上想了很久，突然有想要推掉这场相亲的冲动，这念头让他吓了一跳，他的人生一直走在设定的轨道上，从未偏离，他也不想因为任何人偏离。

可他更不想看她伤心，他想做许多事让她笑，多得有些超出他自己的预料……

03

时间很快到了约定相亲的那一天，地址选在了韩家的一个高档西餐厅。韩逸这边由介绍人大姑陪同，穆家那边的介绍人则是表嫂。饭桌上，两位介绍人最为投契，把对方夸成了一朵花，穆小姐则低眉浅笑，时而小声附和几句。她五官清秀，加上精心装扮，也算是个美女。此刻她正低头抿了口红酒，偷偷瞥了眼坐在旁边的韩逸，内心一阵雀跃。

既然是联姻，在世家子弟里，能选到韩逸这样模样和能力都不差的，实在是如同中了上上签。可惜就是性格闷了点，从进门起，就没见他说过几句话，不过没关系，样子摆在那里，以后带出去参加聚会，就算不发一言，也够她炫耀了。听说韩逸为人十分挑剔，她今天特地选了 C 家当季的高定套装，既显出品位，又够得体，他应该会满意才对。

可惜韩逸压根没注意这位穆小姐长什么模样，更别提穿着了，他从进门起就在思索那个一直困扰他的问题，可是始终也得不到个答案。谁知一抬头，他就从落地窗里看到了那个让他怀疑人生的女人。他疑惑地揉了揉眼睛再睁开，原来不是自己看错了，她是真的站在街对面，而且手还挽着一个年轻男人，两人又说又笑，显得非常亲密。

这就是她上次说的朋友？韩逸皱起眉头，他为她纠结了这么多天，一直被浓浓的负罪感纠缠，她居然敢跑出来约会，还被他逮到。他越想越气，也顾不得这是什么场合，立刻掏出手机拨通了她的电话。

莫晓妍现在非常紧张，肖阳找她帮忙执行一个卧底任务：扮成情侣到商业街跟踪一个拐卖儿童的犯罪团伙，并且承诺事成之后会为她向局里争取奖金。虽然他一再保证绝对安全，但她脑海里还是不断闪现警匪片里的各种枪战场面。现在脸上虽然笑着，但她的笑容十分僵硬，腿肚子也直打战，偏偏这时包里的手机猛地振动起来，吓得她差点把包扔出去。

掏出手机，看着来电姓名，她犹豫了一会儿，正准备摁下接听键，肖阳朝她使了个眼色，低声说："专心点。"于是她只得挂断了电话，为了保险起见，索性摁了关机键。

韩逸的脸更黑了，把手机"砰"地摔在了桌上，旁边的穆小姐和她表嫂被吓了一跳。大姑的表情顿时变得十分尴尬，连忙打着圆场说："我们家小逸是个工作狂，刚才肯定是为公司的事发火。是吧，小逸？"

韩逸没有回话，他根本没听见大姑在说什么，只是死死地盯着莫晓妍所在的方向，他们的表情越亲昵，他的怒气值就越是不断上升。可街上的人越来越多，渐渐把那两人的身影冲到看不见。那边大姑还在试图解释什么，他可是再也坐不住，腾地站起身来，掏出一张卡放在桌上，对大姑说："帮我结账。"然后，他甩下身后目瞪口呆的穆小姐，径直冲出门去。

可他终究还是晚了一步，跑到街对面，早已看不见莫晓妍的身影，也不知道她到底去了何方。韩逸捏了捏拳头，站在熙熙攘攘的大街上，突然意识到一件事：刚才他冲动地毁了一门他父亲极为看重的亲事，仅仅是因为远远地看了她一眼。如果说，曾经对她的感觉让他困惑不已，这一刻倒是越发清晰起来，虽然他还不够确定这份感情有多深，但他很想去试一试。这是他人生中第一次想要去试一件自己完全没把握的事。

莫晓妍陪肖阳在商业街转了一个下午，紧张得胃都难受，幸好他得到了不少有用的线索，很快就能把那个团伙一网打尽。好不容易回到警局，莫晓妍才想起那个电话，连忙打开手机，发现里面塞满了未接来电提醒，并且还有一条短信："立即给我回电。"

虽然只有短短几个字，但是莫晓妍能脑补出他发短信时的愤怒表情，于是和肖阳打了个招呼就匆忙离开。肖阳刚忙完手上的工作，正准备叫她一起吃晚饭，可还没来得及开口，就看见她慌慌张张地拿着手机冲了出去，于是若有所思地愣了很久。

莫晓妍一出警局，就赶紧给韩逸回了电话。他的声音听起来很平静，问："你在哪里？为什么不接电话？"

可她总觉得这平静下仿佛暗涌着惊涛骇浪，于是小心地答："刚才在办事，找我有什么急事吗？"

他不答反问："那你现在办完事没？"

"办完了。到底出了什么事？"

"办完了我过去找你，告诉我你在哪里！"

他的语气十分强硬，莫晓妍迟疑了会儿，总不能说自己现在在警局吧，于是抬头四处看了看，报出了一个商场的地址，说："我就在门口等你。"

当韩逸赶到那家商场的时候，发现门口居然十分热闹，原来是某个偶像歌手刚好在这里举办见面会活动。他耐着性子找了很久，才找到正挤在人群中，朝舞台上看得一脸陶醉的莫晓妍。

刚压下去的火气莫名又蹿了上来，于是他沉着脸，拽住她的手把她拖了出来。莫晓妍被他拉出人群时还有些晕头转向，韩逸却始终不发一言，径直把她拉进一间餐厅。莫晓妍这时才觉得自己有些饿了，虽然摸不太清这人到底要干吗，但先填饱肚子总是不吃亏。

于是她拿起菜单开始认真研究。韩逸抱着胸，没好气地盯着她，突然指着外面那明星的方向问："你喜欢他？"

莫晓妍愣了愣，随即不明就里地点头"嗯"了一声。她认识的明星有限，外面那人正当红，她也只是看个热闹，勉强称得上半个颜粉吧。

"为什么喜欢他？"

莫晓妍眨了眨眼，老实回答："因为……长得帅。"

韩逸微眯了眸子，身子朝前倾了倾，问道："那你觉得我帅不帅？"

这话里的警告意味极重，莫晓妍几乎没过脑子就飞快回答："帅！"不过她说的倒也是实话，如果只论外表，韩逸确实不输那人。

韩逸的脸色终于好了些，然后顺理成章地甩出下一句："那你喜不喜欢我？"

这两天，整个越星都被一股浓浓的低气压笼罩着，总裁办公室几乎成了一个加了禁忌封印的存在，哪怕从门前走过都会让人感到腿软，生怕被那股恐怖的气流吸了进去。所有被暴风扫到的员工都得出一个结论：总裁心情不好，非常不好！

于是，在日常工作之外，越星的员工多了两件重要的事情：第一件就是想尽法子互相推诿，尽量不要面对总裁；第二件就是讨论到底是谁得罪了韩总，害他们都跟着遭殃。大家通过分析蛛丝马迹和合理推测，最后得出结论：韩总是在相亲那天过后就性情大变，所以，一定是相亲对象刺激了他！于是同情心爆棚的小姑娘们纷纷为老板感到不值，也不知道那位穆小姐是何方神圣，居然连这种级别的钻石王老五都看不上。

不过很快就有不愿意透露姓名的知情人士驳斥了这条八卦消息的真实性，他说他亲耳听见韩董事长打电话把韩总臭骂一顿，怪他在相亲宴上不告而别，让他很难和穆家交代。而那个拒绝了总裁，让整个越星都陷入水深火热境地的，其实是另有其人。

莫晓妍一边复印资料，一边竖起耳朵听着八卦传闻。她低头抿了抿唇，对比这几天偷听到的所有资讯，终于痛苦地得出结论：那个得罪了总裁的人，好像就是她自己……

复印机还在轰隆隆地运行着，她的思绪却一路飘远，回到那天让她饱受折磨的餐厅里。那时，她正端起水杯准备喝口水，就听见对面那人丢出一句："那你喜不喜欢我？"

她吓得一抖，差点把口里的水喷出去，然后惊恐地瞪大了眼看着他。可那人一脸平静地盯着她，半点开玩笑的意思都没有。而且，他在等她的回答……

莫晓妍用所剩无几的脑细胞快速想了下，他这么问到底是什么意思？试探她？还是考验她？难道是自己表现得太明显，被他看出来了？

随着时间一分一秒地过去，韩逸的脸色也越来越难看。莫晓妍垂着头，死死瞪住自己面前的格子桌布，感觉汗珠都快滴下来了。终于，她平复了下情绪，做出了个决定：千穿万穿，马屁不穿，说点他爱听的准没错。

于是她抬起头，呵呵笑着说："韩总，您条件这么好，又帅又多金，怎么会有人不喜欢？至于我们这种小虾米，哪敢动这种心思，就好像对一件奢侈品，能远远看着，欣赏下就够了。"

她一边胡扯一边偷偷瞥着他的脸，想着这么说他应该会满意吧。可他看起来不像是高兴的样子，而且，好像正处于爆发的边缘。

莫晓妍紧张地又灌了几口水，看见眼前那人的脸慢慢朝她压了过来，恶狠狠地说："莫晓妍！你知不知道你现在笑得很难看。"

然后他又狠狠地瞪了她几眼，就这么站起身走了出去，留下一头雾水的莫晓妍呆呆地想了很久：所以他来找她，到底是要干吗？

后来，她经过几天的反复思考，终于想明白：一定是自己没有正面回答他的问题，伤了他那颗高傲的自尊心，才会变得这么多天都盛怒不已。可这不是莫名其妙吗，自己喜不喜欢他有那么重要吗！他就这么自恋，非得全天下的女人都喜欢他才行？！

莫晓妍愤愤地咬了咬牙，又长叹一口气，开始默默整理手里的复印资料。这时，卓云彤风风火火地从门外冲了进来，把手上的文件夹往她旁边狠狠一甩，说："就几个数字没有核对，又被打回来了！以前还只能算苛刻，现在整个一变态！"她顺了顺气，掏出镜子补了补花掉的妆，又眼睛一斜说："还有，真想诅咒那个惹恼老板，连累我们受折磨的人一辈子脱不了单。"

莫晓妍不自在地缩了缩脖子，这几天她莫名其妙收到的诅咒，足以让她倒霉一个月不重样了。她无精打采地走回座位，用资料遮住脸痛苦地想了半天，终于下了个决定：为了整个越星同事有个欢乐和谐的工作环境，她还是得牺牲下自己。不就是承认喜欢他，满足那人无聊的虚荣心吗，又不会少块肉！

与此同时，在韩逸的办公室里，某位不透露姓名的知情人士，正跷着腿看着整天紧绷着脸孔的韩逸，笑得一脸灿烂。

韩逸原本准备当他是空气忽略掉，可那欠揍的笑容老在眼前晃动，越发让他觉得心浮气躁，终于把笔往桌上一甩，说："如果你很闲的话，可以明天就把 A 地块的标书交给我，要装订好的。"

周悦伟脸色变了变，那份标书至少得做十五页以上，今天才拿到资料，就算通宵加班也做不完啊。于是他呵呵一笑，说："我可是以表弟的身份来关心你，我们现在是亲戚，谈工作多伤感情。快点告诉我，到底是什么事？"

韩逸望着他那张写满了八卦欲望的脸，哪里看得出一点兄弟友爱，于是他看了看表说："既然是亲戚，我就给你打个折，明天下班前交给我，现在是上午十点，你还有三十多个小时去准备，当然……你也可以尽情在这里浪费时间。"

周悦伟终于收起了笑容，内心叫苦不迭，果然那封印的传言是真的，进了他的门就没好事，只怪自己偏不信邪，送上门来找不痛快。于是他索性也板起脸，说："算了算了，明明是好心你偏要当成驴肝肺。就你这几乎可以忽略不计的恋爱智商，你懂女孩子的心思吗？有现成高手在这里还不懂得请教，自己慢慢琢磨去吧！"

说完他轻哼一声，梗着脖子准备离开。韩逸却被他说得心念一动，迟疑了一会儿才叫出口："回来……"

周悦伟脚步一顿，露出一副大大的笑容，昂首走了回来，摆出十足的胜利者姿态说："说吧，我时间可不多。"

韩逸觉得牙根有些发痒，但是想着自己心里那件事，还是暂时忍了下来，说："你得先发誓，管好你这张嘴，不准说出去。"

周悦伟心里早就乐开了花，他几时见过韩逸这么忍气吞声的模样，看来这人果然是陷了进去，但表面上还是一本正经地说："你放心，我们是什么关系，我绝对会替你保密。"

韩逸虽然不相信他，但也确实没有别的人好问，于是一五一十地把那天餐厅里的事说了出来。周悦伟听完之后，表情变得十分精彩，最后终于忍不住捂着肚子放声大笑起来。

眼看韩逸眸中的寒意越积越深，周悦伟也不敢太过放肆，终于清了清喉咙，摆出正经的模样说："要不说你恋爱智商为零呢，这种事你哪能让人家女孩子开口，还逼问人家是不是喜欢你，我是女人也要被你吓死了！你要对人家有意思就自己去表白，让她知道你的心意。"

韩逸困惑地皱起眉头："怎么表白？"

周悦伟觉得自己要被他打败了，忍不住敲着桌子说："表白你都不会！我喜欢你，我爱你，没有你，我的人生将黯淡无光。"

韩逸被他说得打了个寒战，这么肉麻的话打死他也说不出口。周悦伟见他一脸的不情愿，痛心疾首地摇了摇头，说道："你要不是我表哥，我真不想教你，如果实在说不出口，还有个办法，不要说，只做就行！"

"怎么做？"

周悦伟暧昧地冲他挤了挤眼，说："把她逼到墙角，直接亲上去，亲到她脸红心跳，弃械投降为止。霸道总裁懂吗！'壁咚'懂吗！多符合你韩总的气质！"

韩逸十分狐疑地盯着周悦伟，他缺乏样本数据，一时也判断不出这人说的是真话还是故意调侃，不过那天亲她的感觉的确很不错，这个法子听起来倒是十分诱人。

见韩逸真的在认真考虑，周悦伟几乎按捺不住看好戏的心情，贼兮兮地凑过去问："决定好了？你准备什么时候下手？要不要我帮忙？"

韩逸觉得原本脑海里很浪漫的气氛，瞬间被周悦伟弄得像是要去奸淫良家妇女，于是又恢复了公事公办的表情，说："你有时间吗？整理标书剩下的时间可不多了。"

周悦伟的笑容僵住了，指着他气急败坏地说："你！你过河拆桥啊！"

韩逸连眼皮都不抬一下，只瞥了眼手表，说："还不走，连三十个小时都没了！"

眼看周悦伟诅咒着走出办公室，韩逸才终于觉得世界清静了。靠在椅背上，回想了下周悦伟刚才的建议，他脑海里塞满了她在自己怀里脸红心跳的模样，莫名心口有点发痒，手里的资料再也看不下去。他急于想知道她对他的感觉，几乎连一刻都不能再等。

于是拓展部的员工惊讶地看见，瘟神大人本人居然找上门来了。当所有人都战战兢兢，不知道是谁这么倒霉会中枪时，韩逸只是环顾了下四周，问了一句："莫晓妍呢？"

大伙面面相觑，卓云彤眼珠一转，突然想明白了些什么，站起来说："她好像去了楼梯间。"

韩逸瞥了她一眼，二话不说关上门走了出去。

楼梯间？很好，非常适合实行他的计划……

04

"好吧，我承认，我是有那么一点点喜欢你……"

韩逸刚走到楼梯间，就听见里面飘出来莫晓妍的声音，心脏顿时不受控制地跳了跳，随即又觉得一股火自胸中窜了出来。

"她在和谁表白！"他深吸一口气，沉了沉那颗早已躁动不安的心，把门轻轻推开一些，透过门缝朝里面望去。

明暗交错的楼梯间里，莫晓妍独自一人站在扶梯旁，双手紧紧绞在一起，刚说完这句话就已经是满脸通红，然后拍着胸、跺着脚说："不行不行，重来重来。"

韩逸觉得她这副模样十分可爱，胸口的妒意倒是冲淡了许多，于是索性靠着门缝没有出声，看她到底在练习和谁表白。

"咳咳！"只见莫晓妍清了清嗓咙，说道，"我确实有一点喜欢你，不是因为你帅或是什么，是因为你真的是个很好的人。虽然有时候傲慢了点，毒舌了点，不对……这句不要……"她认真地在手心打了个叉，又继续说："你救过我，而且是两次，你愿意听我说很多事，也不会觉得我和别人不同……"

韩逸抵住唇轻轻笑了出来，心里有股甜意不断蔓延，好像打翻了蜜罐，那些金灿灿、甜腻腻的蜜，流得到处都是。

"不过你放心，我绝对不会对你有什么非分之想的……"那头她的声音又响了起来。他立即皱起眉来：这算什么意思？

莫晓妍沉默了会儿，声音变得有些低落，好像是在自言自语："其实本来也不该有，我们的世界离得那么远，就像飞鸟和鱼，根本就不可能有什么结果。就算他玩得起，我也输不起……"说完她吸了吸鼻子，用手背狠狠地揉了两下眼睛。

韩逸觉得有什么东西在他心上狠狠地戳了戳，搅得胸口又疼又酸，于是推门走了进去，轻声说："如果我有呢？"

莫晓妍还没从难过的情绪中抽离出来，突然看见幻想中的脸变成了真的，嘴巴顿时张成了"O"形，一脸如遭雷击的表情。

韩逸的眸子如深邃的大海，把她整个人都罩在其中，他很认真地又说了一遍："如果，是我有非分之想怎么办？"

莫晓妍的脑子持续短路，根本没法正常思考，眼泪像断了线的珠子一样掉个不停。她急得六神无主，啜泣着问他："你！你为什么要偷听我说话！"

韩逸一把抓住她的手，轻轻地把她揽在怀里，贴着她的耳朵柔声说："我从来不喜欢玩，其实我也害怕，但是……你愿不愿陪我试试看？"

莫晓妍觉得自己像靠近太阳的行星，几乎被他怀中的热度融化掉，抬头哑声问："试什么？"

韩逸看着她哭得红红的鼻头，亮晶晶地望着他的双眸，心里又有些发痒，突然想起他还缺一个非常重要的步骤没完成。但是她根本没有脸红，她在哭，好像一只受了惊吓的小兔子，万一亲完了她被吓跑了怎么办？

这种情况到底该怎么做，周悦伟没教过他啊！

于是他忍了又忍，终于还是压下了内心的冲动，只轻轻为她拨开搭在眼上的刘海，说："试着……约会。"

莫晓妍瞪大了眼：他是在说，要和她约会吗！这时，外面传来窸窣的脚步声，两人顿时都吓了一跳。莫晓妍连忙跳出他的怀抱，慌乱地理了理头发，准备走出去。韩逸也有些不自在，却还是飞快地丢下了一句："下班了在停车场等我。"

韩逸回到办公室，回想起刚才那一幕，前所未有地感到满足和愉悦。幸好没听周悦伟那家伙的，那么温馨的时刻，如果加个"霸道壁咚"，把她吓跑了自己该多懊恼。最重要的是，莫晓妍可不像那家伙在外面认识的那些莺莺燕燕。她是开在自己心上的一朵花，敏感而纤细，鲜活而坚韧，他想要为她遮风挡雨，把她心里的洞一点点填补起来，这是他从未有过的感觉。而且，她也喜欢他，以后他们在一起，想亲随时都能亲。想到这里，韩逸靠在椅背上忍不住又笑了起来，看了看表，有些着急：怎么才到中午，什么时候才能下班！

这时，他又想起一件事，拿起电话拨通了一个号码。

周悦伟正为标书忙得焦头烂额，一看见韩逸的来电，忍不住暗自咒骂一声，接通后就立即嚷嚷着："怎么了韩总？又来催活儿啊！"

韩逸语调寻常："你现在给我找出五家最适合约会的不同风格的餐厅备选，我可以考虑把时间推后一天。"

这小子这么快就搞定了，周悦伟为没能让他吃瘪感到有点失望，随即八卦之心又被唤起，问："怎么样，'壁咚'了没？滋味怎么样？"

"餐厅地址十分钟后用邮件发过来！"然后就是"嘟嘟嘟"的忙音。周悦伟对着电话干瞪眼，这种不通人情的人也能追到女人，真是老天无眼啊！

莫晓妍坐在座位上发了半个小时呆，才终于明白过来一件事，韩逸好像说，要试着和她在一起，还约她下班后见面。想到这里，她脸上顿时热腾腾地烧了起来。可第一次约会应该做些什么，她心神不宁地想了半天也没主意，决定去请教经验丰富的老司机，于是给卓云彤发了一条微信："第一次约会应该怎么办？"

"什么！你要和韩总约会！"卓云彤飞快地回了信息，还搭配了一个"震惊状"的表情。

莫晓妍顿时傻眼，这是什么推理神技。这时手机又振了振，卓云彤又发了一条信息："可以啊，小丫头，真是人不可貌相啊！到卫生间来，姐教你。"

莫晓妍抬起头，做贼似的望了望卓云彤的方向，只见那人冲这边意味深长地挑了挑眉，然后站起身风姿绰约地往卫生间方向走。她握紧了手机，也低着头跟了过去。卓云彤对着镜子假装补妆，等隔间里的人都离开，才把莫晓妍往最里面的隔间一拽，然后把她压在马桶上，激动地说："快，老实交代！到底怎么回事？"

莫晓妍被她丰满的胸部抵住，忍不住咽了口口水，嗫嚅着说："没什么，就是他突然说下班后……要约会。"卓云彤没问出劲爆内容，显得有点失望。不过现在也不是问话的时间，她连忙把化妆包打开，二话不说开始帮她化妆。

莫晓妍僵着身子坐在那里任卓云彤捣饬着自己。等卓云彤终于涂抹完，才捏着莫晓妍的下巴上下看了看，说："时间太紧，换衣服也来不及了，只能暂时先这样了。"她又把手搁在莫晓妍肩上，十分认真地交代着："这约会啊，第一件事就是要放电，随时记得发挥你的魅力，把他迷倒为止！

第二件事就是要矜持，把他撩得神魂颠倒以后，偏不能让他得手。这男人啊，必须得给他们下钩子，越难得到的，他们才会越珍惜。"

莫晓妍听得似懂非懂，随后又眨着眼睛问："什么叫……得手？"

卓云彤朝她飞了个白眼："你傻啊！就是不能随便跟他回家，尤其是你这种纯情小女生，可千万别因为一时迷恋就晕头转向的，谁知道那种公子哥儿是不是来真的，别到时候被吃干抹净再来和我哭诉！"

莫晓妍握紧了出汗的手心，低下头，心跳如擂鼓，她和韩逸会走到那一步吗？她能想象的最大限度也只是接吻。

这时，一只手猛戳她的额头，打断了她的绮思。卓云彤一副恨铁不成钢的表情盯着她说："打起精神来！你今天要约会的对象可是极品中的极品，只许成功，不许失败，懂不？放心，我一定支持你到底！"

莫晓妍莫名有些感动，轻声说："谢谢你，卓姐！"

卓云彤轻轻拍了拍她的脸，又勾了勾红唇，说："不过我真的挺高兴的，像你这种资质的都能找到金龟婿，看来我的前途更是一片光明啊！"

顶级的雪花和牛肉，脂肪分布得恰到好处，新鲜切片后在火上炙烤，只需最简单的酱料，就能吃出最原始的鲜嫩与香味。

可令人懊恼的是，莫晓妍第一次对着这么极品的日式烤肉，却根本无法集中精神，她正在思考一个重要的问题：放电，到底是怎么放法？

她又起切好的牛排放进嘴里，纠结得五官都快皱在一起。卓姐说了，要尽量展示个人魅力，可男人喜欢的无非是漂亮、性感，这两样她一样不沾，难道要现场表演算命？

她立即被自己这个想法蠢哭了，随即又想到一个问题：对面这人到底喜欢她什么呢？他说他不是玩，那就代表是认真的吧。

这么想着，她的心忍不住又漏跳一拍，偷偷抬眼去瞥他，却听见那个清润的声音说："再加一份够不够？"手里的叉子悬了空，这时她才发现，原来自己面前的那份肉早就吃光了，刚才是韩逸一直把他盘子里的肉往这边放，她才能吃得这么畅快。而现在，他盘子里的肉也被她吃光了！

莫晓妍涨红了脸，呆呆地愣在那里，真想狠狠地骂自己一顿：拜托！你是来约会的，不是来吃肉的！

对了，卓姐还说了，要矜持，矜持！

于是她拿起餐布优雅地擦着嘴，双膝并拢，嘴角微弯，十分淑女地笑着说："我吃饱了。"

韩逸盯着她看了几秒钟，表情变得有些古怪，然后直接叫来服务员说："再给她上两盘牛肉。"

莫晓妍的嘴角抽了抽，很想瘫倒在桌子上大喊：装淑女失败是种什么体验！

韩逸把目光移了移，终于还是忍不住，低头轻轻地笑了出来。

啊，他笑起来真好看啊！莫晓妍花痴地盯着韩逸看了许久，还是觉得这场景有些不真实，于是纠结再三后终于开口："韩总，你为什么喜欢我？"

韩逸却皱起眉来，问："你叫我什么？"

莫晓妍"啊"了一声，随即明白过来，他们要开始交往呢，再喊韩总显得太有距离感。那应该叫什么呢？她歪着头思索了会儿，好像什么亲昵称呼搭配他那张脸都不太合适。

"以后可以叫我阿逸。"韩逸好像看出她的纠结，直接给出建议，"我家人都这么叫我。"

"阿逸……"莫晓妍轻轻念出来，两个音节只在唇齿间转了转，心就立即柔软了下来。

"你想让我叫你什么？晓妍，妍妍……咳，如果你喜欢，我也可以叫你宝贝儿。"

尽管莫晓妍知道很不应该，但是当对面这人一本正经地说出"宝贝儿"这个词时，她还是忍不住"噗"地笑出来，而且一发不可收，捂住脸笑得满脸通红。

韩逸温柔地望着她，说："终于笑了，还是比较喜欢你这个样子。"

莫晓妍的心弦被这句话里的某个字眼撩拨得颤了颤，眼前装饰古朴的餐厅里，竟好像都堆满了粉红泡泡。

原来这就是恋爱吗？无须矫饰，无须遮掩，你的一颦一笑，就是他最喜欢的样子。

餐桌上的气氛终于放松了下来，两人一边吃，一边随意地聊着些闲话，邻座的人来了又走，可谁都舍不得先说离开。最后，莫晓妍突然意识到以这家餐厅的消费档次，再这么吃下去，她都要替韩逸感到心疼了。于是她当机立断，放下餐具说："我吃饱了，走吧！"

韩逸点了点头，又问："还想去哪里吗？"

莫晓妍突然想起卓云彤再三对她交代，第一次约会一定要矜持，千万不能被他骗回家，连忙道："我累了，想回家休息。"

韩逸看起来略显失望，不过还是把她送到了她家楼下。莫晓妍透过车窗看着熟悉的门栋楼道，突然觉得有些不舍，她捏着搭在膝盖上的裙角，轻声说："谢谢你，我今天晚上很开心。"

韩逸的嘴角噙着淡淡的笑，双手搭在方向盘上，侧过头看着她。莫晓妍被他看得浑身发软，突然想起来，既然是约会，总得有个告别吻吧。

她顿时觉得呼吸都急促起来，连忙低头捋了捋头发，掩饰脸上的飞红。车里静得只能听见表针"嘀嗒"的走动声，可韩逸还是只盯着她，并没有任何动作。莫晓妍心里一阵失望，觉得这么一直赖在他车里好像也挺尴尬的，于轻轻道了声"晚安"，就准备打开车门走出去。

"等等……"他终于轻轻拉住她的胳膊，解开安全带，朝她的脸慢慢贴近。莫晓妍看着他眼里自己的倒影，一颗心毫无章法地乱跳，灼热的气息越来越近，她紧张得闭上眼，却只感觉到温热的指尖轻轻滑过嘴唇，痒痒的感觉让她疑惑地睁开了脸。他正满脸坏笑望着她，说，"你刚才是不是忘了擦嘴？"

莫晓妍觉得自己快炸了，窘得几乎要哭出来，又带着些被他戏耍的怒气，颤抖着声音说："我……我……我走了。"可胳膊上的那只手没放过她，而是轻轻滑到她的脖子上，热热的唇扫在她发烫的脸颊上，他的声音温柔而充满魅惑："我可不想亲到一口烤肉味。"然后，俯身狠狠压住她的唇。莫晓妍瞪大了眼，感觉肺里的空气顿时被抽光，几乎瘫软在他怀里。

这个吻不再像之前那么浅尝辄止，而是带了浓浓的侵略气息，他先是在唇上舔舐，然后轻轻撬开她的齿，肆意汲取她的味道。他修长的手指插在她的发丝里，柔柔地摩挲，终于令她渐渐安定下来，开始笨拙地学着去回应，直到沉醉其中。

也不知过了多久，他放开了她，两人呼吸都有些不匀，莫晓妍根本不敢看他，只红着脸道了声别，就匆匆打开车门跑了出去。一直到跑进家门，心跳还没平息下来，她扑到床上，用被子把头死死盖住，感觉从头到脚都是酥酥麻麻的。这时她才发现，理论终归只是理论，刚才那一刻，自己全身的荷尔蒙都被点燃了，不管韩逸对她提什么要求，她都会忍不住答应的。

幸好他只是亲了她，没有任何进一步的动作，好险！

正在这时，手机突然响了，莫晓妍看见是韩逸的来电，顿时吓了一跳。离他们分别才不到十分钟，完了完了，他不会是后悔了，想要上来吧？

她抱着手机，心中如小鹿乱撞，实在想不出对策，索性把心一横，接通了电话。

电话那头道："是我。"

"嗯，怎么了？"她心乱如麻，根本不知道该说什么。

"没什么，就是……有点想你。"

他只是一句话就令她弃械投降，她也顾不得什么矜持，只是不顾一切地想看见他，问："你在哪里？"

"你家楼下。"

她立即飞奔下去，刚走到阴暗的楼道里，就被一双大手捉住，然后对方将她轻轻抵在墙壁上，再度压上她的唇。感觉被熟悉的气息包裹，她才放心地沉溺在这个吻里。微凉的风从楼道灌了进来，让她稍稍找回些理智，她试图把他推开，说："等下，这里会有人。"

"不管！"他沉醉在她的甜美里，根本舍不得放松分毫。

温柔的月光，透过铁门间隙，照着两道纠缠难分的身影。黑暗中，两颗心狂乱地跳在一起，连四周凛冽的夜风，都好像变得温柔起来。两人分开时，嘴唇都被亲得微微红肿，她害羞地把头抵在他胸口，整颗心溢满了难以言说的甜蜜与幸福。

韩逸用外套把她整个人包裹住，嗅着她发间的香气，轻轻叹了口气，说："太晚了，你回去吧。"

"嗯。"莫晓妍感觉自己好像饮了烈酒，脸上烧得厉害，只从鼻子里发出轻轻的哼声，好像一只黏人的小奶猫，在他怀里依依不舍地蹭着。

韩逸不断深呼吸，终于提起她的衣领子，恐吓道："你再不走，就别想回去了！"

莫晓妍缩了缩脖子，飞快地从他怀里钻出，刚走了几步，又想起了什么。她转过身，看到还站在楼下正仰头看着她的韩逸，露出一抹无比明媚的笑容，说："阿逸，明天见。"

韩逸也轻轻笑了，他从来没觉得"明天见"是个这么美好的词。他一直看着她的背影消失在楼梯尽头，才依依不舍地走回车里。

关上车门，他突然感觉有种孤零零的冷清感，忍不住长叹一口气。才短短一个晚上，他就已经舍不得没有她的存在了。不过，他笑着摸了摸嘴唇，这种感觉……好像还不赖。

莫晓妍躺在床上反复想着那个吻，忍不住捂住脸在被单上滚来滚去。这时，忽然听见电话铃声，她立即蹦起来，接通却是卓云彤十分暧昧的声音："怎么样？失身了没？"

莫晓妍被她弄得哭笑不得，嗔道："卓姐，你瞎说什么呢。"

"这么说是没有了，嗯，还算听老师的话。那他要求了没？"

莫晓妍被她说得有些害羞："阿……咳，韩总他不是那种人。"

卓云彤裹着浴巾，边涂着指甲油边不屑地说："呵，男人我还不了解。那你们亲了没？"

莫晓妍的脸上一红，羞得说不出话来。卓云彤立即激动起来："那就是亲了，热吻吗？"

莫晓妍觉得不满足她的好奇心，今晚一定不会被轻易饶过，于是轻轻地"嗯"了一声。

"那他有什么反应？你感觉到没？"

"反应？什么反应？"莫晓妍听得一头雾水。

"都热吻了，你什么反应都没感觉到吗？这不对啊……"卓云彤放下指甲油，神情严肃地说，"完了，他该不会是不行吧！"

第九章

❤

直到后来，
我遇上一个女孩，
才明白什么是心动

01

最近，越星上下的气氛变得十分和谐，甚至可以说是欢欣鼓舞，因为向来十分难搞的大老板，居然变得和蔼可亲起来。

据说规划部的一个新人，把图纸画错了，走进总裁办公室的时候，本以为会遭到无情的打击，谁知道韩总只是让他重新做好，甚至还拍了拍他的肩，让他加油。那员工感动得稀里哗啦，逢人就说韩总是他生平所见的最有人情味的老板，听得所有人瞠目结舌。

最诡异的是，有人在开会时，看到韩总居然在偷笑，手背抵着唇，眼角轻轻勾上去，活脱脱就是"面含春色"。

再加上某位不愿透露姓名的知情人士爆料，大家终于确定一件事：韩总好像真的……恋爱了！这消息一出，顿时碎了一地少女心，办公间里到处可见失魂落魄的少女，捧着水杯、饭盒哀怨感怀：为什么……为什么那个人不是我？！

可她们不知道，那个被她们羡慕嫉妒恨的正主，也正在失魂落魄，因为她……太累了！

莫晓妍对着电脑上的数据，眼皮一直发沉，她连忙掐了下手掌，强迫自己打起精神来。这份报告今天白天必须得做完，不然晚上约完会又得回家加班了。

她轻轻叹了口气，灌了口浓茶，心想以前怎么没发现韩逸这么缠人，这几天，他每天下班后就一定把她抓到身边，不腻歪到深更半夜绝不放她回家。甚至在她回家后他还要缠着她煲电话粥，有几次都让她开着电话做自己的事就好，可想到那人在听着自己的一举一动，她哪还有心情做事。

虽然，她也很想和他朝夕相对，可拓展部最近接了个大项目，人人忙得要死，她只能把自己分内的事挪到约会结束之后在家做，这么一来，睡眠时间就被极度压缩。她无奈地揉了揉眼下那深深的乌青，很想一头栽倒在办公桌上睡死过去，心里感叹：谈恋爱，真是甜蜜的负担啊！

这时，卓云彤敲了敲她的隔板，冲她挤了挤眼，问："怎么了，劳累过度？"这几个字被她说得十分暧昧。莫晓妍冲她干干一笑，又恢复无精打采的表情。

卓云彤又问："对了，你什么时候搬到我那里去？"

对哦，差点把这事忘了。莫晓妍连忙算了算时间，她租的房还有几天就到期，之前已经和房主说了这个月就会退租，她得赶紧准备搬家的事了。

卓云彤凑近她，小声说："要不你明天就搬来得了，房租我给你从下个月开始算，还有……让你那位'韩总'来帮你搬家呗。"

见莫晓妍紧张地"嘘"了一声，又心虚地朝四周看了看，卓云彤捂着嘴笑着说："放心吧，他们都在忙，谁有空管你的事。"

莫晓妍这才松了口气。她不想让其他人知道他们的事，毕竟她总觉得这场恋爱谈得毫无底气，想给自己留条后路，就算分手了，也不至于让她在越星难以立足。她低头想了想，说："算了，我东西也不多，自己叫辆车就行了，他也得忙他自己的事呢。"

卓云彤忍不住戳了戳她的额头，说："你是不是傻啊，男朋友是干吗的，就应该是这种时候发挥男友力的嘛。"

这件事最后的结果是，韩逸主动过来帮莫晓妍搬了家，卓云彤本想趁机揶揄下他，结果看见他扔过来的一个眼神，就立即打消了这个念头。她察言观色这么多年，当然看得出大老板正为女友当天不能陪他的事感到非常不爽，她可不会那么傻往枪口上撞。

好不容易打发走了韩逸，莫晓妍正在收拾东西，卓云彤端着茶杯靠着门框，笑着说："看起来，他是真的挺喜欢你的。"

莫晓妍愣了愣，笑容里也带了丝甜意。卓云彤见她这副沉醉爱河的模样，也是真心为她高兴，在她旁边坐下说："你可记好了，你们在外面怎么玩都可以，可不许把他带到这里来过夜，姐姐我现在是单身人士，经不起虐！"

虽然知道她这是在调侃，莫晓妍还是红了脸，说："什么嘛，哪有到这一步！"

"那到哪一步了？"卓云彤饶有兴致地问道，不由自主跟她靠得更近了。莫晓妍被她暧昧的目光看得很不好意思，转过身说："还不就是亲亲抱抱。"

"什么！你们谈了这么长时间，连二垒都没上啊！"

"也没多久啊，才不到一个月。"

卓云彤放下茶杯，一把扶住她的肩说道："你们可是天天在一起，真的只是接吻，他都没有动手动脚，或者提什么要求？"

莫晓妍很认真地想了想，然后摇了摇头。虽然每次亲吻都很激烈，可亲完了他也只是把她抱在怀里，并没有什么进一步的举动。

卓云彤皱起眉："这不正常啊。真爱一个人，本来就应该迫不及待地想将对方占为己有。就算再正人君子，情到浓时，也是会有冲动的。"

她突然一拍大腿，说："他不会是有什么隐疾吧。你想想，他这种条件，一直没交过女朋友，这正常吗？还有，当时他对着我这么个各种放电的性感尤物还能无动于衷，他该不会真是……不行吧？"

莫晓妍虽然没有经验，但是刚才那句话还是戳中了她的心：如果是真心相爱，就应该会有想将对方占为己有的冲动才对吧。可韩逸表现得……好像是有些太过绅士了。

她当然不会怀疑韩逸有什么隐疾，可万一……是因为自己太没有魅力呢？她的情绪莫名低落下来，低头把手上的衣服折来折去，却好像怎么也折不好，忍不住沮丧地扔在了床上。

卓云彤一把抓住她的手，说："没事的，我教你个法子，保管你一试就试出来了。"她凑到莫晓妍耳边，轻轻说了几句。莫晓妍立即红了脸，说："你让我伸手去摸……这……我可不敢！"

"这有什么不敢的！这样吧，你要实在不敢摸，就拿腿装作无意识地往那里蹭，至少得知道他到底有没有反应。"

莫晓妍十分为难地看着卓云彤，她只是恋爱新手上路，这种老司机才能完成的高难度挑战项目，她实在没把握啊。

卓云彤拍了拍她的肩，鼓励她："加油！我劝你不能轻易失身，可也不想你当尼姑啊。"

于是，莫晓妍那天晚上失眠了，最后迷迷糊糊睡着后还做了个春梦，梦里韩逸一时兽性大发，一时又十分冷淡，弄得她情绪大起大落，很是辛苦。

第二天，在莫晓妍的再三要求下，韩逸终于大发慈悲让她抽出一天约会时间来做事，但条件是必须在他办公室做。他的理由非常充分，他们可以一起加班，这样也别有一番情趣。

莫晓妍不明白加班能有什么情趣，原本严防死守着他的偷袭，谁知那人根本不刻意做什么，只是抱着笔记本坐在她旁边，偶尔侧头在她耳边讲几句话，或者故意蹭过她的手去拿资料，就能把她撩得面红耳赤。

这样怎么能专心工作嘛！她忍不住抗议："韩总，能不能给你的员工一个独立私密的工作环境？！"

韩逸手指在键盘上飞快敲打，表情看起来十分正经："越星还有比我这里更独立私密的工作环境吗？明明是你自己心猿意马！"

莫晓妍恨恨地咬了咬牙根，于是告诫自己：一定不能再轻易被这人色诱！这么逼自己集中精神后，工作效率竟是出奇地高，只用了一个小时，她就把报告剩下的部分做完了。

莫晓妍合上笔记本，一脸满足地伸了个懒腰，这时却听见一个阴恻恻的声音说："既然我在这里，不是应该先让我看一下吗？"

她觉得十分有理，刚打开电脑准备发给他，韩逸已经走到她身后，弯下腰把她搂在怀里，大手盖住她放在鼠标上的手，温热的唇在她耳边轻轻吐气："你放给我看。"

莫晓妍感到有股酥麻感从手心一路往上爬，莫名觉得口干舌燥起来，心里暗自咒骂自己真够没出息的，被他这么一撩拨就受不了。

于是她深吸一口气，开始对着电脑屏幕讲解自己的思路。韩逸一边用手指轻轻勾着她的指尖，一边贴着她的脸用正经的语气讲着自己的建议。莫晓妍被他呼出的热气弄得十分迷乱，也不知怎么的，就变成了被他勾住脖子从耳垂一直吻到唇上。

韩逸把她的身子捞起，让她坐在了办公桌上，用手搂住她的腰紧贴着自己，舌尖贪婪地索取她的甜蜜。

莫晓妍在一阵迷糊过后，突然想起卓云彤提到的事，在心里纠结了许久，终于尝试着用膝盖慢慢往那边顶……可她总找不准方向，只在他大腿根处蹭来蹭去，蹭得韩逸差点把持不住。他连忙一把按住她的腿，低吼："你想干吗！"

莫晓妍被捉了个现行，有些心虚，低着头怯怯地说："卓姐说让我试试，你是不是……"

虽然最后两个字被她咽在喉咙里，韩逸却听懂了，他觉得又好气又好笑，索性扯开衬衣的扣子，直接把她压在办公桌上，咬牙切齿地说："你要是不放心，我现在就可以证明！"

可在两人彻底失去理智之前，他还是及时让自己抽离出来，撑起身子看着她。衣衫不整的两人四目相对，眼里都窜动着未熄的火焰。

韩逸为她扣上衬衣的扣子，走到窗前点了支烟，轻轻叹了口气说："你以为我想忍得这么辛苦吗？但是我们之间还有太多问题没有解决，我需要时间去说服我的父亲。还有我身体里的那个人，我一直很怕他会出现……在这些事都解决之前，我不想那么对你。因为，我怕你会受伤。"

莫晓妍觉得鼻子有点发酸，他一直在以自己的方式保护着她。她走过去，把头轻轻靠在他肩上，说："阿逸，谢谢你。"

韩逸把烟在窗台上磕了磕，笑着说："谢我什么？"

"所有事！"她仰起头，目光温柔而专注，月光透过窗户，将她的眉眼染上银白色的光晕。

韩逸俯身在她唇上轻轻落下一吻，然后发出警告："不许这么看我，不然我会后悔。"

夜深，韩逸独自站在自家的落地窗前，拨通了一个电话，半个小时之后，他提高声音惊讶地问道："你要回国吗？什么时候？"

挂断电话，他已经完全没了睡意，倒在沙发上给自己倒了杯红酒，那些本该遗忘的记忆却越来越清晰，久违的恐惧和厌倦感不断把他向下拉扯。他急忙拿起手机，看了看时间，现在是深夜一点。想到莫晓妍因睡眠不足而显得疲倦的脸，他最终还是没有把这个电话拨出去，只是发了条短信："你睡了吗？"

她没有回信息，于是他失去了救赎的力量，最终陷在那个梦里越来越深，直到彻底昏睡过去。

手机的屏幕突然亮了，短信铃声响起，他倏地坐起，眼神却变得阴冷。他看了看手机上她发来的短信："刚醒，怎么了？"

他盯着那行字邪邪地勾起嘴角，端起韩逸没喝完的那杯酒，走到阳台上甩开拖鞋，光脚踩在冰冷的瓷砖上，斜靠在玻璃窗前，俯瞰着窗外的灯火，笑着把手里的酒喝完，说："好戏终于要开场了。"

然后，他拿起手机回了一条短信："没什么，就是想你了。"

02

钢铁机身喷出巨大的气流，在蓝天上划出一道道白色轨迹，嗡鸣声不断在耳畔响起，莫晓妍出神地看着玻璃窗外起落的客机，猜测着今天要来的人究竟是谁。

今天是周末，一大早，韩逸就把她带来了机场，说有个朋友回国，他答应要来接机，正好也想让她和这个朋友见上一面。

莫晓妍有些好奇，从他们认识开始，就没听说韩逸有什么朋友，来来去去也不过周悦伟一个人，毕竟他是个不太好相处的人。这次他说的朋友是从美国回来，应该是在学生时代就认识的吧。他既然这么郑重其事地带她过来，说明这个朋友对他来说应该很重要。所以，她从昨晚起就严阵以待，让卓云彤为她精心选了一套衣服，又化了淡妆。可她还是忍不住会有些紧张，怕那人会觉得他们并不相配。

终于，他们等的那趟航班落地，接机口涌出一大群人，莫晓妍却一眼就看到一个拖着黑色行李箱的女人。她身材高挑，一头深褐色短发，只穿了简单的 T 恤和外套，却在人群中格外显眼。她一看见韩逸便开心地挥着手，韩逸也朝那边笑起来，拉着莫晓妍的手走过去。

短发女子轻轻抱了抱他的肩，笑得神采飞扬："Henry，好久不见！"

莫晓妍被他们之间的熟稔弄得有些不自在，在一边偷偷观察那个女子：笑容爽朗，气质优雅，明明不施脂粉，却显得五官格外明艳。她忍不住低下头，卷了卷露在风衣外的袖子。这时，一个念头突然跳进她的脑海，这张脸，她曾经在哪里见过。

她想起来，那是在韩逸的记忆里。曾经在漆黑的电梯里，她分享着韩逸的记忆：大雪纷飞的晚上，有炉火和灯光，红衣女孩在雪花飘飘中赤足起舞，那一幕她永远不会忘记。而现在，那个女孩长成了更有韵味的女人，就这么站到她面前，让她忍不住有些……自惭形秽。

这时，韩逸回过头来，把她拉近一些，介绍道："莫晓妍，我女朋友。"

莫晓妍迎向面前那带了探究的目光，笑容里带了些局促，那女子却落落大方地朝她伸出手来，说："董佳琪，我是韩逸在美国的老友。"她眼角往那边一瞥，又笑着说："也是他的心理咨询师。"

"你是心理咨询师？"

当三人在咖啡厅坐下，莫晓妍终于忍不住提出这个疑问。

韩逸替她把搅好的咖啡放在面前，解释着："佳琪的妈妈董阿姨是我爸爸的好朋友，也是知名的心理咨询师。我刚到美国的时候，情绪很不稳定，在她那里做了很长时间的治疗，和她们一家也成了很好的朋友。后来董阿姨生了病，刚好那时佳琪拿到了执业牌照，所以就由她接手替我治疗。"

董佳琪见莫晓妍听得有些茫然，笑着说："怎么，不信我？我虽然没有妈妈经验那么丰富，可好歹也是心理学硕士毕业，专业度绝对值得信任。"

"没错，佳琪可是富勒神学院最年轻的临床心理学硕士。"

董佳琪笑着朝她挤了挤眼，说："你这位男朋友，当年可也是沃顿的风云人物，我还知道他不少糗事呢。"

莫晓妍淡淡地笑了笑，并无意去附和。她低头不停地喝着咖啡，今天的咖啡一定忘了加糖，苦涩的味道从喉咙一直漫进心里。这时，有一只手伸过来，在桌下将她的手紧紧握住，安慰她让她安心。

韩逸的头凑了过来，轻声说："少喝点咖啡，伤胃。"他丝毫不介意展示他们的亲昵，无论谈什么话题，都再也没有放开过她的手。莫晓妍感受着手上传来的温度，低头笑了出来，再也不介意那些对她来说陌生又高深的交谈，不管曾经如何，至少现在他的心在自己这里，她很确定。

这时，她突然意识到一件事，如果董佳琪真是韩逸的心理咨询师……她也知道那个人的存在吗？她迟疑了会儿，还没有问出口，董佳琪已经很自然地对着韩逸问道："那个人……他后来又出现过吗？"

韩逸的表情变得有些凝重，说："基本就是在电话里和你说过的那些，这段时间他出现得少了，但是，我觉得他一定不会就此罢休。"

董佳琪低头沉思了会儿，掏出两张名片递给他们说："我这次回国，是想在这边开个工作室，国内的心理咨询市场还有很多空白，但是需求很大，所以我觉得留在这边，会比在美国更有机会。这是我工作室的地址，现在还在装修。"她又盯着韩逸说："你最好抽时间到我那边去一趟，我给你再做一个全面的诊疗。"

韩逸点了点头，握紧莫晓妍的手说："你和我一起去。"董佳琪的眼神在他们两人身上扫过，然后笑着说："坐这么长时间的飞机累死我了，先回去休息息，等我安顿好了请你们吃饭。"

董佳琪在G市有套公寓，车开到了楼下，她让韩逸替她去拿下行李，然后趁机凑到莫晓妍身旁小声说："我名片上有电话号码，不忙的时候打给我，我有事想单独和你说。"

莫晓妍心中一动，董佳琪特别强调了"单独"两个字，也就是不想让韩逸知道，可董佳琪到底想和她说什么事？

整整一天，莫晓妍心里都怀着这个疑问，和韩逸分别后，迫不及待地打通了那个电话。董佳琪好像刚睡醒，声音显得有些慵懒："我把我家的地址发给你，能过来坐坐吗？"

当莫晓妍摁响门铃，董佳琪立即出现在了门口，她穿了一件宽松的家居服，鼻梁上却架着一副金丝边的眼镜，看起来有些微妙的矛盾感。她热情地把莫晓妍迎进门，然后一边为她倒茶一边说："刚刚回来，家里还有些乱，你喜欢喝什么茶？"

"随意就好。"莫晓妍和她并没有那么熟，拘谨地并膝坐到沙发上，问，"你想和我说的是什么事？"

董佳琪把茶递给她，说："在我妈妈所接待的病人里，韩逸的病情并不算最严重的，却非常特殊。我们尝试过很多方法去帮他，但是，在最初的几个疗程之后，效果并不明显，他于是不再相信自己能被治愈，已经有一年多时间没有在我这里接受过治疗了。"她突然抿嘴笑了起来，说："可前段时间，他突然给我打电话，说他认识了一个女孩，他很喜欢她，想和她长久走下去，希望我能替他想个法子，阻止他身体里的那个人继续出现。"

莫晓妍的心怦怦跳了起来，内心甜意荡漾。董佳琪把眼镜拿下来，说："你来之前，我一直在看他的资料。韩逸曾经在我们家住过一段日子，和我们全家都是很好的朋友。韩伯伯也是我妈妈的好友，她特地交代过我，一定要想办法把他治好。所以我这次回国，一半是为了自己的事业，一半也是为了帮他彻底摆脱这段阴影。"

"阴影？"莫晓妍迅速捕捉到这个字眼，疑惑地抬头看着她。

董佳琪的表情变得十分严肃，说："他有没有和你说过他的过去？"

过去？莫晓妍突然想起他们第一次见面时的情景，那时他迫不及待地想要知道某段记忆，也是韩衍处心积虑阻止她看到的一段记忆，那就是董佳琪所说的阴影吗？于是她愣愣地开口："你是说，他妈妈的死？"

董佳琪点了点头，眼神里闪过一丝犹豫，继续说："韩逸妈妈死的时候，他才十二岁。董伯伯和我们说过那天的事，当时门是从内而外反锁的，当他和保姆破门而入的时候，周琳娜已经倒在血泊中，韩逸就站在旁边……韩逸后来失去了那段时间的所有记忆，再后来他就被送到了美国，董伯伯想要他彻底摆脱那件事带来的影响。"

莫晓妍皱起眉头，很快听明白这段陈述中的不寻常之处，内心闪过一丝惊恐，抬起头不可置信地盯着董佳琪。董佳琪却点了点头，说："所以，韩逸一直怀疑，他妈妈的死……和他有关。"

"这不可能！他当年才十二岁！"莫晓妍忍不住大声反驳。

"可是你别忘了，他身体里，还藏着一个人！"

莫晓妍的脑子嗡嗡作响，握住茶杯的手有些发抖，没错……如果是那个人……他可以做出任何事！毕竟他恨韩逸，也恨他的妈妈，因为他不是被选择出生的那个。

董佳琪叹了口气，继续说："所以，韩逸刚到美国的那段时间……过得很不好，甚至可以说是自暴自弃。后来是我妈妈把他从街上捡了回来，做了许多努力，他才愿意重新面对自己。我们最开始尝试的是催眠疗法，希望借助催眠，让他想起当时的事。但是每次韩逸沉睡的时候，韩衍就会出现，一切都回到原点，长此以往，连韩逸自己都无奈选择了放弃。"

莫晓妍觉得眼眶有些发涩，她无法想象，一个十几岁的孩子，陷在可能害死自己母亲的阴影里，他是怎么走出来的。

董佳琪盯着她继续说："他最开始发现韩衍的存在，就是在他妈妈死的那年。所以我们觉得他妈妈的死就是造成这一切的关键缘由，只有解开这个谜题，才能真正帮他恢复正常。我单独叫你过来，告诉你这件事，就是因为你现在是他最信任的人，只有你和我们配合，才能更好地帮助他。"

当莫晓妍走到董佳琪家楼下，迎着凛冽的晚风，把脖子往衣服领子里缩了缩，突然很想好好地抱抱那个人。她也顾不得现在已经是晚上十一点多，立即给他发了条微信："你睡了吗？我想见你！"

另一头，有人盯着黑暗中微闪的屏幕，得意地笑了起来，他摁灭手上的香烟，手指飞快打出一行字："你在哪里？我去接你。"

橘黄色的路灯光，照着街上三三两两的行人，莫晓妍缩着脖子站在一家便利店门口，看着那辆熟悉的宾利停在面前。她笑着朝手心哈了口气，然后拉开车门坐了进去。转头正要说话，她突然发现驾驶座上的韩逸戴了一副墨镜，忍不住问道："大晚上的，干吗戴墨镜？"

他勾了勾嘴角，并没有回答，只是将车门锁死，车子启动，窗外的景物开始飞快地向后跑去。莫晓妍的心渐渐沉了下去，她咬了咬唇，双手死死地绞在一起，声音有些发闷："我好累，就把我放在这里吧。"

终于，那边传来一声轻笑，他的声音低沉却带着隐隐的兴奋："你不是说，很想见我吗？"

莫晓妍全身倏地僵硬了起来，手指攥成拳头，努力抑制住自己身体的颤抖。韩衍十分愉快地摘下墨镜，侧头看着她说："我就知道你还记得我，只有你能这么快就分出我和他的差别。"

莫晓妍不断深呼吸，慢慢让自己平静下来：那个噩梦早已远离，她不会再怕他，她已经有了自己想要保护的人，绝不会让这个恶魔把她拉入深渊。

韩衍看着她冷漠的侧颜，不由得挑了挑眉，眼珠转了转，说："你猜猜这辆车的最高时速能到多少？"

说完，他猛地一踩油门，看着码表数字不断攀升，笑得越发猖狂。莫晓妍脸色煞白，此刻车速已经超过一百二十迈，几乎像一颗炮弹在街道上横冲直撞。晚上的车辆虽然不多，但也是险象环生，有几次都是险险擦着另一辆车身滑过。她觉得胃里一阵翻腾，忍不住大叫："快停下，你疯了吗？！"

韩衍听着身后一片愤怒不满的喇叭声，嘴角咧得更大，却丝毫没有停下来的意思，大声说："你求我，我就停下来！"

这时，前方红灯亮起，有个抱孩子的女人正准备过马路，而韩衍丝毫没有减速的意思。莫晓妍看得心惊胆战，感觉心脏都要蹦跳出来，声音里已经带了哭腔："停下！求你快停下！"

韩衍终于满意地踩下刹车，车速逐渐平稳，车子险险绕过那个女人。莫晓妍这才松了口气，这时她突然想到一件十分可怕的事情：这个人，到底要带她去哪里？

她拿出手机正要拨号，却又生生停住。不能报警，他顶着的毕竟还是韩逸的皮囊，这件事不能让任何人知道。可现在到底该怎么办？她正在纠结为难时，车子已经开进了一片偏僻的别墅区，她紧张地握紧了手机，问："这是哪里？"

韩衍把车停在车库前，盯着她眼神轻佻地说："怎么，他从来没有带你回过家吗？"

这里是……他家！看见那座掩在夜色中的乳白色建筑，莫晓妍的心软了软，随即又警惕起来，他把她带到这里来做什么？

这时，韩衍已经走到她身边，身子搭在门框上，说："董佳琪把什么都告诉你了吧？如果你想知道当年的事，最好跟我进来。"

莫晓妍蹙起眉，有些举棋不定。董佳琪说过，韩逸妈妈的死就是整件事的关键，也许从这人口里，真能套出什么线索来。而且，她始终觉得，这里是韩逸的家，他不会让这人在这里伤害她。于是她咬了咬唇，很快做出了决定，绕过韩衍的身子走下车来。

屋里除了必要的家具，并没有什么多余的装饰，布置得简洁而不失格调，十分符合那人挑剔的个性。这里似乎处处都能看到韩逸的影子，莫晓妍的心莫名安定了下来。韩衍嘲讽地勾了勾嘴角，给她倒了杯红酒，手搭在她身后的靠背上，摇晃着手里的暗红色液体说："想不到一段时间没见，你变了这么多。"

真可惜，他还很怀念那个怕他怕得要死，却固执地不愿妥协的女孩。

莫晓妍把身子朝外挪了挪，冷冷地说："你要告诉我什么？"

韩衍笑得意味深长："我想告诉你，韩逸确实害死了自己的妈妈，所以你实在冤枉了我，我不是恶魔，他才是。"

莫晓妍愤怒地瞪着他，站起身准备离开。韩衍飞快地拉住她的胳膊，把她拽得跌回沙发上，然后用身子把她紧紧压住，随手蘸了些红酒抹在她唇上，说："你要记住，我告诉你的就是真相。韩逸他根本不是个好人，你跟着他，迟早会受伤。"

莫晓妍克制着内心的惊恐，假装顺从地低下头，突然用手肘狠狠撞向他的下巴，企图借此摆脱他的禁锢。韩衍疼得咒骂一声，却依旧把她压得不能动弹。

韩衍摸了摸被她打的那一处淤青，眼神里闪过嗜血的暴戾。可很快他就恢复过来，上巴微微扬起："你以为韩逸是真的喜欢你吗？对他来说，你不过是个可怜又可爱的小宠物，他随便对你施舍些感情，你就能对他死心塌地，让他获得前所未有的满足感。可你想想，他真的能懂你吗？他从小就是高高在上的贵公子，就算那次受了重创，也有一群人为他善后，帮他重新站起来。他永远也不会真正理解你那些艰辛、你的过去，和你想拥有的未来。所以等到新鲜感过后，他迟早会抛弃你，因为他不可能放弃他的家庭、他的事业。你觉得，在你和韩氏集团之间，他会选择什么？"

他朝她的脸慢慢贴近，声音里充满了魅惑："你还不明白吗？只有我才能懂你。那些在黑暗里，一个人的孤独和无助，要拼命挣扎才能获得生存的权利，我都能感同身受。所以只有我才会真正疼惜你，视你为唯一的珍宝，你陪着我，照样可以得到他的一切，明白了吗？"

他在蛊惑她，和第一次一样，蛊惑她和他一起对付韩逸。莫晓妍直直地盯着眼前的人。真奇怪，同样的一张脸，为何一个让她爱慕迷恋，另一个人却让她如此厌恶？

　　她微微侧过脸，眼神明亮而坚定，说道："你错了，我和他都不会是一个人，我们都拥有对方，也信任对方。只有你，你才是一个人，永远……只有你自己！"

　　韩衍的表情顿时扭曲起来，他狠狠捏住莫晓妍的下巴，笑容里却已经带着毁灭的意味，手指向下，慢慢摩挲着她的嘴唇说："你猜猜看，如果我现在强要了你，韩逸会是什么感觉？"

　　莫晓妍瞪大了眼，在这一刻终于感到了恐惧，所有的尖叫和哭喊，都被他狠狠堵在了唇中。熟悉的气息，完全不同的感受，让她有了片刻的混乱。电光石火间，她顾不得其他，狠狠朝他唇上咬去。韩衍的眼神一寒，舔了舔唇上的伤口，把血全卷进舌尖，笑道："真有趣，我还以为你喜欢这样呢。"

　　莫晓妍盯着他不断发抖，那张曾经让她日思夜想的面孔，此刻却变得陌生而恐怖，这人是真正的野兽，像一匹阴冷残暴的饿狼，他会毁掉她！

　　这时，她的余光瞥到了桌上的那只玻璃杯，于是艰难地把杯子捞到手上，正想要趁机砸向那人的后脑，突然想到这是韩逸的身体，于是有了片刻的犹豫。这时韩衍已经发现她的意图，抢过那只玻璃杯，狠狠摔在了地上。可就是这片刻的分心，给了莫晓妍一个机会，她趁机从他身下钻了出去，刚跑了两步，却又被他紧紧捉住，一把甩到沙发上。

　　韩衍死死按住她的手，重重骑坐在她身上，居高临下看着她，阴冷而邪肆的目光，一寸寸将她的自尊全部剥落。

　　莫晓妍拼命忍住眼泪，颤声说："他不会让你得逞，他会保护我。"

　　韩衍笑了起来，他缓缓压下身子，舌尖轻轻舔着她的耳垂，声音暗哑："真是乐观的姑娘呢。只可惜他现在听不见你的声音，也看不见你，更不可能来救你。"

　　他的手挪到她的胸前，把扣子一颗颗扯落下来，他的速度很慢，因为他想欣赏她的表情，是怎样一点点变得绝望。可他很快就失望了，因为莫晓妍的眼神突然变得坚毅，手上不知什么时候捡到一块玻璃碎片，说得字字坚定："你错了，他一定会来，因为他说过，不愿意看我受伤。"

她咬咬牙，用那碎片朝自己的手掌划去。韩衍抢夺不及，只看见鲜红的血液从白皙的肌肤上不断涌出，蜿蜒滑过她手腕上那一道道丑陋的伤疤。心脏猛地缩了缩，有一种他从未有过的痛意在蔓延，他惊恐地低下头，感觉身体里的那个人正在渐渐苏醒。

他忍不住大声咒骂，不敢相信自己居然就这么输了，输在那一道小小的伤口上。莫晓妍趁他神情恍惚之时，用力将他推开，拼命往大门处跑。就在这时，她听见身后传来一道极微弱的声音："晓妍，不要走，是我！"

莫晓妍怯怯地止住脚步，回过头看见那道熟悉的目光，才终于确定是韩逸回来了。她忍了许久的眼泪终于流了出来，立刻冲回去紧紧抱住他，生怕下一刻他又会消失。

韩逸浑身都是冷汗，精神还不能完全集中，可她衣袖上的那一抹红显得格外刺眼，好像在嘲笑他的无能，是他害她置于这么危险的境地。他愧疚地闭上眼，搂住她颤抖的肩，不断说着："对不起，对不起……"

03

"快告诉我！昨天晚上战况如何！"

一大早，卓云彤就把尚处于昏昏沉沉状态的莫晓妍拖到茶水间，激动地拽着她发问。

莫晓妍一副哭笑不得的样子，就知道昨天晚上没回家，她的同居室友一定不会轻易放过她，可她真不知道该怎么解释才好。于是她淡定地抽出手，走到咖啡机前接了杯咖啡喝了一口，微苦的气味终于让她找回些元气。回头看见卓云彤那双依旧充满期待的眼睛，她含糊着回应："一时半会儿……说不清。"

卓云彤挑了挑眉，见她一副好像身体被掏空的模样，顿时脑补出许多精彩画面。她这时才瞥见莫晓妍手上的伤口，忍不住倒吸一口气说：

"你们玩这么凶！"

莫晓妍心中一惊，低头把那只手藏在了背后，眼中掠过一丝阴影。卓云彤却没注意到她的表情变化，只以为她是害羞，自顾自地说着："现在说不清，晚上回去给我好好交代！要有剧情！有细节！"她突然皱了皱眉，说："算了，算了……不能太详细，姐姐现在还是单身人士，怕承受不住。"

莫晓妍不由得失笑，然后又有些微微发愣，昨天晚上……真是矛盾的一夜啊……

她的思绪又飘回韩逸为她包扎伤口的那一刻，淡绿色的药膏涂在已经变成褐红色的伤口上，见她痛得蹙起眉头，韩逸握住她的手抖了抖，随即起身说："我带你去医院！"

莫晓妍连忙想要拒绝，可见他态度十分坚决，于是干脆缩了缩脖子，声音里带了些娇嗔："不想去，外面……很冷。"

韩逸瞬间心软下来，坐下来把她搂在怀里，继续为她包扎。层层纱布缠绕上去，韩逸的喉头哽了哽，把脸埋在她的头发里，不断说着："对不起……对不起……"

莫晓妍轻轻把他的手反握住，声音如同和煦的春风般温柔："这不是你的错，从来不是你的错！"

他没有说话，有些冰凉的液体落在她的脖子上，沁得胸口又疼又涩。在这样的夜里，两个满心伤痕的人，太适合互相取暖。她反手勾住他的脖子，脸蹭着他的胸口，尽情汲取他身上的温度，声音有些沙哑，说："我好累，能不能借间房给我？"

"好！"韩逸几乎是毫不犹豫就说出这个字，然后一把将她抱起，径直走进了卧室。

依旧是极简风格的布置，深蓝色的床品，充满着阳刚气息，这是他的卧室！莫晓妍顿时就红了脸，她并不是这个意思啊……韩逸把她放在床上坐下，替她脱下鞋袜，拿出自己的一件睡衣递给她说："浴室在那边，你去泡个澡，放松下。"

莫晓妍揉捏着手下的床单，嗫嚅着说不出话来。韩逸笑了起来："还要我抱你去？"

"不用！"莫晓妍瞪着眼，抱着睡衣，飞快冲进浴室。

她靠在浴缸边，一边放水一边发呆，抬头看见洗手台上放着的剃须刀、漱口水……全是他的味道。她忍不住揪住衣襟，抑制住自己过快的心跳声，脸上却越发热了起来，脑子也开始不受控制地乱想。她突然想起来：自己今天穿了一条超市打折的内裤，惨了，等下不会被他取笑吧。她忍不住捂脸歪在浴缸旁哀叹：都什么时候了，还担心内裤问题，该担心的是你自己吧，少女！

浴缸里的水越来越多，白色的雾气氤氲地爬上脚踝，莫晓妍把心一横，管他的，先好好洗个热水澡再说。当她把疲惫的身子泡进温暖的热水里，顿时舒服地呼出一口气来，感觉全身的毛孔都透着愉悦。然后她又开始担忧地思考起来，过了许久也下不了决心走出门去。

终于，半个小时后，韩逸敲了敲门，关切地问："怎么洗了这么久，没事吧？"莫晓妍吓得差点栽进浴缸里，生怕他会不放心冲进来，连忙大声喊着："没事，没事，马上出来。"

韩逸靠在门口，看见她低着头走出来，不由得连呼吸都滞了滞。她的脸被热气熏得红红的，宽大的睡衣穿在她身上，领口处露出的锁骨透着微红，长发吹得半干，几滴水珠顺着脖子蜿蜒落在锁骨上，如娇艳的花朵上的晨露。

韩逸的喉结滚了滚，不自在地偏了偏头，说："你先去床上休息，我等下过来。"

莫晓妍根本不敢看他，只低着头"嗯"了一声，然后快速跑到床上用被子把自己整个盖住。听见他走进浴室的声音，她的心剧烈跳动着，偷偷探出目光，余光瞥见枕头上他留下的几根碎发，内心忐忑中又掺了些小甜蜜。这是她第一次和人同床共枕，还是和她深爱的男人。

　　陷在柔软舒适的被子里，她开始觉得眼皮有些发沉，她不断提醒自己，别睡啊，千万别睡啊，可意识还是渐渐模糊……

　　浴室里传来哗哗的水声，韩逸在冷水里冲了很久，才终于缓解了全身的燥热。他对着镜子不断告诫自己："你是人，不是禽兽，如果这种时候动她，你还算是个男人吗？"用水抹了把脸，他又觉得有些好笑，就因为他是个有正常需求的男人，这种时候才很难冷静下来啊。

　　当韩逸终于能克制住内心的欲念推门走出，他才发现莫晓妍正抱着他的被子睡得十分香甜，睫毛微微颤动，发出均匀的鼻息，嘴角浅浅翘起，好似一个做了美梦的孩童。

　　韩逸站在那里，感觉某种巨大的幸福感突然击中了他。他走过去在她身边躺下，温柔地揽住她的肩，把玩着落在上面的几缕乌发，在心里默念："好好睡吧，我的女孩，我会守护你，绝不会让你再受伤害。"

　　怀中的女孩睡得十分安稳，可他一夜未眠，他怕自己睡着了韩衍会出现，而且他被内心那不断躁动的欲念折磨着，根本无法入眠。爱一个人，自然会有欲念，可她是他心里的一朵花，他想要给她和风细雨，看她向着阳光恣意生长，所以不想轻易把她摘下，自私而粗暴地占有。他们等了那么久才遇见彼此，所以他宁愿忍耐，直到确认她完全属于自己，直到他们的未来再无荆棘。

　　只是……这忍耐还是有些难熬，他看着她睡衣领口处的白嫩肌肤，忍不住在她唇上厮磨一阵，心里暗想：迟早有一天让你好好还我！

　　第二天，当莫晓妍醒来时，她只觉得这是许多年来睡得最为安稳的一觉。睡梦中好像有人在亲她，温柔的、细碎的吻，仿佛是一种抚慰，所以她没有醒，只是笑，如果能在这个梦里留久一些就好了。可当发现韩逸那张近在咫尺的笑脸时，她吓得差点从床上弹了起来：她居然在他怀里睡了一夜！

她突然想起来低头去看：衣服倒是穿得整整齐齐，就是……锁骨处多了个红印。她浑身腾地热了起来，而他还在含笑望着她。莫晓妍忍不住指着他结结巴巴地说："我……我……你……做什么了！"她惊恐的眼神里还带着羞涩。韩逸觉得她这个样子可爱极了，忍不住捏了捏她的脸，凑过去抵住她的额头说："一时没忍住，放心吧，没有逾矩。"

"喂，你回味完了没！"卓云彤欣赏了许久莫晓妍一时纠结一时脸红一时甜蜜的表情，脑子里已经自动代入许多部小黄文，不过……她看了看茶水间外来来去去的人，觉得她这副模样站在这里也太不合适了吧。

被卓云彤弹了下额头，莫晓妍终于回过神来。她不好意思地笑笑，赶紧端着杯子回到座位上。看了眼日历，她突然想起，今天晚上和韩逸约了要去董佳琪的工作室。

晚上，他们如约来到董佳琪的工作室。她依旧戴着那副金丝眼镜，合身的浅色套装，衬得她越发高挑迷人，莫晓妍看得羡慕不已，心说果然是从骨子里透出的精英气质。韩逸把韩衍最近出现的情况大致说了一遍，只略去了昨天晚上那件事。董佳琪眼神带着些忧虑："这么说起来，他最近出现的频率好像越来越高了。Henry，这不是个好征兆。"

韩逸点了点头，表情也有些沉重："所以我来找你，你上次在电话里面说，有一种新的催眠疗法，可能对我有用？"

董佳琪仍然有些犹豫，说道："你真的想好了？如果用这个方法，你就绕不过去你妈妈死时的场景，而且很有可能会让韩衍再找到空子出来。"

韩逸握紧了莫晓妍的手，收到她温柔鼓励的目光，笑了笑，说："只要能找到方法治好我，我什么都可以承受。"

董佳琪的表情微微变了变，随后站起身，说："好，你跟我过来，这次的疗法是美国最新的研究成果，能帮你唤醒深度记忆，同时也会保留你自己的部分潜意识，也许能够在阻止那个人出现的情况下，让你看到真相。"

韩逸在仪器的辅助下进入了睡眠：他走过一条长长的走廊，前方有淡淡的光亮，光亮处传来时有时无的歌声，他的脚步滞了滞，内心生出熟悉的恐惧感。随后他想到身后等着他的那个人，鼓起勇气朝前走去，歌声越来越清晰，隔着薄薄的木门，他却怎么也不敢推开那扇门。

那歌声骤止，门里传来了尖锐的叫骂声和断断续续的哭声，那扇门渐渐变得透明起来，里面的事物却仿佛始终隔着一层雾，需要走进去才能看清。

韩逸攥紧手心，感觉浑身都是冷汗，呼吸变得越来越急促，脚下却像被什么绊住，始终不敢往前走。突然一个讥讽的声音在背后响起："进去啊！为什么不敢进去！"

这个声音怎么……他深感不可思议地回过头，看见一张和自己一模一样的脸。

黝黑的走廊里，他却能把那张脸看得无比清晰，五官骨骼，是他最熟悉的模样。

韩逸盯着那双含着阴鸷笑意的眼，不由得攥紧了拳头，这是他们第一次面对面"看见"对方，所以他并不准备忍耐，也不在乎这样会有什么后果，疾步朝他逼近，挥拳打在了他的下巴上。

韩衍躲闪不及，被他狠狠打倒在地，疼得面容扭曲起来，随后又快速用胳膊格挡住他再度落下的拳头。韩逸的脸藏在阴影里，目中含着慑人的寒意，一字一句说："这是你欠她的，我会替她讨回来！"

韩衍摸着下巴上的血笑了起来，那笑声好似从气管中发出的，"嘶嘶"的如同毒蛇吐着信子的声音。他努力把头仰得高些，说："可你能怎么办呢？杀了我吗？你以为杀了我，一切就能结束吗？"他眼神中闪过一丝阴冷，盯向那扇门的方向，说："你为什么不去看看那里面到底发生了什么？你不敢吗？"

韩逸一愣，这才想起自己此行的目的。他猛地转过头，听见那扇门内的打骂声渐渐弱了，随之而来的是一声尖叫和家具剧烈碰撞的声音。按住韩衍的手突然颤抖起来，有什么东西在他内心渐渐苏醒：妈妈倒在桌子旁，十二岁的男孩站在房间里，双目通红，惊慌失措，他手里拿着什么东西，那到底是什么？！

韩衍慢慢坐了起来，欣赏着面前那人表情的变化，然后慢慢走到那扇门边，眯起眼朝里面张望着："想起来了吗？那天到底发生了什么，你是回忆不起来，还是不敢回忆？"

韩逸突然觉得头痛欲裂，仿佛有一把尖刀从他的太阳穴猛插进去，再狠狠把他劈开，五脏六腑都仿佛暴露在空气中，又无力地收缩起来。突然，面前的一切都开始崩塌，然后被旋转着吸进一个黑洞，骤然而至的光亮让他猛地从治疗床上坐起，他全身都被冷汗沁湿，抱着头不断发抖。

董佳琪连忙起身关闭所有的仪器，转过头看见莫晓妍正紧紧抱住他，在他耳边轻声安抚着，韩逸的表情也终于变得放松和平静。指甲刺得手心有点疼，她低下头说："我去给你倒杯热水。"

她走到厨房，拿出一只瓷杯洗了洗，看着热气翻滚的水灌入杯中，眼中突然闪过一丝狠厉，高高悬起的杯子倏地一松，那只茶杯便"啪"地摔在了地上，她也随之发出一声惊呼。

很快，莫晓妍就冲了进来，见她的虎口处被烫得通红，连忙一把握住问："怎么回事，严重吗？我帮你擦点药。"

董佳琪连忙收回手，带着歉意说："没事没事，是我太不小心了，你去陪他吧，这里我来收拾。"

莫晓妍看着满地的狼藉，立即蹲下身替她收拾起来，说道："你的手烫伤了，我帮你弄吧。"

董佳琪摸着被烫伤的手，蹲下身子凑在她旁边轻声说："你真是个很好的女孩子，难怪他那么喜欢你。说起来，他还应该感谢我呢，当年他在美国向我表白，幸好我没答应他。"

莫晓妍的手滞了滞，抬头看了她一眼。董佳琪看似十分感慨地笑了笑，说："那年我才十八岁，简直要被他吓死，当然不敢答应。现在想起来，如果我那时一时冲动答应了他，也不一定会像你们现在这么幸福，毕竟我们两个的个性都太骄傲。"

因为太骄傲，所以错过了吗？莫晓妍觉得眼睛有些发痛，却没法伸手去揉，真是恶俗的偶像剧桥段呢。她站起来背过身，把所有的垃圾一点点装进垃圾桶，然后突然想起一件事：韩逸好像从来没和她表白过。那天在楼梯间，他只是听见了她的表白，然后说要试一试。

04

回去的路上，莫晓妍一直没有说话，脑海里不断浮现韩逸和董佳琪站在一起的场景，还有那个屋外飘着雪花的夜晚，他和她的家人围着壁炉，她在中央跳舞跳得忘情又动人。也许，那才是他想要的生活。

她脑子里乱糟糟的，突然想起韩衍说的那句话："你以为他真的喜欢你吗？你对他来说只是个可怜又可爱的小宠物，他随意施舍你一点感情，你就能对他死心塌地。"

尽管她一再告诫自己，这只是那人的刻意挑拨，可那句话还是像生根的毒蔓，在心里肆意蔓延，直到戳出许多洞来。

"你怎么了？"韩逸终于感觉到她的不对劲，把车停下，关切地看着她。

"没事，只是累了……"她了解他现在有沉重心事，也无意给他再多加负担。

韩逸原本不疑有他，直接把她送回家叮嘱她好好休息。可之后的几天，他就算再迟钝，也看出来了不对劲。第二天，拓展部刚好有个去外地考察项目的机会，莫晓妍没有和他商量就接下了这项工作，去了远隔千里的L城。这是他们恋爱以来第一次分开这么长时间，可好像只有他一个人在思念牵挂，每次打电话，她只是敷衍两声就挂断，好像有什么心事。

他不明白到底是哪里出了差错，甚至开始怀疑，她是害怕了，厌倦了，不敢再陪着这样的自己。

L 城是座山城，这次考察的地块是环湖而划，所以选的酒店虽然不是什么豪华大酒店，但是视野开阔，十分适合失意的人。莫晓妍坐在房间里，看着窗外黑蓝的湖水被风荡起涟漪，努力克制着想给那人打电话的冲动。其实她也很想他，想得心都疼了，可心里那道坎总也过不去，她必须给自己一些独处的时间，好好想想他们之间的关系。

手上握着的手机突然响了，她看着上面的名字，犹豫了许久才接通电话。她刚轻轻地"喂"了一声，就听见他略带沙哑的声音："我在你门口，快开门！"

莫晓妍吓了一跳，几乎怀疑自己是因为太想他而产生了幻觉。

敲门声适时响起，莫晓妍连忙冲过去打开门，看见韩逸站在门口静静地望着她，顿时惊得目瞪口呆，结结巴巴地问："你……你怎么知道我在这里？"

韩逸快被她气乐了，她是他公司的员工，他想知道她出差住在哪家酒店很困难吗？他开了几个小时的车连夜赶过来，本来想给她个惊喜，谁知她只是吃惊。这几天被冷落的积怨喷涌而出，他沉着脸关上房门，把她摁在墙上狠狠压上她的唇，一直到她红着脸瘫软在自己怀里，才终于缓解些怨气。

"到底是怎么回事？我做什么惹你生气了？"终于又把她搂在怀里，韩逸勾着她的一缕乌发在手心缠绕，又偷偷在手指上打了个结，才满意地笑了起来。她和他就该如同这个结一般纠缠难分，谁也别想轻易解开。

莫晓妍闻着他衣服上熟悉的气息，突然明白过来，她深深爱着这个男人，不管他是因为可怜她也好，退而求其次也好，她都没法强迫自己离开他。于是，她问出那个一直萦绕在自己心头的疑惑："你是不是曾经和董佳琪表白过？如果她答应你了，是不是就根本没有我的事了？"

韩逸愣了愣，这才终于明白她在怄什么气，于是在她微微翘起的嘴上亲了亲，又沉默了很久才说："我好像没有和你说过我母亲以前的事。"

莫晓妍抬头看着他，他的目光显得有些复杂，在内心挣扎了一番，才继续说："我母亲以前是个红极一时的大明星，可她在事业最顶峰的时候退出娱乐圈嫁给了我的父亲。当年我父亲对她一见钟情，排除万难把她娶进了门，所有的媒体都用'灰姑娘嫁入豪门'作为标题来形容那场婚姻。可是……"

他脸上现出深深的讽刺表情："这世上哪有什么所谓的灰姑娘。他们的童话只维持了不到一年，我父亲在激情过后，渐渐开始后悔自己娶了个对事业并无裨益的明星。而我母亲一直怀念着她在台上艳光四射的时刻，开始厌倦了这么日复一日地被关在家里，做一只毫无自由的金丝雀。于是在无止境的争吵和埋怨之后，我母亲患上了抑郁症，特别是在我出生后，她的病越来越严重。"

莫晓妍不明白他为什么会突然说到这个，但是看见他眼里越来越深的痛意，不由得一阵心疼，连忙伸手摸着他的脸说："如果你不想回忆，就不要再说了，我什么都信你。"

韩逸把她的手放在唇边吻了吻，仿佛是在给自己继续回忆下去的勇气，过了半晌才接着说下去："在我出生之前，他们曾经协议离婚，谁知道就在办手续的前几天，我母亲发现自己怀孕了。他们商量了很久，决定继续忍耐下去。我母亲觉得，是因为我的出生才让她的生活变得越来越糟，于是她开始恨我，甚至找各种理由打我骂我。而我父亲每次看见也只是和她大吵，可他并不明白怎么关心我们。他们吵过以后我母亲的病就更严重，然后不断地恶性循环。那时候我总是在想，也许我的出生本来就是个错误，可我还是盼望着有一天母亲的病会好，她会像一个普通的母亲那样爱我，把我紧紧搂在怀里。直到十二岁，我母亲死去，我的生活才彻底崩溃。"

莫晓妍的心不断缩紧，抱住他微微发颤的身子，眼泪夺眶而出。她想象不出一个从小被母亲怨恨着长大的孩子，内心会是多么孤独无助。

也难怪他的性格会这么冷漠，甚至习惯于拒人于千里之外。

韩逸深吸了一口气，轻轻为她抹去脸上的泪水，继续说："刚到美国的时候，我还没从我母亲死亡的阴影里走出来，那段时间我过得很混乱，做了很多自暴自弃的事，喝酒、打架甚至露宿街头……每天睁开眼，我都有深深的厌倦感，觉得根本没有什么事值得我去经历，不如就这么沉睡下去，成全了那个人的愿望也好。可就在那时，我遇上了董姨，她受了我父亲的嘱托，把我从街上捡回去，我和他们家人一起生活了一段时间，那时我才知道什么是正常的家庭。董姨的丈夫死得早，但他们一家人的关系都十分亲密，房子不大，却能过得简单快乐。而且他们都对我很好，给了我从来没得到过的关爱。那时我迫不及待地想拥有那些温暖的家人，于是我决定向佳琪表白，我希望当我们成了一对以后，她的家人也能真正成为我的家人。"

他低头笑了笑，似乎是在嘲笑自己的天真，说道："佳琪那时才十八岁，她惊慌地拒绝了我。我不死心，又追求了她一段时间，可很快我也看出没有希望，就放弃了。那时我虽然觉得有点遗憾，但很快也就看淡了。因为我从没爱上过她，甚至没有动心，她打动我的只是那些属于家人的温暖。"

他突然低头看着她，十分认真地说："直到后来，我遇上一个女孩，才明白什么是心动，什么是患得患失。她一哭，我的心就会痛，她笑起来，我会觉得整颗心都被幸福填满。我突然十分庆幸佳琪那时对我的拒绝，如果我们真的在一起，因为董姨的关系，不管发生什么事，我一定不会先提分手。那就意味着我可能会错过你，而我将会为这件事而后悔终生！"

莫晓妍已经哭得说不出话来，这是她听过的最温柔的告白。韩逸笑着亲了亲她的眼睛，说："那天在楼梯间，如果你不接受我，我也不会放过你。我会缠着你，缠到你没法拒绝为止，明白吗？"

他无比庆幸自己没有错过她，他从小就没有一个正常的家，后来慢慢也就不再渴望家的模样。可是这一刻，他很想和她一起安一个家，只有和她在一起，他才有勇气击溃所有不堪的过去，他们会在彼此的心上慢慢修补，直到将那些破碎的重新弥补圆满。

于是他贴在她耳边轻声说："等我们回去，你愿不愿意陪我去见我的父亲？"

第十章

♥

她已经永远失去他了

01

韩慕东，盛世集团董事长，几十年来在商场上杀伐决断，地位无人能撼动，他今年虽已年近五十，看起来却是儒雅健硕，风姿不减当年。

此刻他正坐在书房的红木大桌后，静静地看着坐在他面前的两个人，笑了笑，抽出一支雪茄点燃，说："你难得回来一次，就是为了她？"

"没错。"韩逸握紧身边那人的手，声音坚定，"我是想正式给您介绍，莫晓妍，我的女朋友。"

韩慕东的眼皮跳了跳，目光再度落在了莫晓妍身上。他早听说韩逸身边多了个女人，可那女人各方面都平平无奇，他了解儿子挑剔的个性，也知道他一向识大体，于是猜想他只是随便找个好打发的女人解闷，并没有放在心上。可现在，他居然把这人带到他面前，郑重其事地介绍这是他女朋友……简直是可笑。

于是他轻轻吐出口烟圈，指了指莫晓妍，冷冷地命令："你先出去，我有话和他说。"

莫晓妍愣了愣，正犹豫着想站起来，又被旁边那只大手拉回座位。韩逸往前欠了欠身，毫不退让地说："她是我的女朋友，您可以和我说的，她都没必要回避。"

韩慕东夹着雪茄的手抖了抖，但多年的商场征战，早就让他练成了喜怒不形于色的功力。于是他深吸一口气，问："那好，给我一个时间。多久？她会是你多久的女朋友？"他希望这个时间是在他可以忍受的范围内。

韩逸笑了笑，温柔地看了身边的人一眼，说："直到她变成我妻子的那一天。"

饶是韩慕东再好的修养，这时也终于失去了冷静，他面色阴沉，嘴唇不断翕动，冷冷地盯着韩逸说："你会后悔的！"

"我不会。"简单的三个字，他说得坚定而骄傲。

韩慕东突然又笑了起来。多么熟悉的语气，当年的自己，第一次见到台上的女人，惊艳得几乎挪不开目光。于是他忘记了多年坚守的准则，不顾一切想把她捧在手心。那时他也自豪地对所有人说："我绝不会后悔！"可后来呢，在现实的琐碎与平淡之中，这份痴迷被渐渐消磨，曾经的激情变成了厌倦，曾经的甜言蜜语变成了伤人的利剑……最后，他只能看着那朵本该璀璨绽放的玫瑰，在自己手中慢慢枯萎。

他偏了偏头，掩去眼中深深的悲凉，语气再度变得冷硬："你以为不会？难道你已经全不记得了吗！你应该最清楚这样的婚姻会有什么后果，你会毁了她，也会毁了你自己。"

韩逸当然明白他在说什么，他转头望向莫晓妍，她的脸上没有恐惧和不安，目光平和而坚定，里面映着一个他。他转过头，看着韩慕东，说："我们一定不会和你们一样。因为她不是妈妈，我也永远不会成为你。"

"胡闹！"韩慕东愤怒地把雪茄掷了出去，然后悲哀地发现，韩逸根本不是来征求他的意见，只是来告诉他自己的决定。他这个儿子这么多年已经成长起来，比任何人都坚定自己的人生路。以前的顺从只是因为他懒得反抗，或者说根本没有什么值得他去反抗。

一种无力感侵袭上了心头，韩慕东脸上终于浮现出一丝老态，他靠在椅背上疲惫地挥了挥手，说："你们先走吧，我现在不想谈这件事。"他眼里突然又闪过一抹嘲讽："等你们坚持过一年，再来和我谈这件事吧。"

韩逸无所谓地站起身，他本来也只是想来告诉父亲自己的决定，这是证实他们关系的第一步，而他会带着她好好把以后的每一步都走完，直到……他们成为一家人的那一天。

"韩董事长，我还有些话想和您说。"这时，一直沉默的莫晓妍突然开口了，让他们两人都惊讶地看着她。

莫晓妍紧张地搓了搓手，可还是看着韩慕东说："我能不能和您单独谈谈？"

这次连韩逸都皱起眉头，凑到她耳边轻声问："你想谈什么？"

莫晓妍轻轻握了握他的手，表示让他安心，然后又朝韩慕东语气诚恳地问："可以吗？"

韩慕东什么谈判的场面没见过？他自然不会把这么个平凡的女孩放在眼里，于是扬了扬下巴，对韩逸说："你先出去，我来听听你这位女朋友到底要和我谈些什么。"

等韩逸走出门，空荡荡的房间里只剩他们两人，莫晓妍压了压内心的惶恐，说："您知道阿逸的病吗？"

韩慕东愣了愣，韩逸所有的治疗资料，他都通过董佳琪的母亲董墨清拿到过，所以他很快就明白莫晓妍在说什么，心里忍不住一阵冷笑。怎么，她想用他的病和自己谈条件吗？

接下来的话，有些难以说出口，可莫晓妍还是鼓起勇气继续问："如果您也希望阿逸能好起来，能不能告诉我当年那件事的真相？"

她说的那件事，自然就是周琳娜被杀的真相！韩慕东的脸色顿时变得阴沉，几乎是从牙缝中挤出声音："小姑娘，就算我儿子现在向着你，可你的胆子未免也太大了点。"

莫晓妍却毫不退让地继续说："我找人帮忙查过当年的资料，伯母的死被布置在一间密室，里面只有他们两个人。所以这件事成了阿逸最大的心结，他甚至想忘掉那段记忆。当年您是第一个进那间房的人，您一定知道些什么。也许您不相信我，但您也想帮自己的儿子吧，您也一定不忍心看他一直受这件事折磨吧。"

韩慕东想到当年的场景，双手不受控制地颤抖起来，他深吸一口气，说："这件事和你无关，我警告你，最好不要尝试去碰这件事，什么也不要碰！不然我可以保证，引发的后果绝对是你无法承受的！"

这话中隐含的威胁，让莫晓妍微微皱起眉来，她盯着韩慕东许久，心知不可能从他口里问出什么，于是站起来朝他恭敬地道别，然后才转身推门离开。

韩慕东看着她离开的背影，独自坐了许久，他原本以为她只是个唯唯诺诺的女孩，没想到她竟然会有这样的勇气，想要挖开这么多年都没有人碰过的残酷真相。目光渐渐移到书柜中的一格，他轻轻叹了口气，抹去眼角无意滑落的那滴泪珠。

"你和他说什么了？"韩逸一边开车，一边微微侧过头问她。

莫晓妍抿了抿唇，说："董佳琪告诉了我，当年你妈妈的那件事。"

韩逸脸色一白，几乎没掌控住方向盘。莫晓妍转过头看着他说："其实你不需要瞒着我，我可以帮你！"她把手放在他手背上轻轻摩挲着，说道，"阿逸，不管真相是什么，我都一定会陪着你去把它找出来，哪怕……"

她深吸一口气说："哪怕是最坏的结果，我也会陪你一起面对！"

韩逸的眼角有些湿润，感觉长久以来压在自己身上的沉重枷锁，被她温柔地托了起来。

何其有幸，能让他遇上她。

莫晓妍看了看他的脸色，继续说："我找朋友去查过那件事，除了当时董佳琪和我说的密室那点，你妈妈的死还有个最大的谜团未解，那就是她是被钝器刺进头部造成失血过多而亡，可那件凶器一直没有找到。"

韩逸猛地踩了刹车，一个长久以来的梦境冲进脑海，他站在满身鲜血的妈妈旁边，手里拿着什么东西，那东西"叮"的一声掉在地上，溅了满地的鲜血。他的呼吸越来越急促，冷汗不断从额上冒出来，仿佛一条小蛇在身体里四处钻动，然后慢慢长大，直到露出狰狞的面容。

莫晓妍连忙抱住他不停发抖的身子，声音里充满了安定的力量："阿逸，不要怕！这件事一定另有隐情，刚才我试探你父亲的时候，他显得特别惊慌，我觉得他一定知道什么。他不愿意告诉我们，我们可以自己去查，我在警方的记录里看到，还有一个人和你父亲一起发现现场的，你记得那个人是谁吗？"

韩逸猛地抬起头来，渐渐从痛苦的回忆里解脱出来，说："吴妈……我们家以前的保姆，吴妈！"

"所以，你已经准备好了吗？"卓云彤穿着真丝睡衣半靠在床上，胸口半露、媚眼如丝，任谁看了都会忍不住遐想联翩。

"嗯，我只去两天，带这些衣服就够了。"

莫晓妍一边收拾着行李，一边感叹着：只可惜自己也是个女人，日日面对如此香艳场景，却无福消受。

她和韩逸约定好第二天一起出行，目的是找到曾经在韩家老宅做过许多年事的保姆吴妈。当年就是她和韩慕东一起冲进周琳娜的死亡现场，第一时间目睹了所有事。可在那之后，她受了很大的惊吓，很快就辞了职，回了 H 城老家。既然现在其他途径都毫无进展，也只有找到她，才能尝试问出当年的关键线索。

卓云彤见她一副搞不清状况的模样，忍不住从床上跳下来，从她的箱子里扒拉出一套款式老气的睡衣，一脸嫌弃地说："你这叫准备好了？你就准备穿这个和韩总坦诚相见？"

莫晓妍的脸立刻红了，一把抢回来塞进箱子，说道："你说什么呢？我们这次去是有正事。"

"什么正事不正事的！你和他之间的感情就不是正事吗？"

莫晓妍眨巴着眼睛看着她，觉得她说得好像也有道理。余光瞥到一堆衣服里露出的已经被洗得起了球的睡衣，确实是越看越碍眼，于是她索性坐到卓云彤身边，软着声音求教："那卓姐，你说我该怎么办？"

卓云彤十分受用地点了点头，说："这样吧，明天早点起来，姐姐陪你去买套性感的，保证让那人刮目相看。"

于是第二天，在去 H 城的路上，莫晓妍便显得有些心不在焉，毕竟理论是一回事，真的要付诸实践可是另一回事。她偷偷瞥着旁边那人认真开车的侧脸，脸上一阵阵发热，思绪又跳到箱子里那件特地购买的"战衣"，忍不住在心里哀叹：原来那些漂亮的睡衣那么贵，实在是让人很肉疼啊！

他们是下午下班后出发的，到达 H 城时已是夜色降临。两人在酒店餐厅吃了晚饭，到前台确认房间时，莫晓妍才知他是订了两间房，提了一路的心终于稍稍放了下来，同时又有些隐隐的失望——看来这趟真是白准备了。

两人拖着行李上了楼，韩逸替她打开门，又把房卡递到她手里，说："好好休息，我在隔壁，有什么事就过来找我。"

莫晓妍点了点头，内心却有些不舍，好不容易出来一次，这么早就要分开吗？

走进房间，莫晓妍忍不住惊叹了一下，这是她第一次住这么豪华的酒店套间。她好奇地四处看了看，目光又落到了行李箱上。她打开箱子，拿出卓云彤为她精心挑选的睡衣，对着镜子在身上比了比：果然贵有贵的道理，确实比她那套老土睡衣漂亮许多。只可惜……它们跟了个不争气的主人，今晚注定是派不上用场了。她皱了皱鼻子，想着这么多钱就这么白花了，唉……心好痛！

与此同时，韩逸正皱着眉站在酒店大堂，等待前台确认房卡。刚才他试了许多次都没法打开自己的房门，也不知道是出了什么差错。

"这是您隔壁的房卡。"前台工作人员带着专业的笑容把房卡递回来，说，"您看是不是和您同行的那位小姐搞错了？"

"搞错了吗？"韩逸回忆了下刚才的情形，当时两张房卡都在他手上，也许是弄混了。于是他只得返回莫晓妍的房间，准备把房卡换回来。在门口敲了会儿门，没有听到回音，韩逸用房卡打开了门，却听见浴室传来哗哗的水声，顿时觉得有点尴尬，好像自己是专门进来偷窥一样。

他原本准备拿了房卡就赶紧离开，却不经意间瞅见床上那件崭新的性感睡衣，忍不住挑了挑眉，走近拿起看了看。嗯，黑色蕾丝款？原来她喜欢这种吗……

韩逸玩味地笑了笑，内心突然有了一丝期待，索性决定不走了。他大大方方地坐在了沙发上，给自己倒了杯水，耐心等着她洗完。

莫晓妍洗完了澡，发现自己进来得太急，竟忘了把睡衣拿进来，于是裹了条毛巾就往外走，刚走一半，突然被一道目光吓得差点连浴巾都掉了。一转过头，她就看见韩逸坐在沙发上，端着杯水好整以暇地欣赏她一脸惊慌的模样。

她惊得"啊"了一声，连话都说不利索了："你！你……怎么进来的！"

韩逸把玩着手上的房卡，很无辜地说："我拿错房卡了。"

莫晓妍双手死死攥着浴巾，突然想到那件睡衣，连忙三步并作两步冲到床旁边，可床上早已空空如也。韩逸漾开笑容，从旁边勾起那件衣服，问："你是不是在找这个？"

莫晓妍顿时连想死的心都有了，结结巴巴地解释："那个……因为打折我才买的……"声音越说越低，最后几个字几乎被她吞下去，这理由连她自己说着都心虚……怎么办，好丢脸！

韩逸见她脸红得快把浴巾烧着了，于是走到她身边，笑着说了一句："很漂亮。"顿了一下，他又加了一句："我很喜欢。"

最后那句，他几乎是贴在她耳边说的。莫晓妍感觉脖子被他撩得痒痒热热的，小心脏怦怦直跳，于是紧张地朝后退了一步，说："你……不是要换房卡吗？房卡就在那里。"

韩逸却好像完全忘记了房卡的事，而是伸手过去，撩起她还在滴水的发尖，柔声说："头发这么湿，我来帮你吹吹。"

"啊！"莫晓妍愣愣地抬起头看他，掩饰不住内心的惊讶。

韩逸脸上仍是带着笑，把她按在镜子前的凳子上坐下，然后拿来吹风机，站在身后替她吹着头发。莫晓妍红着脸从镜子里看过去，他的神情温柔而专注，修长的手指不断在她发间穿插，让她看得心动不已。也不知是有心还是无意，韩逸的指尖在拨动头发时，总是轻轻擦过她的脖子，加上热风又在她耳后吹过，引得那一大片肌肤泛红，随之而来的战栗感则瞬间传遍全身。

莫晓妍几乎不敢抬头再看韩逸，低头咬着唇骂自己没出息：不过被他吹个头发而已，有什么好害羞的？于是她干笑了两声，说："差不多可以了。"

韩逸摩挲着手里的发丝，眯着眼仔细看了看，然后弯下腰将下巴轻轻搁在她的肩上，说："不行，这么睡觉会感冒。"那低沉而魅惑的嗓音带着电流钻进耳朵，莫晓妍感觉自己快撑不住了，一种酥酥痒痒的感觉在体内炸开。

随着吹风机不断发出的机械声，四周的空气好像也变得燥热不堪，仿佛一丝火花就能点燃。好不容易等他觉得满意了，站直身子关了吹风机，莫晓妍才觉得呼吸顺畅点，嗓子却一阵发干，于是腾地站起来说："我去拿杯水喝。"

韩逸双眼直勾勾地看着她，眼神变得有些古怪。莫晓妍红着脸别过头，正准备迈步，可他已经先她一步，把她带得紧紧贴在胸前，然后毫不犹豫地吻上她的唇。

温柔的夜里，剧烈跳动着两颗悸动已久的心，年轻而火热的身体触碰在一起，他们立即将所有的理智都丢在云端，只想不断地朝彼此索取，直到填补所有的缝隙。莫晓妍晕晕地被他推到床上，每一寸肌肤好像都要被他点燃，心中却隐约浮现出一个念头："那件睡衣果然是白买了，好亏！"

他的手慢慢往下，莫晓妍却感觉小腹一阵抽痛，然后有热流涌了出来，她脑中顿时一个激灵，这种感觉好像……

莫晓妍连忙把人推开，捞过浴巾把自己裹住，声音听着像是快要哭出来："对不起……我……我来例假了。"

于是一个本该春光旖旎的夜晚，变成了手忙脚乱的各种收拾。莫晓妍浑身酸软地倒在床上，回想方才的一幕，觉得又羞赧又好笑，忍不住把头藏在被子里闷闷地笑了起来。

"很好笑吗？"

被子被人一把拉开，韩逸的脸就出现在上方。他刚刚洗完澡，淡蓝色的浴袍领口处隐隐露出胸肌，身上还带着湿漉漉的水汽，黑沉沉的眸子直直地望着她，让她的心猛地跳了下。可她很快又想起他刚才的表情，赶紧躲进被子里，憋着笑说："没有，没什么。"

韩逸没好气地瞪她一眼，掀开被子躺了进来。莫晓妍吓得身子一缩，从被子里露出两只眼睛，问："你不回房间吗？"

韩逸朝那边侧过身，十分理所当然地说："我的房间进不去。"

可房卡不是就在那边吗？莫晓妍看着他微微眯起的眼，终于还是把这句话咽了回去。她又朝床边挪了挪，把被子裹得更紧一些，心里嘀咕着："都已经这样了，就不要再诱惑我了好吧。"

莫晓妍正在胡思乱想间，突然感觉一只手伸进被子，吓得她差点从床上蹦起。她翻过身子，瞪圆了眼看着他：不是吧，这种情况下难道他还能有什么心思不成？

她紧张地绷直了身子，感觉他的手掌轻轻按到她的小腹上，温柔地问："疼吗？"

他的手不轻不重，温柔地替她按揉着，顿时驱散了她所有的不适。莫晓妍吸了吸鼻子，内心感动难言。他抬起头，不确定地又问了一句："这样会舒服些吗？"

莫晓妍偏过头，把手覆在他的手上，感觉好像有只蝴蝶在心里轻轻扇着翅膀，随后有暖风卷着花香袭来，让整颗心都沉浸在暖融融的甜意之中。

可他看起来并不太轻松，眉心微微蹙起，好像在隐忍着什么。她突然觉得有些心疼，于是轻轻握住他的手问："你是不是很辛苦？"

她的声音沙哑又软糯，更加深了他的煎熬，于是他皱着眉轻斥着："不许说话，快睡觉！"

莫晓妍鼓了鼓勇气，深吸了几口气，声音还是如同蚊蚋一般："要不……我来帮你……"

可他明显是听见了，替她按揉的手掌猛地停了下来，僵硬得连她都能感觉到。莫晓妍小心翼翼地等了许久，才听见那边传来好像从鼻子里发出的轻轻一声："嗯。"

这下莫晓妍的心跳得更快了，她屏气凝神，手指在被子里摸索过去，脑子里却是一片茫然，到底该怎么做？她咽了口口水，终于又怯怯地说了一句："可是……我不会！"

"莫晓妍！"韩逸终于忍无可忍，几乎要怀疑她就是故意来撩拨自己。他狠狠地瞪着她，咬牙切齿地最后警告道，"你快给我睡觉！"

莫晓妍赶紧钻进被子，却忍不住捂住嘴偷偷笑了起来，气急败坏的韩逸，还是挺可爱的嘛。

02

第二天，两人开着车四处找寻，开过几条崎岖小道，才终于找到吴妈老家的地址。这是一片有些古旧的宅舍，两人寻着门牌号找去，最后站在了一个大院前。院子里晒着素色的衣服和被单，旁边是三层红砖矮楼，窗户上拉着厚厚的窗帘，远远看上去仿佛一个个黑洞，冷冷窥视着不期而至的访客。

两人走到小楼的大门前，高声喊道："请问，吴凤芝女士在吗？"然后，听见里面传来一个如砂纸刮过的声音："门没有锁，进来吧。"

那扇铁门轻轻一推就"嘎吱"响着开了，两人互看一眼，小心地踏进门去。很快就闻到一股霉腐味，韩逸皱起眉，握起拳抵住鼻子。透过昏暗的光线，隐约看见一个黑影坐在窗前，正低头缝着一件衣服。他试探地叫了声："吴妈？"

那人抬起头来。韩逸努力辨识着她的轮廓，然后很快就失望了——她不是吴妈。她太干也太老，吴妈当年在他家做保姆的时候不过四十出头，现在最多也就六十多岁，不至于老成这副模样。

那人看到他们，轻轻撇了撇嘴，鼻梁旁的皮肤几乎皱成一团，声音依旧沙哑难听："你们找吴凤芝？她死了！"

"什么！"韩逸惊得向前猛冲几步，吓得那婆婆缩了缩脖子。莫晓妍连忙拉住他的手，又带着歉意冲那婆婆问道："她死了？什么时候？"

那婆婆把针线放到一边，叹了口气说："几个月前死的，肺癌晚期，没拖上几天就去了。她的亲人都不在身边，我平时有空就来帮她照看下家里，这房子估计过不了多久也得拆了吧。"

韩逸紧紧攥拳，内心又恨又悔。吴妈在他两岁时就到了韩家，也算是从小照顾他长大，可这些年来，他下意识地逃避和老宅有关的所有事，竟从来没问过她离开后的生活，连她最后一面都没见到。

莫晓妍能体会到他的伤感，内心也十分感慨，千里迢迢来找人，结果人却已经不在了。让她更难过的是，这条唯一的线索，也许就这么断了。可她始终有些不甘心，又向那婆婆问道："我们是她以前在 G 市的雇主，姓韩。她有和你说过吗？"

那婆婆露出思索的神情，然后说："哦……知道，她总是和我们吹，说以前在大户人家做工，那家人生活多么富贵。不过后来出了事，她就离开了。"她抬头又瞥了韩逸一眼，说："她有些做保姆时留下的东西就在那间房里，你们要去看看吗？"

那婆婆颤颤巍巍地起身，两人才发现她背上好像被压了一块巨石一样，前胸几乎和身体呈九十度直角，走路十分吃力。莫晓妍忙要上前搀扶她，却被她摆了摆手拒绝了，然后掀开一间里屋的门帘，把他们领了进去。

那屋子里堆着许多杂物，有些东西韩逸看着有些眼熟，却也记得不太清晰。那婆婆搬了个凳子过来，拿了块布擦了几遍，放在韩逸身边，说："坐吧，你们既然是专程来找她的，就自己随便看看吧，我也不招呼你们了。"她咧了咧嘴说："反正这屋子里也没值钱的东西。"然后又佝偻着身子走了出去。

莫晓妍觉得这婆婆有些古怪，可又说不出是哪里有问题。这时，韩逸却突然盯着那杂物中的一角，惊讶地瞪大了眼。

"怎么了？"她连忙走过去问道。

"那架飞机模型……是我小时候最喜欢玩的。"

"所以……是她离开的时候带走了吗？"莫晓妍好奇地走过去，拿起那架飞机模型，机身居然是用钢材制的，拿在手上很有些分量。

"不是……这不是我以前那架。"

"嗯？"莫晓妍拿到眼前仔细端详，发现这模型看起来很新，也没有磨蹭过的痕迹，确实不像是很多年前的玩具。

"也许是她记得你喜欢这个，特地买了放在家里留个纪念？"莫晓妍说出这个猜测后，才发现韩逸的表情变得十分奇怪，他直直地盯着她手上的飞机，额上不断冒出汗来，然后他愣愣地在凳子上坐下，扶住桌子的手已经有些发抖。

"你怎么了？"莫晓妍被他的反应吓到了，连忙放下那个模型，走过去关切地问道。

"没什么……"韩逸的眼神数度变化，终是摇了摇头轻声说，"没事……我们回去吧。"

整个回程中，韩逸都非常沉默，莫晓妍非常确定，他有事在瞒着她，可到底是什么事，让他连她都不敢告诉？她心里隐约有些不祥的预感，难道他们来的这趟其实是个错误？

一股难言的沉重气氛在车中回荡，莫晓妍的内心越来越不安。这时，手机突然响了起来，她接起来就听见肖阳十分焦急的声音："你什么时候回来？我有急事找你，到了记得和我联系！"他顿了一下，加重语气："你一个人！"

莫晓妍之前曾经拜托肖阳帮她查那件案子，出于对他的信任，也把很多隐秘的细节告诉了他，并嘱咐他一定要保密。这一刻，她握着电话突然有种强烈的感觉：肖阳要说的事可能和韩逸有关。她望了望依旧心不在焉的韩逸，轻声问："回去以后还有事吗？我能不能去见个朋友？"

韩逸似乎这时才回过神来，声音有些飘忽："没事，你去吧。"

肖阳和她约在商业街的一间小咖啡厅里，莫晓妍见他匆忙地从门外冲进来，一坐下就压低了声音问："他没跟你一起来吧？"

莫晓妍内心的不安越发强烈，问："到底出了什么事？"

"韩家对警方的口供说得非常模糊，可是我无意中查到了周琳娜当时的产检报告。"肖阳顿了一下，才继续说，"晓晓……周琳娜从来没有怀过双胞胎，韩逸根本没有一个未出生的孪生哥哥！

"你真的确定，韩逸和你说的一切都是真的吗？"

与此同时，韩逸回到家里打开酒柜，抽出一瓶红酒大口地灌下去，迷迷糊糊又回到那个熟悉的梦境里：充满血腥味的屋子里，妈妈倒在桌子旁，鲜红的血液不断地从她的后脑涌出来，他满头大汗地站在一边，手上拿着一样东西，拼命发着抖。

03

夜凉如水，窗外偶尔传来一两声犬吠，莫晓妍仰面躺在床上，盯着手上那个早已被磨得起了毛边的布娃娃，皱着眉喃喃念叨着："怎么办？"

在这之前，她曾想过的最坏情况，就是那案子确实是韩衍做的，虽然这依然会对韩逸带来毁灭性的伤害，甚至将他的余生都拖入悔恨的深渊，但她会陪着他，无论是要审判还是赎罪，她都会陪着他，哪怕是堕入最冷的永夜，她都会握紧他的手，努力为他拨开一丝光亮。

可肖阳对她说，韩逸从来没有一个未出世的双胞胎兄弟。那韩衍是谁？当年那件事的真相又是什么？她突然觉得浑身发凉，再也不敢想下去。

这时，手机突然响起，接通电话，里面传来一声低低的笑声，那声音是如此熟悉，又如此陌生。她的心再度沉了下去，问："你是谁？"

"你知道我是谁！你总能知道……不是吗？"

莫晓妍忍住想摔电话的冲动，冷声又问了一句："你到底是谁？你要干吗？"

"嘘，我给你听个很有趣的声音。"

莫晓妍的心猛烈地跳了起来，不知道他到底做了什么。她屏住呼吸等了很久，却只听见听筒里传来微弱的"嘀嗒嘀嗒"声，好像是时钟在走动，又等了几分钟，实在有些不耐烦，她忍不住大声发问："你要我听什么？"

电话那头发出吸气般的笑声："是时间……时间就快到了……你乖乖等着，时间一到，我就会去找你……"

莫晓妍咬着唇，把电话狠狠地摔在床上，用被子捂住耳朵，却好像还能听见那声音急促地在耳边响起，"嘀嗒嘀嗒嘀嗒"……所有的甜蜜和憧憬都如流水般飞逝，然后，丧钟响起，一切都会戛然而止……

"你真的确定要这么做？"董佳琪拿下眼镜，用询问的目光看着她。

莫晓妍点了点头，说："既然治疗一直没有进展，不如让我去试试，我……"她迟疑了会儿，终于确定了说辞："我小时候学过一些法子，可以在特定的情况下读到别人的思维，也许他一直看不到的东西，我能帮他看到。"

"就算我相信你能做到，可是你知道这样做风险很大，你要在他进行治疗时陪他一起进入催眠状态。可他的记忆原本就很混乱，如果再多一个人参与，很可能整个坍塌，到时候我不知道会有什么后果。"

"让她试试吧。"一直沉默着的韩逸突然发声，他看起来十分疲惫，这些日子他好像又回到了最糟的状态，时醒时睡，颓废消沉。他甚至不敢直视她的眼睛，连他自己也不明白自己在逃避什么。可这一切总该有个了断，无论那件事的真相是什么，也到了该面对的时候。

因为，他也许可以继续欺骗自己，可他不想骗自己，一切总该有个解脱。

董佳琪见他们心意已决，只得点了点头，又对韩逸说："如果有任何不对，赶紧醒来，你们都应该记得首先要保护自己。"

两人应允后，并肩躺在治疗床上，莫晓妍轻轻握住韩逸的手，目光闪亮，说道："无论发生什么你都不可以逃走，你要记得，你永远是我的阿逸，所以你要陪着我，不许一个人走！"

韩逸感受着手心传来的温度，眼角莫名有些湿意，她是他人生中最大的幸运，温暖而美好的救赎。就像柔柔的月光，不热烈，却永远能为他照亮长路。于是他点了点头，说："放心，我记得。"

董佳琪打开了仪器，催眠开始正式进行。很快，韩逸就又回到了那条又黑又长的走廊。而这次不同的是，莫晓妍进入了他的记忆。

远处依旧亮着光，两人都被这诡异的气氛弄得有些紧张，小心翼翼地牵着手前行，终于再度走到那扇门外。莫晓妍能清楚地感觉到身边那人的畏惧，他把她的手攥得生疼，他的手心几乎被汗水湿透。

她抬头给了他一个鼓励的眼神，然后深吸一口气，一把推开了门。

门里好像是另一个世界：装饰复古奢华，四周飘着淡淡的香气。周琳娜穿着大红色的旗袍，梳着华丽的发髻，正对着一人高的镜子，动情吟唱着一首歌。她闭上眼，仿佛又看见自己站在舞台上，掌声、喝彩声、欢呼声如潮水般将她淹没，灯光闪耀处，她永远是最明亮的那颗星。然后，她睁开眼，神情渐渐落寞，从眼角落下一滴泪来。

突然，她脸色一变，转过头冲着角落里大吼："谁让你进来的！"屋内光影变幻，一个小男孩慢慢蹭了出来，他背着手，眼里全是恐惧，颤声说："对不起，我不知道……"

她瞪起眼，表情突然变得狰狞，拿起梳妆台旁的一根藤条，狠狠地在他身上抽起来。那男孩疼得满头是汗，却咬紧嘴唇不敢呼救，圆圆的眼里写满了压抑与痛苦。

莫晓妍看得一阵心痛：他那时还那么小，凭什么要承受这些？她忍不住想要冲出去救他，却被旁边那人紧紧拉住，这才反应过来，他们只是在他的记忆里，这一切都已经发生过，她帮不了那个小小的、无助的他。

时间一分一秒地过去，周琳娜发狂了一般，开始把藤条往小韩逸脸上招呼。他被她打得几乎喘不过气来，血液不断流进嘴里……突然，他的眼神变了，他抹了抹嘴上的血，脸上露出发狠的表情，抱住她的腿猛地朝前一撞。周琳娜一下失去了重心，猛地朝后倒去……

然后，莫晓妍惊恐地发现，有鲜红色的黏稠液体从周琳娜的后脑流了出来，与此同时，握着她的那只手开始不停地发抖，而他们的脚下也开始轻轻晃动起来。她不安地转头，看见韩逸苍白而扭曲的脸：他的精神正在迅速崩溃中。

这时，她听见有人拍着门大声呼喊着两人的名字，然后韩慕东和一个保姆打扮的中年女人冲了进来，一时都被眼前的一幕吓呆了。吴妈最先反应过来，一把抱住周琳娜早已动弹不得的身子，一边哭一边从她头上拔出一样东西……

那东西"砰"的一声滚在地上，那是一架纯钢制的飞机模型，洁白的机翼却已经被鲜血染红，小韩逸颤抖着捡起他曾经最爱的玩具，双腿一软，跪倒在了地上。

然后眼前的房间开始剧烈震动起来，地板和墙壁一块块飘浮起来，卷着屋里的所有一切全部没入黑暗。莫晓妍明白韩逸的精神已经被逼到极限，连忙抱紧他，哽咽着说："你是无心的！最多算是误杀！我们回去再好好问清楚……"

可韩逸已经什么都听不见了，他推开她退后两步，可身后那条走廊早已消失，他已经没有路了……

不远处，突然有个声音响起："你终于敢想起来了吗？"

韩逸被这声音唤起一丝理智，眼睛里已经充了血，大吼着："是你！一定是你！我从小到大都不会反抗她，为什么偏偏那次会那么激烈，是你对不对？是你做的！"

韩衍阴森地笑了起来，那笑声如一条毒蛇钻进他的脑子里，用淬了毒液的尖牙斩断他最后一丝希冀："原来你还没全想起来啊。那我来告诉你吧，你从来没有一个没出生的兄弟。你自己好好想想，十二岁以前，我到底有没有出现过？你不能接受自己害死了自己的妈妈，所以潜意识里想找个人来承担这种罪孽，于是才造出了一个我。呵，你想做个好人，所以就幻想出一个作恶多端的兄弟，想让良心好过点。只可惜……老天可不会让你如愿。"

他慢慢走到韩逸面前，一字一句地说："你痛恨的那个人，恰恰就是你自己，这很有趣吧。我的存在，就是为了时时拷问你的罪，无论你的家人怎么维护你，你也逃不过你自己的良心。"

莫晓妍这时终于明白过来，当年的惨剧，让无法接受一切的小韩逸分裂出了两个人格，然后自我封存了这段记忆。韩衍的不断阻挠，只是为了阻止他自己想起真相。可这样可怕的事实，如今被血淋淋地揭开，他怎么可能承受得了！

果然，她看见韩逸愣愣地退后，整个人仿佛只剩一个空壳。一种巨大的恐惧感将她淹没，她慌张地大喊："不可以！你答应过我，你要陪着我！"

她拼命想要去拉住他，却怎么也够不着他的手。韩逸用留恋的眼神最后看了她一眼，那道美好的光亮，他原本就没资格获得，于是他张开嘴，用嘴型说了句："对不起。"然后转身走入重重黑暗……

四周开始不断坍塌，莫晓妍却什么也不想做，只是哭着跪倒在原地，内心被一个事实刺得鲜血横流：她已经永远失去他了！

韩衍走到她身边，笑着对她伸出手来，说："我说过，时间到了我自然会来找你，现在你总该信我了吧。"

她抬起头狠狠地瞪他，可很快就发现，自己连恨他的理由都没有了。韩衍就是另一个韩逸，承载了暴戾与邪恶的另一重人格，可现在他赢了，他终于如他所愿取得了这个身体的主导权！

眼前的一切越来越模糊，就在她恍惚之际，脚下的那块地也终于晃落，她被狠狠地甩出了他的记忆……

时钟指向八点，韩衍猛地从治疗椅上惊醒，坐起身觉得头痛欲裂，于是按着太阳穴左右打量了会儿，发现这里还是董佳琪的诊所，莫晓妍趴在旁边已经睡着了，脸上满是泪痕。四周已经是一片漆黑，只有一扇半掩的门内透出光亮，他走下治疗椅，轻轻推开那扇门，斜倚着门框，慢慢勾起嘴角。

董佳琪换上了一身 V 领散摆的淡紫色长裙，她转头看了他一眼，然后又拿出一个酒杯，倒上红酒递了过去，勾起红唇说："恭喜你，我就知道你一定能做到！"

韩衍笑着与她碰杯，说："也要恭喜你，我亲爱的妹妹。"

"你能不能告诉我，到底发生了什么事！"周悦伟用指节重重叩着办公桌，表情又疲倦又愤怒，"你和他到底出了什么事？吵架？分手？就这几天，我已经给他收拾了几个烂摊子，我想和他谈，他根本就不理。他以前根本不是这样的人，无论发生了什么，涉及越星的事他一定不会乱来，可现在到底怎么了，他好像变得我根本不认识了！"

莫晓妍一直低头看着自己的手指，默默听他数落完这一大堆，却始终不发一言。

周悦伟看得更是气不打一处来，把手边的笔狠狠地甩在地上，大声吼着："一个两个都这样！古古怪怪的，什么都不肯说！他要再这么胡闹下去，我也收不了场了！"

莫晓妍突然抬头直直地盯着他，那目光竟让周悦伟感到有些瘆人，她轻声说："周总，我只能告诉你，韩总已经和以前不一样了，你自己提防着点。我和他已经没有任何关系了，我现在只是越星的一个普通员工，以后如果是为了工作上的事，我随叫随到。其他的事，我确实无能为力。"

说完，她再度恢复到那副面无表情的状态，站起来推门走了出去。周悦伟看着她落寞的背影，突然觉得她才是变得最多的那个。以前的莫晓妍虽然行事谨慎，但总能看出内里的韧性和热情，可现在的她好像被吸干水分的花束，突然变得苍白憔悴。

莫晓妍垂着头走了几步，突然慢慢停下步子，抬头看向走廊的另一端——那里是他的办公室。

　　有许多回忆突然涌了上来：他在食物的香味里，带她看黑暗里亮起的霓虹；他在柔柔的灯光下吻她，呼吸间都是甜蜜和沉醉……眼前的一切好像玻璃蒙上雾气，她捂住脸，终于无声地哭了出来。

　　走过这条走廊她就能看见他，可是，她已经再也见不到他了。

　　"你要实在想哭，可以到我那里去哭，不用忍得这么辛苦。"

　　她浑身一颤，抬起头就看见韩衍不知什么时候站在她面前，深邃的目光中藏着丝讥讽。

　　莫晓妍快速抹了抹眼泪，转身毫不犹豫地朝电梯走去。这几天，她一直想尽办法避开他，可内心又有一些期盼，想要再看看他的模样。直到这一刻，她才悲哀地发现，即使再怎么试图欺骗自己，她也能一眼就看出那不是他。

　　可韩衍绕在前面堵住了她的去路，说："跟我过来。"然后他微微弯腰贴近她的脸："不然我不会介意让所有人都知道我们的关系。"

　　这个姿势任谁看起来都颇有些暧昧，莫晓妍抬眸盯着他，明白他是认真的。她咬了咬唇，平静地跟着他朝前走去，反正她已经没有什么可输的了。

　　一进门，韩衍"唰"地拉上了对着走廊的落地窗的窗帘。莫晓妍垂眸站在办公桌前，素白的脸上始终平静无波。韩衍靠在窗前，弯腰点燃一支香烟，望着楼下行色匆匆的人群，脸上露出浓浓的厌恶之色，说："真是没劲透了，成天看着这群人装模作样。"

　　莫晓妍轻轻抬眸，说："这不就是你处心积虑想要得到的吗？"

　　"没错。"韩衍把香烟在窗沿上磕了磕，目光竟变得有些幽深，"以前我只能待在暗处，借他的眼睛才能窥探到外面的光亮，或者在他沉睡时短暂地出现。那种孤独和不甘，你应该能明白。所以我告诉自己，迟早我会站在太阳下，要光明正大地走到所有人面前。"他猛地吐出一口烟，脸上的表情变得有些讥讽："可现在我才知道，要扮演成他真累，远不如我做自己来得痛快自在。"

莫晓妍静静地听着，突然觉得韩衍也有些可悲，他原本的性格偏激而暴戾，根本没法正常地和这个世界相处，所以只能让自己模仿韩逸的言行，学着去适应现实世界的人和事。他好不容易对韩逸取而代之，最后还是只能扮成另一个韩逸。谁也说不清，他们之间到底谁是赢家，谁又是输家。

韩衍转过头，望着莫晓妍微微发愣的面庞，突然又笑了起来："不过还好，在你面前我谁都不用演，所以我很喜欢你，很希望你能留在我身边。"

他走过去，在她耳旁轻轻吐了口烟，姿态轻佻暧昧。她却只是冷冷地偏过脸，说："可我不喜欢你，一点也不。"

他的脸色稍稍变了变，伸手捏住她的下巴，强迫她看向自己，说道："怎么，你以为他还会回来吗？他根本不敢，不敢顶着弑母的罪孽活着，以后存在于这个世界上的，只有我一个！其实，你又何必纠结，我和他本来就是一个人，他能给你的，我照样可以给你，飞上枝头变凤凰，难道你不想吗？"

莫晓妍目光盈盈，一字一句地说："他给我的，没人能给我。无论你怎么演，你都永远不会是他，所以你不会懂。"

韩衍脸上渐渐显出暴虐之色，手上渐渐用力，几乎要把她的下巴捏碎。莫晓妍却始终坦然地看着他，目光中毫无畏惧之色。

终于，他手上的力量还是松了，嘴角重新露出笑容，指尖慢慢滑到她的胸口，轻轻挑开一颗纽扣，说道："看来他倒是把你养得胆子越来越大了，不过，你就不怕我像上次那样对你……"

莫晓妍扬起下巴看着他："你不敢！这里是办公室，你的秘书随时可能进来，只要我大声呼救，你的戏就演不下去了。"

韩衍微微愣住，曾经被他吓得瑟瑟发抖的小白兔，居然也有露出锋利爪牙的时候，这让他觉得……出乎意外地有趣，于是他轻轻呼出一口气，说道："很好，闷了这么久，总算有点好玩的事了，我不介意陪你继续玩下去。反正最后的赢家总会是我！"

莫晓妍却丝毫不想搭理他，只低头平静地扣上衣服扣子，头也不回地走出办公室。

04

第二天，莫晓妍因为去拜访一个客户，将近中午才去越星。谁知道一进门，她就发现办公室里的所有人都聚在一起不知道说着些什么。她好奇地朝卓云彤打听，谁知卓云彤却神情古怪地看着她说："你不知道吗？公司高层大地震了！今天董事会上，韩总他突然带了个女人过来，让她出任营销总监，相当于把周总的权力全部架空了。而且听说这个女人是由韩董事长亲自指派的，刚在美国读了 MBA 回来。后来周总就去了韩总办公室，很多人听见他们在吵架，然后周总就摔门离开了，到现在也没回来。"

莫晓妍不知道为什么有了种奇怪的预感，连忙问："那女人叫什么名字？"

卓云彤想了想，说："好像是叫董佳琪！哎呀，你怎么什么都不知道啊，你和韩总到底怎么回事啊！是不是他对你始乱终弃，告诉我，姐姐帮你讨公道去！"

莫晓妍却根本没空理会这些，无数疑问让她觉得心神不宁：董佳琪为什么会来越星？她学的专业是临床心理学，什么时候读的 MBA？最重要的是，她为什么会和韩衍混在一起？

她扶住隔板，觉得心跳得乱七八糟，隐隐觉得这整件事背后还藏着什么秘密未解，也不管卓云彤还在她耳边愤愤地说着些什么，跑出去问了新来的总监办公室在哪里，就立即找了上去。

董佳琪正在收拾东西，一见她站在门口微微愣了愣，很快又恢复笑容，说："你来了啊，我正准备收拾好了去看看你呢。"

莫晓妍忍不住走近她急急发问："你为什么会站在韩衍一边？"

董佳琪放下手里的东西，看起来十分坦然地说："越星最近的项目出了些问题，韩伯伯就让我来帮他，怎么，有问题吗？"

"可你明明知道……你为什么要帮他！"

董佳琪挑了挑嘴角，看她的目光竟带了些怜悯，说道："我和 Henry 确实是好友，但这一切是他自己选择的，大家都是成年人，当然要为自己的选择负责。韩伯伯让我来越星，也是希望我尽好友的义务，替他守住他的心血，我不觉得我的选择有什么错。"

莫晓妍被她说得噎住，这回答的确滴水不漏，可她总觉得有太多不对劲的地方。董佳琪明明说过，她回国是为了在心理咨询行业施展才干，可现在为什么会突然空降到越星？周悦伟又为什么会被架空？话到嘴边，莫晓妍终于没有问出来，因为她清楚地感觉到，董佳琪不会告诉她真话！

她只得回到办公室，就这么心神不宁地熬到了下班时间。这时，她突然接到周悦伟的电话，他的声音听起来有点失落："你现在有没有时间，我去接你，有些事想和你商量。"

于是，她和周悦伟约在了一家餐厅。他坐在对面，表情看起来很愤怒，点起一支烟狠狠抽了几口，问："你老实告诉我，韩逸到底出了什么事？"

莫晓妍心里一震，正犹豫着要不要把真相告诉他，周悦伟却突然把一沓纸丢在她面前说："这是我找人查的，有关董佳琪的资料。"

莫晓妍连忙拿起那沓资料看起来，越看却越露出迷惑的表情。周悦伟冷笑一声，说："这个女人当初韩逸介绍我们见过一面，他很信任她，甚至是依赖他们一家。那时我只觉得这女人聪明又漂亮，今天再见她，我才觉得不对，她的学历根本就是伪造的，什么 MBA！狗屁！为什么韩总会相信她，让她直接取代我的位置？所以我找人查了她的背景，结果发现她从小就和妈妈还有外公外婆一起生活，对外只说父亲早逝，可连她外婆家的邻居也说不出来，更不知她的父亲到底是谁！她妈妈到美国的时候，就已经怀孕了。最有趣的是，她妈妈这个所谓的心理学专家，根本只是自己吹嘘出来的，她在美国根本没几个成功的病例，也赚不了几个钱。这位董小姐，从小到大的所有生活和学习花费，全是由国内的一个账户汇过去的，你猜这个人是谁？"

周悦伟脸上露出讽刺的表情，说道："这个人就是韩逸的父亲，盛世的董事长韩慕东！你觉得一个男人凭什么无条件地供养另外一个女人和她的女儿，而且还迫不及待地一回国就把她安排到这么重要的位置？"

"你是说董佳琪的妈妈很可能和韩董事长有关系？而且董佳琪很可能是……"莫晓妍的脸色变得惨白起来。

周悦伟看着她点了点头，又撇了撇嘴说："哼，亏韩逸那个笨蛋还把他们一家子当恩人。但是我不明白的是，为什么他会心甘情愿地接受这个安排，甚至不惜和我翻脸。越星是我们两个亲手做起来的，他应该最清楚我和董佳琪谁才是对越星最有用的人！他凭什么无条件偏向那个女人？！"

莫晓妍的脑子里乱糟糟的，所有的事都冒了出来，渐渐连成一条线：惨案发生、韩逸去了美国、韩衍出现、董佳琪回国、韩逸发现真相彻底沉睡、韩衍上位、董佳琪进了越星……她突然有了一个很怕的猜测，可她没证据去证实这个猜测。

其中有一点突然跳了出来，那件事她当时就觉得不寻常，也许会是唯一的线索……

古朴雅致的书房里，透出淡淡的檀香味，莫晓妍再次踏进这间房，看着坐在红木圈椅里专注地泡茶的董慕东，突然觉得，不过才半个月未见，他看起来好像苍老了许多。

微微弓起的背脊，让他的身板看起来不再如以往那般硬朗，两鬓掺了些雪白，眼神中那股威仪的光彩不见了，取而代之的是淡淡的落寞。莫晓妍在心里暗自判断这转变背后藏着的悲伤到底是不是真实的，开门见山地说明来意："韩董事长，我这次是为了阿逸的事来找您。"

韩慕东握住茶杯的手滞了滞，眼里渐渐聚起一片浓黑，目光如刃割在她身上，说道："你还记不记得我和你说过，不要去碰当年的事！你们把事情搞得一团糟，害阿逸变成那副模样，你还有脸过来，还有脸跟我提他！"他气得双手发颤，压抑了许久的怒火腾地烧起，把茶杯狠狠地摔在地上。

莫晓妍却丝毫没有退让，平静地迎着他的目光说："韩董事长真的觉得之前那样就是对他好吗？藏起真相，让他一生都活在怀疑和煎熬中，这样就算保护他吗？"

"可他至少还活着！他还是那个让我骄傲的儿子！现在那个是什么？"韩慕东哑着喉咙大吼，太过激烈的情绪让他猛地咳嗽起来。

莫晓妍静静地等他情绪平静下来，才开口说："可是我能救他，当年那件事的真相，很可能并不是你以为的那样！"

韩慕东被她说得愣住了，又露出讥讽的笑容说："什么真相？当年的事是我亲眼所见，难道还不如你这个外人知道得清楚？！"

"那您能不能告诉我，您所看到的版本是什么？"

韩慕东眯起眼，认真地注视着这个看起来柔弱平凡的女孩儿，不知道为什么，她身上好像散发着一种执着的力量，奇异地让人想要去信任。于是他垂下眸子，又缓缓拿起一个茶杯，看着翻腾着白雾的茶水，终于有勇气去回忆那占据了许多年噩梦的一幕。

那是一个有些燥热的夏日，他在书房看书，吴妈慌张地推门进来，说太太又在打少爷。他皱着眉，连忙跟着吴妈上了楼，打开门就看见了那足以令他呼吸停顿的一幕：妻子的头撞在桌沿，旁边站着吓得全身发抖的独子。吴妈最先反应过来，冲过去抱住了周琳娜的身子，然后摸着她的后颈，带着哭腔惊呼："太太，太太流了好多血！"

他看着吴妈一手的鲜血眩晕了片刻，找回理智的第一反应就是冲过去把小韩逸紧紧抱住，对他说："不要看！"可韩逸拼命挣开他的胳膊，瞪着被吴妈扔在地上的那个带血的飞机模型，忘了哭泣也忘了尖叫，然后昏厥了过去。

后来警方给出的尸检报告是死者因后颈大动脉被割破，失血过多而死。他费了很大的力气才把这件事压下去，又把韩逸送去美国，交给一个他信任的人照顾，希望韩逸能彻底摆脱这件事带来的阴影。谁知道十几年后，这个噩梦依旧阴魂不散地缠了上来，而且给了他致命的一击。

"也就是说，您并没有亲眼看见伯母是被什么凶器害死的？"莫晓妍听完思忖了一会儿，问道。

韩慕东很奇怪地看着她，心说：当初房门是反锁着的，里面只有韩逸和周琳娜两个人，他进门后亲眼看见了现场，那件凶器除了是那个模型飞机还能有什么？

莫晓妍心跳有些加速，她反复回想着当初在韩逸记忆里看到的场景，很快就发现和韩慕东回忆的场景有些关键性的误差。究竟是韩逸的记忆出了偏差，还是韩慕东记错了，又或者是有人故意做了手脚？

可这一切需要证据来证明，就算是按韩慕东的回忆，韩逸也是毫无疑问的第一嫌疑人，除非……她咬了咬唇，做了一个大胆的假设："如果您真的能信任我，能不能告诉我，那架飞机模型现在在哪里？"

韩慕东握住茶杯的手僵硬了，这是他藏了许多年的秘密，他究竟该不该信任眼前这个女孩，把一切和盘托出……

第十一章

♥

在世间我活在
一个人的心里

01

H城的镇上，凛冽的风把小院里栽种的花草吹得东倒西歪，三层红砖瓦房外，有人艰难地收着晾晒在院子里的衣服。这时，背后有人轻声叫道："吴凤芝！"

她本能地回过头来，然后心中一凛，双手不由得抖了抖，怀里的衣服全滑到了地上。

她看着眼前那张不久前才见过的女人面孔，尴尬地低头捋了捋头发，眼神有些慌乱："不是说过了，她已经死了！"

莫晓妍慢慢走到她面前，盯着她手里的衣服，问："既然几个月前就已经死了，为什么那天我们来的时候，院子里会晒着衣服和被单？这些花草又是谁在打理？你说你是偶尔替她来看房子，倒是看得十分尽心。"

"嗯，大家都是邻居，我能帮就帮点。"那婆婆不自在地转过身，三步并作两步往屋里走。

莫晓妍上前两步，猛地拉住她的手，却被她惊恐地甩开了。莫晓妍看她怕得把手缩到袖子里，心中越发了然，抢先跑到前面，用身子堵住了门口，目光锐利地盯着她问道："你的腿脚不是不好吗？怎么走得这么快！"

那婆婆又急又气，大吼着："这里是私人地方，你再这么纠缠下去，我可要报警了！"

"好啊。"莫晓妍好整以暇地抱胸看着她，"你只管去报警，我顺便也可以问问警察，吴凤芝到底死没死！"

两人就这么在门口对峙良久，那婆婆终于颓败地垂下头来，哑着嗓子说："进来吧……"

她认命地把莫晓妍领进门，这一次，四面的窗帘都被拉开，屋里显得很亮堂，吴妈长叹一口气，问："你到底是怎么发现的？"

莫晓妍抬头瞥向他们曾待过的那间屋子，目光有些飘忽，心不在焉地说："除了刚才那几点，还因为你在屋子里给他搬了张凳子。"

那么一个冷漠的婆婆，行动不便到连大门都不愿起身去开的人，却十分自然地给韩逸搬了张凳子，而且还细心地用抹布擦了几遍。她当时就隐约觉得有些奇怪，但因为后来发生的事来不及去想，直到很久以后才突然想明白：那是照顾韩逸多年养成的本能反应，她认识韩逸，而且知道他有洁癖。故意拉起窗帘让屋子显得昏暗，始终弓着腰，都是为了掩饰可能露出的马脚。

但是，有一点她始终想不通……

"你的嗓子是怎么回事？"

吴妈悻悻地揉着手里的衣服，说："我的嗓子是真毁了，腰上的病也是真的，不然我也不敢起这个念头。"她迎向莫晓妍探究的目光，扯了扯嘴角说："车祸！去年的事，几乎把我整个人都毁了，也许这世上真的有报应一说吧。"

莫晓妍捕捉到她话里的余音，暗自松了口气。她本来还一直想着，怎么才能在她已经有防备的情况下，想法子窥探到她曾经的那段记忆。

吴妈抬眸望着她，说："有人和我说过你，让我一定不能让你碰到手，不然什么都会败露。不过我倒是不怕，这些事告诉你也无妨，周琳娜是我杀的，我计划这件事很久了，所以才能做得那么完美！"

莫晓妍讶异于她的直白，连忙追问："为什么？"

吴妈咧开嘴，露出仅剩的几颗黄牙笑了起来："为了钱呗。周琳娜原本就是个很刻薄的女主人，我讨厌她，所以有人让我杀了她，又承诺给我一大笔钱，足够我躲在乡下养老，也足够我的儿女过上很好的生活，我有什么理由不答应？"

莫晓妍努力压抑着自己的愤怒，颤声问："你是怎么做的？怎么在他们的眼皮底下杀死周琳娜，还能嫁祸给韩逸？"

吴妈骄傲地抬了抬下巴，说："谁叫那个女人爱打孩子，每次打起来都收不住手，正好能让我利用。有人给了我一种迷幻药，我把药掺在她屋里的熏香里，然后偷偷在门口观察，看到她撞在桌上昏迷以后，就立刻去叫老爷。进门以后，我就冲过去抱住她，挡住他们的视线以后，便把手上准备好的血包捏破，然后把染了血的飞机模型丢出来，假装是从她后颈拔出来的。老爷果然吓得要死，根本来不及确认那个女人的死活，冲过去保护小少爷。然后我趁他们不注意，用锥子刺进她的后颈动脉，现场那么乱，他们根本没发现。"

莫晓妍握住发抖的手，声音变得尖锐起来："可是韩逸他做错了什么！你为了自己的私欲，陷害一个十几岁的男孩，让他后半生都生活在害死母亲的阴影里，你这么做对得起自己的良心吗？"

吴妈的眼里闪过一丝悔恨，随后又深吸一口气，说："没错，我最对不起的就是小少爷。可我也不想这样，如果他不顶罪，我就没法全身而退。再说，小少爷是老爷最疼爱的儿子，他当然不会让他坐牢。"

莫晓妍再也控制不住自己的情绪，愤怒地一巴掌扇在她脸上！韩逸许多年的痛苦就这么被她轻松带过，她怎么可能知道那个少年到底经历了什么，是怎样艰难地站起又被击垮。

"只可惜天道轮回，你躲了这么多年，最终还是逃脱不了法律的制裁。"莫晓妍狠狠道。

吴妈却捂着脸，看着她嘲弄地笑了起来："小姑娘，我想你还没弄明白，我跟你坦白这一切，是因为我不想再把这些事藏着，受尽良心折磨。可是你没有任何证据，凭什么抓我？"

莫晓妍冷冷地看着她，道："没错，你自以为做得天衣无缝，但是你可能忘了，那架飞机模型上，沾的并不是只有周琳娜的血。你大概也想不到，韩慕东会收起那件他自以为的凶器，而且保存了这么多年！"

吴妈终于惊恐了起来，这时，她听见门外传来一个熟悉到令她更为惊恐的声音："吴凤芝，凶手居然是你！"

02

乌青色的云层遮蔽了天光，呼啸的冷风从云团中钻出，吹得窗边的叶片哗哗作响，急切的门铃声、高跟鞋踏在地板上的声音，杂乱地撞进气氛沉闷的韩府别墅里。

董佳琪来不及换鞋，满脸焦急地跟着保姆跑进客厅，张嘴正要喊什么，却冷不丁看见屋里还坐着几个人，只得硬生生把那句称呼咽了下去，冲着韩慕东说："刚才医院来了电话，说妈妈的病情突然恶化，我们要赶快订机票过去！"

韩慕东薄唇紧闭，只抬起眼皮冷冷地望着她，那灼灼逼视的目光竟仿佛染了些阴鸷。董佳琪心中一凛，忍不住退后两步，迟疑地问："出什么事了吗？"

右手边突然传来一声轻笑，韩衍十分悠闲地歪在沙发里，点了支烟似笑非笑地看着她，脸上始终挂着看好戏的嘲讽。

董佳琪心中的忐忑愈甚，转头又看见正直直望向她的莫晓妍，那道目光平静而清澈，好似能轻易把她穿透。莫晓妍旁边还坐着一个妇人，脸看起来有些怪异，佝偻着背脊，低垂的眼眸里闪烁着不安。

她感到眼皮剧烈地跳了跳，可眼下还有件更重要的事要做，于是再度对着韩慕东强调："医生已经下了病危通知书，我们必须先去美国看妈妈！"

"你最好先给我解释清楚，这是怎么回事！"韩慕东板着脸把一本红皮存折扔在桌上。董佳琪疑惑地捡起查看，在存折的起始明细里找到两笔五万元的存款，汇款账号有些眼熟。

她倏地垂下手，转头看了一眼那个十分怪异的老妇人，然后勉强镇定下来，说："这是什么？我看不懂。"

韩慕东冷笑一声，说："我查过这个汇款账号，是你妈妈的名字。你现在告诉我，十四年前，她为什么要给我家的保姆这么多钱？"

董佳琪的嘴唇不自觉地颤抖起来，却还是执拗地说："这些事我不清楚，您可以和我一起回去，让她告诉您。"

"你不想说是吗？很好，那让她告诉你！"韩慕东伸手指向那个妇人，董佳琪的心也随之猛地沉了下来。

"十四年前，董墨清约我出去见面，问我想不想发财，肯不肯为了发财冒个险。然后，她说给我讲了个计划，教我怎么不着痕迹地杀死太太，再嫁祸到小少爷身上。"

吴妈的声音不大，如砂纸刮过的粗粝声音，就这么在屋内每个人的心上炸出惊雷。

她把整个作案经过讲完，抬眸朝呆若木鸡的董佳琪看了看，说："我本来也不想做这种缺德的事，我到底在韩家做了这么多年事，对小少爷还是有感情的。可她愿意给我十万块，就算我不为我自己，也得为我的儿女着想，所以我就听了她的话，替她下了手！"

"不是的！"董佳琪这时才终于反应过来，冲到韩慕东面前声泪俱下道，"您别听这女人胡扯，是她……一定是她！"她恶狠狠地指着始终面容平静的莫晓妍说："她得不到韩家的家产，就找人冤枉我和妈妈。爸，你一定要相信我们！"

"啪！"一记重重的巴掌打到了董佳琪脸上，她捂着脸瞪着那个对她一向和颜悦色的父亲。

韩慕东却只是冷冷地看着她，然后甩出一沓东西，说："那这些呢，你怎么解释？我花大价钱雇了个人，让他想办法弄到你妈妈电脑里的资料。你们借着替阿逸治疗的机会，利用美国官方明令禁止的催眠法，偷偷篡改了他的记忆，还给他造出第二重人格，彻底扰乱他的心智，让他认定自己就是杀害他妈妈的凶手！你们处心积虑筹谋了这么久，就是在等这一天吧！你说那个女孩是为了韩家的家产，你们何尝又不是为了韩家的家产！"

他想起韩逸对董家一直以来的依赖和信任，不由得悔恨地闭上眼，声音有些发颤："都怪我，被你妈妈当年的柔顺骗了，竟会答应让她去帮阿逸治疗，是我对不起他！我害了我的儿子……"

董佳琪愣愣地望着眼前打印出来的记录，白纸黑字毫无狡辩余地。

她脸上泪痕未干，却又露出一抹诡异的笑容来："没错！当初妈妈跟着你，是因为你承诺过会和周琳娜离婚，结果呢？你背弃了对妈妈的承诺，把我们藏在美国，永远躲在见不得光的角落！凭什么！凭什么他是天之骄子，要什么有什么，我却连生父的名字都不敢提，只能靠你的施舍过日子！"

董佳琪捋了捋头发，脸上竟有几分得意之色："现在你的儿子已经死了，他不会再回来了！你想怎么选，把你辛苦打拼的家产交给一个反社会的怪物？还是我这个向来优秀的女儿？"

然后，她走到吴妈面前，居高临下地望着她说："你说是我妈妈让你杀了周琳娜？证据呢？真是可笑，只凭我妈妈给过你钱，就能把罪名全推到她身上吗？你以为法官会用你的一面之词当证据吗？"她弯腰逼近她，一字一句说："既然你蠢得把什么都说出来，这杀人罪你是背定了，谁也救不了你！"

吴妈惊恐地看着上方这张曾经光彩照人的狰狞面容，又冲着韩慕东哭喊："老爷，您说了会帮我，我才把真相全说出来的！您一定要帮我啊！我真的只是帮凶，她们才是主谋啊！"

"哈哈哈哈……"屋内突然传出一阵大笑，韩衍终于坐直身子，边笑边拍着手说，"真是精彩！好一对亲父女，一样的自私、贪婪又自以为是！"

韩衍摁灭手里的烟，眯着眼站起来，一步步走到韩慕东面前，说："不如让我来告诉你，你这位优秀的女儿还做了些什么吧。"

董佳琪身子一抖，指着韩衍大喊："你闭嘴！你有什么资格说话，你不过是个阴暗又偏激的怪物，根本就不该存在于这世上，如果不是我，你能站在这里吗！"

韩衍的目光直直地盯在她身上，其中浓浓的毁灭气息，竟令她不由得打了个寒战。他嘴角挑起凉凉的笑意，说："没错，我确实应该感谢你，我亲爱的妹妹。当初我第一次苏醒的时候，你才多大？十二岁还是十三岁？你们那时告诉我的话，我可到现在还记得。当初你妈妈对韩逸记忆的改造并没有完成，所以你们想办法让我替他封存这段记忆，绝不能让他提前想起当年的任何事。而你一直暗中和我保持联系，让我只要醒来，就得听你们的安排，这样才能确保韩逸能被你们安排的真相击垮。可韩逸这些年自我控制得很好，也不再愿意去治疗，于是你们非常着急，三番五次打电话提醒他自身的病。直到今年越星发生那场命案，你利用了张月如的仇恨，教唆她把命案现场收拾得和当年一模一样，就是想再度唤起韩逸心里的恐惧，然后一步步诱导他继续接受催眠。董墨清病了这么多年，多亏有你这个好女儿做帮手，才能成功实现她的计划，把韩逸逼上绝路。你父亲确实应该骄傲，能有你这么个女承母业的'优秀'女儿呢！"

韩慕东听得浑身发寒，那个曾与他耳鬓厮磨的枕边人，那个他自以为乖巧懂事的女儿，居然联手给自己的儿子布下重重陷阱，宁愿花上十几年的时间，筹谋着把他推下深渊。而在几天前，他还满心以为这个女儿是自己唯一的指望，准备让她参与到公司的运营中，如今想来自己是多么可笑又可悲！

他握紧扶手，脑子仿佛被谁重重打了一拳，痛得快要昏厥过去。董佳琪惊慌地看着韩慕东的表情从失望到愤怒再到深深的厌恶，突然发现自己的底牌已经被一张张抽走，几乎输得不剩分毫！

手里的电话这时忽然响起，她麻木地拿到耳边，听见里面一连串语带歉疚的英文，整个人僵硬地滞住，手机"砰"地滑落到了地上，她却仿佛毫无知觉，只低头喃喃说："妈妈……妈妈……死了……"

她朝后踉跄几步，转头看见韩慕东的脸，仿佛想抓住最后残存的希望，于是冲过去抱住他的膝盖，努力汲取着所剩无几的温暖，喉中发出痛苦的呜咽："爸，妈妈死了！"

可韩慕东嫌恶地把她踢开，冷笑着说："这是她罪有应得！"

董佳琪狼狈地瘫软在地上，突然觉得十分可笑。母亲争了一辈子、算计了一辈子，自认为步步落子精妙，到头来却仍是一无所有，只落得个孤身一人客死异乡的下场。而她自己呢，她又能留下些什么？！

"你们苦苦隐忍、欺骗了这么多年，以为能抢走不属于自己的东西，最后却反而让自己输得一干二净，这真是很讽刺，不是吗？"莫晓妍终于站起来，慢慢走到董佳琪身边，挑了挑嘴角，眼里全是残酷的笑意，"你所做的那些事只要公之于众，一定会被剥夺心理咨询师的资格，韩董事长也不会再接受你这个女儿。所以，逼走了阿逸，你也一样是一无所有，这就是你们的业障、因果！"

董佳琪昂起头，双目通红地瞪着这个她曾经以为平凡好欺负的女孩，当初韩逸对她说自己恋爱了，想要重新接受治疗时，她也曾经好奇过，究竟是怎样的女人能征服韩逸那一向高傲的心。

初次见到莫晓妍的时候，她有些失望，同时也觉得这是老天给她的机会，一个看起来毫无心机的女孩，对她的计划不会有任何影响。可渐渐地，她发现自己错了，那女孩不是炽热的阳光，却好似温和清润的水，一次次把韩逸从彷徨和恐惧中拯救了出来。

于是她慌了，试图挑拨两人的关系，但这段关系竟比她想象中的更为坚固。直到最后，韩逸终于如她所愿沉睡，她才终于松了口气，以为一切都能按照她料想的那样发展。谁知道这女孩竟是如此锲而不舍，执着地挖出真相，害她落得个全盘皆输的下场。

"全是因为她！全是因为她！"有个声音在她耳边嗡嗡作响，心中的恨意把理智烧得一点不剩，余光瞥到一抹银白色的寒光——那是一把放在桌上的餐刀。

既然她已经一无所有，那就带这个女人一起下地狱吧！

谁也没留意到，原来瘫软在地上发抖的董佳琪，是怎么飞快地抓起桌上的餐刀，又是怎么冲到莫晓妍面前，狠狠地刺了下去……

锐利的刀锋刺进血肉，瞬间溅起无数血花，董佳琪却愣愣地看着眼前的那个人，戾气瞬间被压制得消散开来，只张着嘴不可置信地念叨着：

"你……你……怎么会是你？！"

莫晓妍从震惊中回过神来，一把接住韩衍不断下滑的身体，视线全被那汩汩流出的鲜血染红。韩衍皱着眉，扶着腹部的刀柄，眼里却带了笑意："放心，我死不了……反正这身子我也用腻了，不如替他做点事，至少在我走之前，还能看到有个人为我而哭。"

他垂眸，又自嘲地说："我就当你是为我而哭好了。"他留恋地朝四周看了看，说："以前躲在他身体里的时候，总想着等我能彻底控制这个身体，就能好好体验一下活着的感觉，做很多想做的事。后来我才知道，这些其实并不比我一个人待着的时候有意思。还好，今天我总算能做件自己想做的事了，也算没白来一遭。"

他颤抖着把手从那刀柄上拿开，用手上的血在莫晓妍眉心轻轻点了朵嫣红的花，说道："你会记得我的，是吧？"

莫晓妍泣不成声，用力地点了点头。韩衍十分满意闭上了眼，说："很好……至少还有个人记得我……很好……"

莫晓妍望着他眉宇间染上的落寞，突然发现他其实是个那么孤独的人，所以才会偏执地对待一切，想要证明自己存在的意义。而现在他体验过了，也厌倦了，所以选择离开，走得轰轰烈烈，无怨无悔，十分符合他一贯的性情。

不过幸好，他要把韩逸还给她了……

午后安静的病房内，韩逸慢慢睁开眼，觉得自己好像做了一个悠远而绵长的梦。他试着转了转脖子，触目是明亮而柔软的光线，耳边有鸟儿轻轻鸣叫，空气中飘着淡淡的药味，手背上熟悉的触感填满了心中所有的空隙。

他看着趴在他床边睡着的莫晓妍，艰难地伸出手抚平她蹙起的眉心，胸口仿佛哽了千言万语，最后只化作一声"谢谢"。

谢谢老天让我遇上你，谢谢你从未离去……

03

新年前夕，G市的中央广场上显得尤为热闹，广场上放了座巨大的时钟，时钟做得流光溢彩、华丽非凡。据说零点会敲响钟声，整座城市都能听见，同时还会有盛大的新年烟火绽放的场面。

莫晓妍穿着厚厚的大衣，裹着毛线围巾和帽子，只露出冻得发红的鼻头。她一边搓着手，一边在心里抱怨那个人今天居然迟到，再晚可能就赶不上新年敲钟了。

就在这时，大钟上方始终亮着的几面广告牌突然变黑了，灯光也骤然关闭，整座广场像突然被上帝拉了断电装置，陡然间变得暗了下来。短暂的沉默后，许多人开始不安地交头接耳，甚至惊叫。

这时，灯光一盏盏亮了起来，四周响起动听的音乐声，让喧嚣的人群渐渐安静了下来。莫晓妍听出那是自己最喜欢的一首曲子，这时，漆黑的广告牌突然一面面亮起，上面依次浮现出一行行诗句：

我的名字对你有什么意义？
它会死去，
像大海拍击海堤，
发出的忧郁的泪泪涛声，
像密林中幽幽的夜声。
它会在纪念册的黄页上
留下暗淡的印痕，
就像用无人能懂的语言，
在墓碑上刻下的花纹。
它有什么意义？
它早已被忘记，
在新的激烈的风浪里，
它不会给你的心灵，

带来纯洁、温柔的回忆。

但是在你孤独、悲伤的日子，

请你悄悄地念一念我的名字，

并且说：有人在思念我，

在世间，我活在一个人的心里。

莫晓妍反复读着最后一句话，眼泪不受控制地流了下来。这首诗反复地随着灯光在广告牌上出现，许多人惊叹着是谁舍得花这么高昂的费用来放一首指向不明的诗。只有莫晓妍明白，这是那人对她最隐晦也是最真情的告白。

我的名字只是最简单的字符，可只有在你口里念出，才会变得如同最温柔浪漫的诗句。

这时，有人在背后轻轻抱住了她，然后转过她发抖的身子，用大衣将她紧紧包住。莫晓妍沉溺在熟悉的气息里，听见他清润的嗓音在头顶响起："喜欢吗？"

她把脸埋在他的衣服里，重重地点了点头，然后抬起哭红的眼笑着说："想不到你还会玩这招！"

韩逸得意地扬起嘴角，说："我还有其他的，你想不想看？"

然后，莫晓妍瞪大了眼，看见他从大衣里掏出一个绒布盒子，里面是一枚闪亮的钻戒。她忍不住深吸一口气，心跳得飞快，一时不知道说什么好，幸好这时所有人的注意力都被那广告牌和大钟吸引，根本没有注意这边的动静。

韩逸把盒子塞在她手里，温柔地吻了吻她的唇，说："如果你想尽快结婚，我们明天就可以去登记。你想再拼几年事业，我也会等你。但是……这枚戒指只可能是你的。"

"……五、四、三、二、一！"

广场上的人们发出整齐而兴奋的倒数声，新年的钟声敲响，漆黑的天际瞬间被绚烂的烟火点亮，一切都显得美好而令人沉醉。

两个纠缠已久的身影终于分开，韩逸轻轻咬着她的耳朵，说："但是有件事……我可等不及了……"

番 外

♥

梦圆

01

杜月秋坐在五星级酒店的豪华包间里，脸上带着局促的表情，低头反复搓揉着衣角。她今天特意穿了吃喜酒才会穿的红衬衣，这可是花了她当时足足半个月的工资，虽然穿得次数少，可衣领上还是洗出一道浅浅的白边。

见她一直想用头发遮住那道白边，莫晓妍伸手过去按着她手背让她放松，柔声道："妈，我和阿逸的婚事，你还有什么要求吗？"

杜月秋这才敢抬头扫视，金碧辉煌的包厢，随便一道菜的价格就顶他们全家一个月开销。两个气场不凡的男人正望着她，优雅而气派，再加上如出一辙的英俊相貌，这简直是在电视剧里才会出现的人物啊。

还得是那种她最不爱看的偶像剧，因为觉得太假，英俊、多金又专一，现实里哪会有这样的男人。

可现在这男人不但活生生地出现，还是以自己女儿的未婚夫身份出现，杜月秋越想越觉得头晕。两位总裁还在等她答话，再沉默下去实在是显得太不礼貌，于是她清了清喉咙道："没有……韩先生考虑得很周到了。"

韩逸端着酒杯笑道："伯母，你叫我小逸就行了。您是晓妍最重要的人，必须让您满意才好。"

气氛变得轻松起来，杜月秋暗自松了口气。

韩慕东到底是老江湖，一眼就看穿了这位亲家的不自在，举起酒杯笑道："那就祝两个孩子百年好合，长长久久。"

杜月秋连忙也举起酒杯，瞥见女儿笑得一脸幸福，鼻子却一阵发酸。这个苦命的孩子，总算找到了属于她的城堡。

以后，莫晓妍再也不是那个蜷缩在黑屋里哭泣的小女孩，她的王子会为她修建一座宫殿，护着她走过所有风雨。

莫晓妍那晚喝得有些多，和韩逸一起把杜月秋送回酒店后，整个人还有些迷糊。

韩逸低头，见怀中的女孩脸颊泛着酡红，眼神迷蒙，懒懒地打了个哈欠，像只懵懂的小猫咪。他笑了笑，搂着她的肩让她趴在自己腿上，撸猫似的摸着她的后颈。

他突然起了玩心，低头在那块白皙的皮肤上吹了口热气。莫晓妍正舒服地闭着眼，被他吹得一阵酥麻，脖子上的红瞬间染到耳根。

她抬头抗议地瞪了他一眼，可惜被醉意拖累，这一眼非但不凶狠，还显出些诱人的娇憨味道。

韩逸一挑眉，迫不及待就想将这甜点吞下肚。

夏日的夜有些沉闷，司机随手打开音响，略带沙哑的女声低低地唱着情歌。

莫晓妍忍不住也笑起来，想到他们就要结婚，一颗心无比满足。

等回到韩逸的别墅里，莫晓妍才算彻底清楚，这人究竟坏到何种程度。

云消雨散，莫晓妍浑身散架似的趴在床上，眼睛眯成条缝，看着韩逸从浴室里走出来，又把自己收拾得一身清爽，撇起嘴懒懒道："你怎么都不知道累的。"

韩逸坐在她身旁，低头在她脸上亲了一口，笑道："因为对着你啊。"

莫晓妍吐吐舌头，嫌弃他太过肉麻，心里却还是藏着一丝窃喜和甜意。韩逸的手往下挪，在她腰上掐了一把，语带不满道："每天让厨师换着法子给你做肉吃，怎么还是这么瘦。"

莫晓妍按住他的手，道："真的很瘦吗？又不是养猪，长那么多肉干吗。"

韩逸皱着眉道："瘦得我心疼。"

每次摸着她身上凸起的骨头，就能想到她受过的那些苦，他只想把她养得白白胖胖，让她做个养尊处优的少奶奶，她可是被他放在心尖上的人儿。

可他这位准媳妇，偏偏不稀罕做少奶奶。自从他求婚后，她非但工作没减量，反而在拓展部越做越顺手，成天被卓云彤带着四处谈项目，连他这个总裁都见不到她的面。

这次如果不是接妈妈来商量结婚的事，她可不会就这么乖乖地待在他身边。

他甩开被忽略的哀怨感，叹了口气，又问："对了，你妈妈这几天为什么不愿住在我们这里，反正楼上还有不少房间。"

莫晓妍眼眸黯淡下来，道："她说怕不自在，也怕打扰到我们。"

她太明白母亲的那种小心翼翼，韩家对杜月秋来说，是遥远到难以触及的阶层。所以她才会敬而远之，生怕自己毁了女儿来之不易的幸福。

就在这时，韩逸低头轻碰上她的唇，温柔而充满抚慰力量的吻，足以抹去一切伤痛。他摸着她的头发坚定地道："晓妍，要记得你还有我，我也还有你。我们会是一家人，谁也分不开的家人。"

接下来的日子里，莫晓妍过得如同打仗一般，她跟的一个项目到了最后阶段，忙得不行，还得见缝插针地去试婚纱。

等莫晓妍匆忙赶到婚纱店，韩逸皱着眉放下手里的杂志道："你现在比我还要忙。"

莫晓妍冲他嘻嘻一笑，见他已经穿好礼服不由得眼前一亮，由衷地赞道："我老公可真帅。"

一句话，让韩逸满腹的不耐烦全消散无踪，他满意地笑了笑，又搂着她的腰站在镜子前道："还差一位漂亮的新娘。"

莫晓妍看着镜子里的人，有点自卑地缩了缩脖子："我可不漂亮。"

韩逸低头在她脖颈上亲了一口："谁说的，没人比你漂亮。"

那天试了婚纱以后，韩逸见她瘦得连婚纱都撑不起，更是心疼不已，逼着她不管忙到多晚，都得好好在家吃饭。于是莫晓妍每次加班后，都会看见韩逸的车在大楼外等着，有时候是司机，有时候是他本人。无论她何时回家，都有保姆做好热菜摆上一桌。莫晓妍偶尔会偷笑着想：这日子过得，越来越有岁月静好的感觉。

婚礼举行前三天，韩逸强行停了她一天的工作，说要带她去个地方。莫晓妍满心好奇，最后跟他走到市中心的某片正在售卖的高档社区，又被领进了一间三面临湖的宽敞套房。

见她看着窗外满脸惊喜，韩逸笑着将钥匙放进她手里："结婚礼物。"

莫晓妍瞪眼看着那串钥匙，喃喃道："这太贵重了。"

韩逸却转着她的肩往西边一指，说道："你看那边是哪里？"

莫晓妍惊呼道："那是越星的写字楼。"

韩逸搂着她的腰，声音温柔地说："你还记得吗？有一晚你在我办公室，说总有一天，要买一套 G 市的房子。那天，你手指的方向就是这里。这块地是我买下的，当时我就想，一定要在这里给你造一间房。"

莫晓妍说不出话，怕一出声就会哭出来，她压抑着满心的感动，被他按着的肩都在微微发抖。她又听他低头靠在自己耳边道："你这么努力，以后一定会越走越好。可这个梦，我先替你圆了。"

莫晓妍转身搂住男人的肩背，脸压在他胸口，索性哭个痛快。

何其有幸，今生能与你相遇。

02

莫晓妍发现自己怀孕是在谈判桌上，她正气势颇高地和对方谈着合约条款，那位西装革履的法律顾问按着衣角刚站起来，莫晓妍突然犯起恶心来，忙找了个借口溜到卫生间，留下对方一脸蒙：他还没开口呢，怎么就被吓跑了？

莫晓妍在卫生间猛吐一阵，对着镜子补妆时，才后知后觉地想起自己好像两个月没来例假。

刚结婚那阵，莫晓妍专门去做了孕前检查，检查报告说她曾经长时间营养不良，可能会影响怀孕。为此她偷偷哭了一场，又被介绍去看一位老中医，谁知开的中药让肠胃不耐受，折腾得她又拉又吐。最后韩逸发现情况不对，强行扔掉了所有药，还放下话来：生不生孩子都好，只想自家老婆能健健康康，白白胖胖。

于是莫晓妍渐渐就断了这个心思，加上工作太忙，也没留心自己的生理周期，谁知就这么莫名其妙地中了标。

后来的那段时间，越星的员工都发现，韩总几乎每天要去拓展部，对着媳妇儿嘘寒问暖，叮嘱她千万别累着了。他们以前就够黏糊的，这下更是丧心病狂，惹得天妒人怨。

越星的QQ群里每天都充斥着诸如"这班没法上了，单身人士没人权，每天都被闪瞎眼"之类的热词，而论坛里还发出了匿名投票，下注莫总监究竟会生儿子还是女儿。

莫晓妍发作那天还是在谈判桌上，刚谈定条款准备签字时，肚子就开始痛。她皱着眉懊恼，离预产期明明还有十天，怎么偏偏在这时就有征兆。可她还是忍着，硬是把字签完了才去医院。

当韩逸赶到医院时，还来不及看刚出生的儿子一眼，就直接奔向尚还虚弱的莫晓妍的床前，握住她的手问："是不是很疼？"

莫晓妍满心都是皱巴巴的小奶娃，担心他有没人喂奶，这时只无奈地看着他道："剖宫产有什么疼的。"

韩逸却还不愿放开她，俯下身子，在她额上印下一吻，轻声说："晓妍，谢谢你。"

对上韩逸温柔的双眸，莫晓妍特别想哭，她吸了下鼻子，说："快去看看她们到底给他喂奶没。"

这时，韩逸才想到被忽略的小婴儿。从护士手里接过正睡得昏天黑地的小胖娃，看到儿子头顶稀稀疏疏的黑发，伴着肉嘟嘟的小脸喜剧效果十足，于是他果断给儿子起了个小名叫韩小毛。

韩小毛长到六个月时，不知汲取了父母哪方的特质，整晚不睡觉，保姆完全治不住他，不见妈妈就哭个不停。

莫晓妍从小就缺乏亲情滋养，抱着弥补的心态，对儿子付出了最大的耐心。饶是如此，她也被日夜颠倒的生活闹得神经衰弱。韩逸看着好不容易养胖点的老婆又瘦了不少，气得撸起袖子，下决心将那不安分的臭小子揍一顿。

可到了婴儿床边，看着那张哭变形的小肉脸，到底是下不去手，于是他板起脸孔，把韩小毛抱起来，边摇着边恐吓："再吵你妈妈睡觉，小心我下狠手。"

小婴儿瞪着眼看他，似乎听懂了，哭声渐渐止住。韩逸还没来得及得意，就看见那张粉嫩的小嘴流出口水，正好落在他胸前。

莫晓妍站在门口看到这一幕时，几乎要替韩逸感到崩溃，要知道，这位韩总可是严重的洁癖患者。

果然，韩逸用一副见鬼的表情瞪着怀里的儿子，可无师自通的叛逆婴儿仿佛得逗般咯咯笑了出来。

莫晓妍生怕他把儿子扔了，酿成什么惨烈事故，正想赶紧过去把儿子接过来，却发现韩逸脸上的表情从震惊转为无奈，然后又变得有些温柔，摇摇头道："笑起来，真的挺像她。"

莫晓妍抱胸站着，看他小心地将儿子放回婴儿床里，又坐在旁边轻拍着哄他睡觉，甚至还哼着不太好听的歌谣，刚才还闹腾的韩小毛，在这样难听的调子里渐渐平静下来，圆圆的眼睛渐渐合上，鼻翼翕动，嘴角吐着小泡泡睡去。

韩逸也打了个哈欠，把小婴儿的薄被拉好，又歪头看了他一会儿，用极轻的声音说："我和你妈妈小时候都过得不太好，幸好，我们后来碰到了对方。幸好，你会比我们幸福。"

小婴儿不知是不是在梦里吃到奶了，露出抹甜甜的笑容。

韩小毛长到五岁时，和小婴儿时期仿佛换了个人，不但不再闹腾，反而显露出一般小男孩没有的沉静。许多时候，莫晓妍都会看到他坐在游戏垫上安静地翻着绘本，或者对着某个物品出神，仿佛在思考什么问题。

莫晓妍莫名有些担心，某天晚上，她紧张地拉着正在看书的韩逸道：

"你说咱们家儿子，会不会也有某种能力？"

韩逸将书放下，眉头微蹙了下。他确实知道有些能力是会遗传的，只是韩小毛还太小，就算他有什么特殊的能力，恐怕也没法表达出来。

回过神，瞅见老婆一脸忧虑的模样，他安抚地揉了揉她的头发："不要瞎想，就算有也没关系。"

"可我不希望他有。"莫晓妍垂下头，神情有些哀伤。当她发现自己的能力时，除了刚开始的新奇，便是无穷无尽的麻烦和恐惧，她只希望自己的孩子能过上简单快乐的生活，不愿他经受任何和她相似的经历。

韩逸似乎看出她的想法，将她瘦削的肩搂在怀里，又搓着她的手道："在外面坐那么久，手都凉了。少想这些乱七八糟的事，多爱惜自己的身子，不然我会心疼。"

莫晓妍被他搓得手心发烫，连带着原本伤感的心也火热起来，脸在他胸口蹭了蹭，道："你身上是热的就行了，我觉得冷，就到你这里取暖。"

韩逸笑着把她的手放进自己怀里，又贴在她耳边说："那些事早就过去了，绝对不会再来一次。无论我们的孩子是怎么样的，我都会保护好他。你放心，他会和我们不一样，他会快乐地长大，有最幸福的人生。"

莫晓妍听得心口又暖又酸，眼圈红了一片，抬眸看着他，吸了吸鼻子，道："怎么办，我觉得他不会有我现在这么幸福。"

韩逸低头在她眼皮上亲了一口，笑着道："他会找到对他来说最重要的那个人。"他顿了一下，又道："当然，一定没我老婆这么好。"